H. M. Villwock - Rosalinde Blümeli schreibt ...

AF237750

H. M. Villwock

Rosalinde Blümeli

schreibt ...

Geschichten & Erinnerungen

Bibliografische Information der Deutschen
Nationalbibliothek:
Die Deutsche Nationalbibliothek verzeichnet
diese Publikation in der Deutschen Nationalbibliografie;
detaillierte bibliografische Daten sind im Internet über
http://dnb.dnb.de
abrufbar.

Herstellung und Verlag:
BoD – Books on Demand, Norderstedt

ISBN: 978-3-7543-4291-6

Inhaltsverzeichnis

ROSALINDE BLÜMELI

Uralte Buchen säumen die *Wolkenstiege.* Ihre mächtigen, zusammengewachsenen Kronen bilden einen dichten Tunnel und spenden im Sommer herrlich kühlen Schatten. Nähert man sich dem Ort Bökenhagen aus der einen Richtung, prägt eine kleine weiße Kapelle mit dunkel verschiefertem Turm das Bild. Sie steht auf einer schmalen Halbinsel, die die Straße teilt, wie ein Schiffsbug das Wasser. Am Ortsausgangsschild führt ein schmaler, mit Kopfstein gepflasterter Pfad zum alten Wasserschloss, das ich von meiner Haustür aus - hinter sich weit ausdehnenden Feldern - sehen kann. In schneereichen Wintern ähnelt es dem Palast der Schneekönigin, und im Sommer, wenn die Hitze über dem Ort flirrt, hat man den Eindruck, es sei eine Fata Morgana.

Ich heiße Rosalinde Blümeli, bin über siebzig Jahre alt und wohne in der *Wolkenstiege 171* im kleinen Anbau eines Hauses mit großem Garten. Meine Wohnung hat zwei Räume, nein, genau genommen sind es drei: die Traum- und die Wohnstube und eine kleine Badestube.

Aus zwei Gründen heißt der eine Raum Traumstube. Zum einen schlafe ich dort in einem schönen Erlenholz-Bett, von dem aus ich abends in den Nachthimmel schauen kann. Mal ist er von Wolken verhangen, mal voller Sterne, und lacht der zunehmende oder abnehmende Mond in mein Fenster, denke ich an das Abendlied: *Der Mond ist aufgegangen* ...

Ich liebe diesen Schlafplatz und versinke mit glücklichem Lächeln und voller Dankbarkeit für den zu Ende gehenden Tag im Traumland.

Zum anderen steht direkt vor dem Fenster mit Ausblick in den Garten, Vatis alter Schreibtisch und der knarrende, hölzerne Drehstuhl. Beide begleiten mich seit fast 60 Jahren. Dort sitze ich gerne, oft viele Stunden am Tag, erinnere mich an früher, denke mir Geschichten aus, schreibe Ereignisse auf, die mir erzählt wurden oder solche, die ich selber erlebte. Manchmal träume ich vor mich hin oder schaue in den Garten, an dessen Umzäunung Büsche und Flächen mit insektenfreundlichen Blumen abwechseln.

Mitten auf dem Rasen reckt ein großer Kirschbaum seine Äste in den Himmel, an dessen Stamm ein Nistkasten hängt. Es macht mir großes Vergnügen zuzusehen, wenn die Vögel brüten und ihre Jungen füttern. Recht häufig springen Eichhörnchen übermütig von Ast zu Ast, flitzen den Stamm hinauf und kopfüber hinunter, und hin und wieder habe ich den Eindruck, sie schauen zu meinem Fenster, erzählen sich Scherze und lachen ausgelassen.

Lustige Kringel, die die Sonne durch die Blätter auf den Boden malt, ähneln einer sich drehenden Discokugel. Platschen nach einem Regen dicke Tropfen zu Boden, bekomme ich Lust, meine Gummistiefel anzuziehen und in eine Pfütze zu springen, so wie ich es als Kind gerne getan hätte, aber nicht durfte. Bisher habe ich mich noch nicht getraut, es zu tun, doch ich bin sicher, es einmal zu machen.

An diesem Fensterplatz ist es wunderbar still. Kein Geräusch der Straße stört und bei dem schönen Ausblick kann ich die Gedanken laufen lassen oder tippe mit Ausdauer auf meiner alten, schwarzen *Triumph*-Schreibmaschine. Fragt man mich, warum ich darauf und nicht auf einem Computer schreibe, gibt es eine kurze, sehr einfache Antwort: Ich habe gar keinen Computer. Zum einen ist ein PC recht teuer und zum anderen bin ich unsicher, ob ich den Umgang damit noch lernen kann.

Früher lebte ich mit Jonas, meinem Mann und unseren Kindern Lukas und Julia in einem großen Haus. Als Jonas vor ein paar Jahren starb, lange nachdem Lukas und Julia erwachsen und ausgezogen waren, konnte ich dort nicht wohnen bleiben. Beim Ausräumen für den Umzug hierher entdeckte ich in einem Wandschrank diese Schreibmaschine. Warum ich sie nicht entsorgte, wie vieles andere, sondern einpackte und mitnahm, kann ich beim besten Willen nicht sagen. Heute glaube ich an göttliche Fügung, denn nach dem Umzug gab es jede Menge Post zu erledigen, und da es mir schon lange keinen Spaß mehr machte, lange Briefe mit der Hand zu schreiben, holte ich die *Triumph* aus dem Umzugskarton und war beglückt, dass mir der ganze Schriftkram leicht von der Hand ging. Ob ich sie aus Bequemlichkeit oder Zeitmangel anschließend nicht wieder wegräumte, ist mir noch immer ein Rätsel, das nun aber auch nicht mehr gelöst werden muss. Als sei sie mir nach getaner Arbeit lästig, schob ich sie damals einfach zur Seite und vergaß sie auf der Schreibtischecke.

Der Anfang in der neuen Umgebung war schwer, denn ich kannte niemanden in Bökenhagen, und folglich war selten jemand bei mir, mit dem ich über das hätte reden können, was ich erlebte oder mich beschäftigte.

An einem dieser tristen Tage, die ich nur schwer ertrage, entdeckte ich die Lust am Schreiben. Ich stand traurig am Fenster und schaute dem Regen beim Fallen zu. Wie Tränen liefen die Tropfen an der Fensterscheibe herunter und erinnerten an unglückliche Menschen. Ich wendete mich ab, starrte eine Weile auf die Schreibmaschinentasten, die unter einigen Papieren hervorlugten und fragte mich, ob ich die *Triumph* nicht endlich entsorgen sollte. Sie stand nur herum, aller möglicher Kram sammelte sich auf ihr, und überhaupt schien sie für mich ein unnützes Ding zu sein. Doch ich verwarf diesen Gedanken, setzte mich an den Schreibtisch und zog sie mit einer fast zornigen Bewegung zu mir. Ein leerer Bogen Papier war noch eingespannt, und einem Impuls folgend, begann ich zu tippen - erst am Ende der Seite hörte ich auf, ein wenig atemlos und unerwartet beglückt. Wie im Rausch hatte ich geschrieben, und seitdem vergeht kaum ein Tag, an dem ich es nicht tue.

Mit siebzehn hatte ich auf einer mechanischen Schreibmaschine zu schreiben gelernt, ohne auf die Tastatur zu schauen; es schien unendliche Jahre her zu sein, doch ich hatte es nicht verlernt. Und so tanzen meine Finger noch immer wie damals, zielsicher über die Tasten und ihr fröhliches Klappern klingt wie das Plaudern von Menschen. Und ich? … Ich fühle mich nicht allein.

Zwischen den beiden Fenstern der Wohnstube steht ein sehr altes, bequemes Sofa mit einer kuscheligen Decke und zwei bunten Kissen darauf - davor ein Tisch und drei Stühle. Das Sofa hat eine lange Geschichte und könnte viel erzählen. Es gehörte bereits meinem Großvater und blieb nach dessen Tod in meinem Elternhaus. Dort stand es im Wohnzimmer, bis ich es später mitnahm, aufpolstern und neu beziehen ließ. Viele Jahre schmückte es in unserem Haus das Esszimmer und ist nun, hier im Anbau, ein von allen Besuchern geliebter Sitzplatz. Ein weiteres Relikt aus meiner Kindheit gibt es auch noch in diesem Raum - den *Bullerofen*.

Vor einigen Jahren, Anfang Februar, rief mein Bruder Roland an, um mitzuteilen, dass die Gemeinde unser schon viele

Jahre leer stehendes Elternhaus - das letzte Gebäude des ehemaligen *Lindenhofes* - abreißen wolle. Der Bebauungsplan sah an dieser Stelle ein Mehrgenerationenhaus vor. Auf den Flächen rundum war bereits eine moderne Wohnsiedlung mit Ein- und Mehrfamilienhäusern entstanden. Roland und ich wollten uns dort treffen und verabredeten uns, um zu schauen, ob es noch irgendetwas gab, das wert wäre, behalten zu werden.

Tatam - tatam ... - da war - da war ... - der uralte Schienenbus rumpelte über die Nahtstellen der einspurigen Gleisanlage, die die Stadt mit dem entfernten Ort meiner Kindheit verband. *Da war ... da war ...*, ich schreckte auf, denn schrilles Kreischen gellte und ich wurde in den Sitz gepresst. Meine Reisetasche kippte vom gegenüberliegenden Platz auf den Boden und sank wie ein erschöpftes Tier langsam auf die Seite. Was war passiert? Ich schaute mich im Wagen um, doch ich war allein – kein Mitreisender, den ich hätte fragen können.

Der Blick aus dem Fenster neben mir und dem auf der gegenüberliegenden Seite zeigte rechts und links endlose Felder und Wiesen – kein Haus und kein Baum war zu sehen. Was war passiert? Ich ruckelte das Fenster herunter. Es ging schwer, vermutlich war es nur selten geöffnet worden.

Vor dem Triebwagen schien etwas Dunkles zu liegen, doch ich konnte nicht erkennen, was es war. Der Zugbegleiter eilte seitlich am Zug entlang und rief, als ob die zwei Wagen voll besetzt wären: „Bewahren Sie Ruhe! Der Kadaver eines toten, entlaufenen Rindes blockiert die Gleise. Kein Mensch kam zu Schaden. Wir warten auf Hilfe. Bleiben Sie bitte ruhig auf Ihren Plätzen. Wir geben Bescheid, wann es weitergeht."

Na, großartig. Ich ließ mich auf den Sitz fallen und dachte: Das konnte ja auch nur mir passieren. Da fahre ich nach

Jahrzehnten mit der Bahn und dann das. Weiß der Himmel, wie lange es dauern wird, bis es weitergeht. Zumindest sehe ich keinen Weg und keinen Steg, über den bald Hilfe kommen könnte. Da würde Roland ewig auf mich warten müssen, und setzte mich.

Sekunden später kam mir eine Idee. Ich stand auf und schaute erneut aus dem Fenster. Der Zugbegleiter sprach in der offenen Tür des vorderen Wagens mit einem Fahrgast.

Na los, Meister, komm bitte kurz zu mir, dachte. Ich würde ganz gerne wissen, wo wir hier sind. Und als hätte der Mann meine Gedanken gehört, setzte er seinen Weg in meine Richtung fort.

„Entschuldigung, können Sie mir sagen, wo wir hier sind? Wie weit ist es bis zum nächsten Halt?", lächelte ich bemüht freundlich den gestresst wirkenden Beamten an.

„Wenn Sie hinter den Wald sehen könnten", er zeigte in Fahrtrichtung, „der dort vorne beginnt, würden Sie ein paar Dächer vom Dorf erkennen. Nur Geduld, sobald die Feuerwehr den Kadaver vom Gleisbett gezogen und die Polizei alles dokumentiert und …"

„Guter Mann" unterbrach ich ihn und hoffte, ihn mit meinem Lächeln beschwichtigen zu können, „das will ich alles gar nicht wissen. Ich will in diesem Zug nicht warten bis ich schwarz werde. Ich habe einen Termin und steige folglich aus und gehe zu Fuß weiter."

„Oh nein! Das kann ich Ihnen nicht erlauben, es gibt hier keinen Weg und keine Straße. Sie könnten sich verletzen und verklagen womöglich die Bahngesellschaft – nach dem Motto: *Wenn mir was passiert, sind die anderen schuld…*" Ich unterbrach ihn erneut. „Das mag ja sein, ist aber absolut nicht mein Plan. Ich will lediglich auf eigene Verantwortung aussteigen."

„Nein, nein, das geht auf keinen Fall. Ich kann nicht erlauben, dass Sie den Zug verlassen. Setzen Sie sich schön wieder hin. Und sobald alles geregelt ist und es weitergehen kann, werden alle Fahrgäste sofort informiert - auch Sie."

„Ist ja schon gut – ist ja schon gut. Danke für die Auskunft", winkte ich beschwichtigend ab, strich eine Haarsträhne zur Seite, die mir ins Gesicht gefallen war, und setzte mich. Doch wenig später erhob ich mich. Ich schaute aus dem Fenster und sah den Zugbegleiter aufgeregt gestikulierend mit dem Zugführer im Gespräch.

Ich schnappte die Reisetasche vom Boden, pflückte meine warme Jacke vom Haken und ging mit resoluten Schritten zur Tür auf der gegenüberliegenden Wagenseite. Dort riss ich eine Hälfte der Falt-Tür mit einem beherzten Ruck auf, prüfte nach rechts und links ob jemand zu sehen war, stieg vorsichtig auf den Schotter der Gleisanlage und drückte den Türflügel vorsichtig wieder zu.

Geschafft! - Solch ein alter Zug hat durchaus Vorteile, grinste ich übermütig und dachte: Aus meiner Pennälerzeit weiß ich noch ganz genau, wie es geht; das war bei der eingleisigen Strecke auch ohne jede Gefahr möglich, da es keinen Gegenzug geben konnte. Bei den modernen Zügen mit ihren ausgetüftelten Sicherheitssystemen hätte ich das nicht machen können.

Das Feld vor mir wurde von einem alten *Knick* begrenzt. Wie alle Knicks, die es früher an den meisten Feldrändern gab - mancherorts Wallhecken genannt - war auch dieser ungefähr einen Meter hoch, dicht mit Sträuchern und niedrigen Gehölzen bewachsen. Leider wurden Knicks zur Erhöhung des Ernteertrages vor ein paar Jahrzehnten weitestgehend entfernt. Dass dadurch unzählige Tiere und Pflanzen ihren Lebensraum verloren, störte die Bauern in keiner Weise.

Inzwischen erkennen Gott Lob viele Landwirte wieder den Nutzen von Knicks und Brachfeldern mit Wildblumen.

Glück braucht der Mensch, freute ich mich über den guten Sichtschutz. Auf diese Art werde ich vom Zugpersonal ungesehen zum Dorf kommen, und überquerte flink die Gleise. Großartig! Das hatte prima geklappt. Von wegen warten, bis der Arzt kommt bzw. bis Feuerwehr, Polizei und wer sonst noch sich kümmern würden. Ich bin auf jeden Fall einfach mal weg!

Das Unrecht meines Tuns war mir durchaus bewusst, und ich hätte normalerweise auch brav im Zug die Weiterfahrt abgewartet, nur auf welche Weise hätte ich Roland informieren sollen? Er hätte gedacht, mir sei dieses Treffen nicht wichtig, doch im Gegenteil: Dieser letzte Besuch des Elternhauses hatte einen extrem hohen Stellenwert für mich und mit dieser Entschuldigung beruhigte ich mein schlechtes Gewissen.

Der feste, grasbewachsene Streifen entlang des Knicks war wegen des noch hart gefrorenen Bodens gut zu begehen, und bald erreichte ich den Abzweig Richtung Wald und Dorf. Dort wechselte ich die Reisetasche in die andere Hand und marschierte zügig los. Eine Viertelstunde später befand ich mich auf einem sandigen Trampelpfad, der schnurgerade durch den Wald führte.

Der Weg war mit einer dicken Schicht Tannennadeln gepolstert und es lief sich wunderbar leicht und federnd darauf. Nach kurzer Zeit öffnete sich der Wald und der Pfad führte in weitem Bogen, vorbei an endlosen Wiesen, auf eine Ansammlung von Birken beiderseits des Weges zu.

Birken sind die Mädchen des Waldes, kam mir sofort dieser oft von Vati gehörte Ausspruch in den Sinn. Ich teile seine Meinung, denn im Sommer konnte man die Bäume aus der

Entfernung tatsächlich so sehen: Ihre Zweige wiegten sich wie hellgrüne, duftige Kleider im Wind und die weißen Stämme wirkten wie schlanke Beine fest im Boden verankert.

Ein paar Minuten verweilte ich zwischen den Birken: „Ach Vati, du fehlst mir sehr mit deinen Sprüchen und deinem Wissen", sagte ich laut Richtung Himmel und setzte in bester Stimmung meinen Weg fort.

Nur wenige Schritte später, hinter einer Biegung, weitete sich der Blick erneut und ich hielt überrascht den Atem an. Wie ein Motiv aus einem Kinderbuch lag das Dorf vor mir - eingebettet in die Wiesen mit dem bewaldeten Hügel im Hintergrund. Bei einem Ölgemälde hätte ich sofort *wie kitschig* gesagt, doch eigenartigerweise empfand ich die Landschaft vor mir völlig anders. Das vertraute Bild der Kindheit - es schien unverändert. Diesen Blick hatten Vati und ich, wenn wir mit dem Pferdefuhrwerk von irgendwoher zurückgekommen waren.

Mein Blick fiel auf den Turm der kleinen Kirche, der wie ein Zeigefinger hinauf zum *Schlaufenkopf* wies. Als Kind hatte ich geglaubt, nirgendwo auf der Welt gäbe es einen höheren Berg. Er ragte für mich unsagbar hoch in den Himmel. Heute war er das, was er stets gewesen war: Ein Hügel, ein Berglein von 143 Metern Höhe, von dem aus man allerdings eine herrlich weite Rundumsicht hat. Ich beschloss, vor meiner Abreise hinauf zu steigen. Dann folgte ich dem sandigen Weg und erreichte nach zehn Minuten das Dorf.

Als sei die Zeit stehen geblieben, säumten noch immer mächtige Linden rechts und links die Straße. Beim Anblick meines Elternhauses verlangsamte sich mein Schritt. Das vertraute Gebäude wirkte fremd, fast skurril, in der Gesellschaft der modernen Häuser rundum, die es zu bedrängen schienen. Vom Rest des Lindenhofes fand ich keine einzige Spur. Es schien, als habe ein großer Schwamm alles aus dem Bild gewischt und die Scheune, den Stall und die anderen Gebäude hätte es nie gegeben. Es war jedoch nicht gelungen, die unvergesslich beglückenden Jahre, aber auch die vielen schweren Stunden und Tage der Kindheit und Jugend zu zerstören.

Noch immer führte die breite, hölzerne Brücke über den Straßengraben zum alten Fachwerkhaus - sie würde es bald ebenfalls nicht mehr geben. Im Gegensatz zu früher machte dieser alte Übergang keinen besonders sicheren Eindruck mehr. Moos und Fäulnis hatten die Herrschaft übernommen und Wind und Wetter das Holz ausgebleicht.

Die geschlossenen, abgeblätterten Schlagläden vor den Fenstern gaben dem Haus den Anschein, es läge im Dornröschenschlaf, was es ja auch tat, seit Mutter tot war. Die schwarzen Silhouetten der kahlen Bäume ähnelten Scherenschnitten und die trockenen Ranken einer wilden Weinrebe überzogen das Mauerwerk wie Adern den Handrücken eines alten Menschen.

Gewohnheitsmäßig drückte ich die schwere, kunstvoll geschmiedete Klinke der narbigen Haustür nieder – abgeschlossen! Roland war wohl noch nicht da. Ganz selbstverständlich reckte ich mich und tastete über den Querbalken unter der mit Teerpappe belegten Überdachung. Als ich den großen Schlüssel tatsächlich ertastete, der, so lange ich zurückdenken kann, dort oben lag, wenn niemand zu Hause war, musste ich lachen. Welch ein sicherer Ort dafür, dachte ich und betrachtete mit Rührung den Schlüsselbart, den langen Halm und den massiven Ring mit dem Rest der Schnur, die Vati vor langer Zeit daran gebunden hatte. Über die vielen Jahre war sie ausgefranst und sehr kurz geworden und ähnelte dem abgekauten

Schweif einer Stute, die ein Fohlen führt. Die kleinen Racker knabberten bei Einzelhaltung ganz gerne gelangweilt an den Schwanzhaaren ihrer Mütter. Innerhalb einer Herde gab es ein solches Verhalten jedoch selten. Wen wundert es? In einer großen Gemeinschaft auf der Weide war schließlich immer was los.

Erstaunlicherweise ging das Aufschließen völlig problemlos. Ohne Frage hatte Roland das Schloss geölt, als er nach dem Rechten geschaut hatte. Auch die Türangeln gaben kein Geräusch von sich, als ich die dicke Eichentür aufschob.

Und da war er, dieser unvergessene, vertraute Geruch des Hauses. Wie Schattenbilder zogen die Menschen vor meinen Augen vorüber, die mit mir hier gelebt hatten. An der dunklen Flurgarderobe hing eine löchrige Strickjacke und auf dem runden Dielentischchen lag ein speckiger, abgegriffener Hut. Wer mochte beides hier vergessen haben?

Beim Blick in die frühere Stube wurde mir der endgültige Abschied vom Elternhaus schmerzlich bewusst. Der Raum war kalt, vereinsamt und wirkte ungewohnt groß. Verschwunden waren der große Tisch mit den hochlehnigen Stühlen, der Teppich und der Schrank mit dem guten Geschirr, das nur sonntags und an Feiertagen hervorgeholt wurde, die Spiele, Bücher und alles, was sonst noch darin aufgehoben worden war. Es fehlten die Bilder an den Wänden und die duftigen Vorhänge vor den Fenstern. Wie ein Stich ins Herz traf mich die Erkenntnis, dass alles tatsächlich fort war.

Doch halt! Nicht alles war fort gewesen. Eine Mischung aus Wehmut und Freude durchflutete mich, als ich das Sofa von Großvater an der Wand hinter mir entdeckte. Wer mochte es dorthin geschoben haben? Wie gerne hatte ich im Winter, in eine Decke gekuschelt, darauf gelegen und es genossen, wenn mir Vati Geschichten erzählte oder etwas vorlas. Meistens schlief ich, geborgen in der wohligen Wärme der Decke und des Bullerofens und bei Vatis dunkler Stimme ein. Morgens wachte ich in meinem Bett auf und wusste, er hatte mich hinaufgetragen. Ein unbeschreibliches Gefühl von Vertrauen und Geborgenheit - ein kostbares Geschenk für mein ganzes Leben.

Als ich zur anderen Seite schaute, zuckte ich zusammen, denn eine dunkle Figur schien hinter dem Kaminschacht zu kauern. Ich atmete erleichtert auf, als ich den gusseisernen Ofen an seinem angestammten Platz erkannte. Ich hatte nicht erwartet, ihn hier noch zu finden. Doch er hatte - inzwischen ein wenig angerostet - alle Veränderungen in Haus und Hof überdauert. Auch ihn hatte offenbar niemand haben wollen. Vorsichtig legte ich die Hand an seine eiserne Hülle, als ob sie heiß wäre, wie in den vielen Stunden der längst vergangenen langen und kalten Winter. Ganz deutlich erinnerte ich mich an den köstlichen Duft der Bratäpfel, die damals mit Honig, geriebenen Walnüssen, Rosinen und Zimt gefüllt, in der heißen Ofenröhre zu einer unbeschreiblichen Köstlichkeit verschmolzen.

Sofa und Ofen waren das Einzige, das ich damals in unser Haus mitnahm. Viele Jahre lang machte ich in den Wintermonaten für meine Lieben Bratäpfel nach Mutters Rezept. Wie beglückend war diese Zeit - lang ist's her - sie kommt nie wieder…

Seit zwei Jahren darf ich zu meinem großen Kummer in der jetzigen Wohnung nicht mehr mit dem Bullerofen heizen und vermisse seine wohlige Wärme und den Geruch und die Geräusche, die er beim Verbrennen von Holz von sich gab. Die neue Zeit braucht Neues, meinte Herr Drobeler, mein Vermieter, bevor er im Anbau Heizkörper einbauen ließ. Ich reagierte gereizt, war traurig und wollte nichts davon wissen. Doch es musste sein und ich fügte mich letztendlich. Als er mir anbot, den Ofen zum Sperrmüll zu stellen, wurde ich zornig. „Nein, Herr Drobeler, der Bullerofen kommt so lange ich lebe nicht zum Sperrmüll. Er bleibt bei mir, denn er ist eine kostbare Erinnerung."

Ich spürte, wie ungerecht meine heftige Reaktion gewesen war, denn er hatte mir eigentlich einen Gefallen tun wollen. Daher war ich froh, als er nickte, und war sicher, sein Wohlwollen nicht verscherzt zu haben.

In der dunklen Jahreszeit stelle ich ganz gerne eine dicke Kerze innen auf den Rost, lasse die Klappe offen und kann das flackernde Licht sehen. Die Illusion, es sei wärmendes Feuer, ist fast perfekt und ich träume von der Zeit, als dicke Holzscheite im Bullerofen knisternd und duftend verbrannten.

Ein Besucher gab mir einmal den gut gemeinten Rat, mir eine größere Wohnung zu suchen. Ich hatte ihn verständnislos angeschaut, denn ich will kein anderes Zuhause. Eine höhere Miete könnte ich mir nicht leisten und mehr als das, was ich hier habe, brauche ich nicht – zusätzliche Räume und Dinge sind für mich überflüssig.

Apropos *überflüssig* - da fällt mir meine winzige Badestube mit Dusche, Waschbecken und Toilette ein. Den schmalen, fensterlosen Raum mag ich, seit mich dort vier kleine Freunde begrüßen, wenn ich eintrete: Auf der Lampe am Spiegel über dem Waschbecken kauert ein giftgrüner Frosch und ein gelbes Quietsche-Entchen hockt auf dem Rand der Duschtasse. Eine graue Maus aus Samt schaut vom Spülkasten nach oben an die Wand zu einer Katze mit roter Schleife am Schwanz. Die Mieze hatte ich mit Aquarellstiften auf die Tapete gemalt und auf gleiche Art entstanden in der

Küchenecke einige Hühner, ein Hahn und der Kopf einer Maus mit feschem Federhut. Sie alle locken mir ein Lächeln ins Gesicht, sobald ich sie anschaue.

Diese Küchenecke ist übrigens Teil meiner Wohnstube, da es keine separate Küche gibt. Kühlschrank, Gasherd und ein Spültisch sind in einer Ecke untergebracht, und sobald ich mit den Arbeiten dort fertig bin, ziehe ich einen selbst genähten Vorhang davor und schon sieht es gemütlich aus.

TINTILA

Tintila war fünf Jahre alt, als sie mit Mama und Papa in das weiß gestrichene Haus am unteren Ende der Wolkenstiege einzog.

In dem wunderschönen Gebäude wohnen im Erdgeschoß die Eigentümer, Frau und Herr Schonder, und in der ersten Etage Tintila und ihre Eltern. Darüber gibt es nur noch den Speicher und das Dach.

Ich stand mit voller Einkaufstasche vor meiner Tür und kramte im Mantel nach dem Haustürschlüssel, als sie mir zum ersten Mal begegnete. Aus dem Augenwinkel sah ich ein Kind in Windeseile näherkommen. Es trug blaue kurze Hosen, ein weißes T-Shirt mit blauen Tupfen, blaue Sandalen und an ihrem Pferdeschwanz wippte ..., was wohl?, ein blaues Schleifenband. Das Mädchen verfolgte einen Ball und schaut weder nach rechts noch nach links. Im letzten Augenblick bremste es vor mir ab, sah mich atemlos an und lachte. Und ich, ich schaute in die fröhlichsten tintenblauen Augen, die ich jemals sah.

„T'schuldigung! Nix passiert! Mama geht mit mir zum Spielplatz" rief sie, umrundete mich geschickt und sauste zu ihrem Ball, der neben dem Gartenzaun lag, als warte er nur darauf, erneut losrollen zu dürfen.

Jeden Morgen kämmt Mama Tintilas hellblondes Haar und flicht Zöpfe oder macht einen Pferdeschwanz. Doch beides hält nicht lange und niemand kann sagen, warum die Locken schon nach kurzer Zeit lustig nach allen Seiten stehen. Sobald die Sonne darauf scheint, strahlen sie wie ein goldener Kranz.

Bei ihrer Geburt bekam sie drei Namen: Christina, Celia und Chiara. Als sie sprechen lernte, war es wie verhext. Das Wort *Christina* wollte nicht aus ihrem Mund heraus. Es machte sich spitz wie eine Obst-Tüte und sauste als *Tintila* durch ihre Lippen nach draußen. Obwohl die Eltern einige Male mit ihrem Töchterchen die richtige Aussprache übten, blieb es dabei. Immer kam *Tintila* heraus und wurde zu ihrem Kosenamen.

Opa lachte, als er den Namen zum ersten Mal hörte. Er meinte, es sei genau der richtige Name für das kleine Mädchen, dessen Augen so blau wie Tinte seien und es schaue damit jeden neuen Tag voller Neugier und Fröhlichkeit in die Welt. Überhaupt passe die Farbe Blau ganz besonders gut zu ihr.

Und, was soll ich sagen? Ich teile seine Meinung. Blau, welch eine wunderschöne Farbe. Tintila liebt das Blau des Himmels und alle Bäche, Flüsse und Seen, wenn er sich darin eitel spiegelt. Seit sie mit Mama und Papa am großen Meer in Italien war und sah, wie der blitzblaue Himmel das am Morgen noch graue Wasser in ein himmlisches Blau verzauberte, liebt sie das unendliche Meer ebenso. Blau ist wie das Lachen und die Fröhlichkeit und steht für

Verlässlichkeit und ist die Farbe der großen Erdkugel. Blau ist warm und weich und still und friedlich.

Eines Tages bat sie ihren Papa, die Zimmerdecke über ihrem Bett dunkelblau wie den Nachthimmel anzustreichen und ein paar Sterne und einen lachenden Mond hinein zu malen. Er tat es, und seitdem träumt sie sich jeden Abend beim Blick in diesen Sternenhimmel weit, weit fort und schläft wohlig geborgen ein.

Anzumerken ist an dieser Stelle Folgendes: Christina Celia Chiara Calmbach wird nicht nur von Mama, Papa und Opa *Tintila* gerufen. Auch Kinder und Erwachsene, die sie mag, dürfen sie so nennen. Doch alle Fremden und alle, die sie nicht leiden kann, müssen Christina zu ihr sagen - darauf achtet sie ganz genau.

HUT AB

Ein blaues Kinder-Fahrrad lehnt am Zaun und Tintila und ihr Papa stehen auf dem Gehweg daneben. Sie schüttelt immer wieder heftig den Kopf und der Pferdeschwanz fliegt hin und her.

Diese Bewegungen erinnern mich an die Winker der Autos, die in meiner Kindheit auf den Straßen fuhren. Die Fahrzeuge hatten außen am Dach rechts und links ein kleines rotes Ärmchen, das der Fahrer von drinnen ausklappen konnte, je nachdem, in welche Richtung er abbiegen wollte. Elektrische Blinker gab es damals noch nicht.

Eigentlich will ich in der Bäckerei nur zwei Brötchen kaufen, doch ich bin neugierig geworden und bleibe vor dem Laden stehen. Offensichtlich widerspricht Tintila ihrem Papa heftig, der jedoch zu kapitulieren scheint, denn er hebt resigniert die Schultern, während sie mit resoluten Schritten zum Zaun geht. Sie ergreift den Fahrradlenker, schiebt das Rad ein Stück auf den Gehweg. Sie stellt einen Fuß auf das Pedal an ihrer Seite, stupst mit dem anderen wie beim Rollerfahren ein wenig an und das Fahrrad bewegt sich vorwärts. Erneut stupst sie an ... und wieder ... und wieder. Mit jedem Stups wird sie mutiger. Ihr Papa steht derweil wie festgenagelt an der Stelle, an der sie miteinander geredet hatten und hält eine Hand vor den Mund. Wahrscheinlich befürchtet er, sein Töchterchen könnte mit dem Fahrrad umfallen. Das tut sie aber nicht. Vielmehr wendet sie und rollert zurück. Dreht erneut um, rollert in meine Richtung und wieder zurück - hin und her - keine Ahnung, wie oft sie das tut.

Und dann mache ich große Augen. Ich weiß nicht, wie es geschah - plötzlich sitzt sie auf dem Sattel und tritt mit beiden Füßen die Pedale. Zugegeben, sie fährt ein wenig zickzack und ich befürchte, sie würde stürzen, aber nein! Sie hat den Dreh raus, radelt lachend auf mich zu und stoppt vor mir. „Hallo Frau Blümeli, hast du mich gesehen? Ich kann jetzt ganz alleine mit dem Fahrrad fahren!"

Ihre tintenblauen Augen strahlen und ich nicke sprachlos. Woher kennt sie meinen Namen? Sie spricht mit mir, als ob wir seit langer Zeit vertraut miteinander wären.

„Toll, nicht?", unterbricht sie meine Gedanken, wendet ihr Fahrrad um, steigt auf und radelt zu ihrem Papa. Der nimmt sie in die Arme und dreht sich mit ihr wie ein Kettenkarussell rund und rund und rund. Das blaue Fahrrad liegt derweil auf dem Gehweg wie ein Bär, der vom erfolglosen Lachsfang frustriert am Flussufer zusammengesunken ist.

Vom langen Stehen ein wenig steif geworden, stakse ich in die Bäckerei und setze mich erleichtert auf einen der beiden

Stühle, die dort für Kunden stehen. Donnerwetter, Tintila hatte ohne jede Angst und ohne Hilfe das Radfahren erlernt.

Im gleichen Augenblick denke ich: Warum auch nicht? Ich hatte es damals - etwa genauso alt wie sie - sogar mit Vatis altem Herren-Fahrrad in unserem Garten geschafft. Ein Kinderfahrrad hatte zu der Zeit noch niemand. Mit dem großen Drahtesel war es nur ein wenig schwieriger gewesen, ohne Frage, doch ich hatte es trotzdem hinbekommen.

Es muss Frühling gewesen sein, denn ich war fast übermütig vor Freude, endlich wieder Kniestrümpfe anziehen zu dürfen. Mutter hatte mich in den Keller geschickt, um ein Glas eingeweckte Bohnen zu holen. Jedes Mal, wenn ich in den Vorratsraum kam, lief mir das Wasser im Mund zusammen. In den Regalen lockten Einmachgläser mit den köstlichsten Dingen, die man sich als Kind nur wünschen kann: eingeweckte Kirschen, Birnen, Mirabellen, Pflaumen, Apfelmus, Bohnen, Erbsen und ...

Bis zu jenem Tag war mir das alte Fahrrad an der Kartoffelkiste nie aufgefallen; ich hätte nicht überraschter sein können, wenn ich eine glitzernde Schatztruhe entdeckt hätte. Angelehnt stand der alte Drahtesel dort und ähnelte einem dösenden Pferd am Gatter. Ganz deutlich ist mir ein spezielles Detail in Erinnerung: eine kleine dreieckige Werkzeugtasche aus braunem Leder, die im Winkel der rostfleckigen Querstange befestigt war. Den kleinen Ringverschluss, mit dem der Deckel verriegelt wurde, öffnete und schloss ich damals hingebungsvoll. Dann glaubte ich das riesige Ungetüm sagen zu hören: Nimm mich bitte mit nach draußen, ich möchte den blauen Himmel wiedersehen. Wir könnten ein wenig unterwegs sein.

Surrend drehte sich die Pedalraste, als ich sie mit dem Fuß anstieß. Einen eigenen Roller hatten Roland und ich nie.

Daher dachte ich: Ich könnte mit dem Fahrrad vielleicht wie mit einem Roller fahren, wenn ich mich mit einem Fuß auf ein Pedal stelle und mit dem anderen abstoße. Mutig ergriff ich den Fahrradlenker und schob das schwere Ding von der Kartoffelkiste weg. Mühsam bugsierte ich es durch die Tür, den schmalen Gang entlang zur Waschküche, von dort hinaus in den Hof und weiter auf den langen Sandweg im Garten. Mir wurde warm und mein Herz klopfte heftig. Ich war fest davon überzeugt, dass das alte Herrenrad neben mir ebenso aufgeregt war wie ich.

Herrlich ist es hier draußen, hörte ich es sagen. Komm, steig auf. Lass uns den langen Weg entlang rollen.

Plötzlich bekam ich Angst und meine Knie zitterten. Der Wille, es zu schaffen, war jedoch viel zu groß, um aufzugeben, und gab mir stattdessen neuen Mut. Mit Mühe schob ich das Fahrrad ein Stück voran und musste viel Kraft aufwenden, um es gerade zu halten, da es mal zur einen, mal zur anderen Seite kippte. Ich war völlig verschwitzt, fühlte mich erschöpft und hätte das Rad am liebsten hingeschmissen. Doch auch jetzt rappelte ich mich auf, und ich kann nicht sagen, wann ich mir den entscheidenden Ruck gab den rechten Fuß auf das linke Pedal zu setzen.

Eines jedoch weiß ich noch sehr genau, die Sache war anfangs recht wacklig. Vorsichtig schob ich mit dem linken Fuß etwas an und die Räder drehten sich ein Stück vorwärts. Noch einmal anschieben, noch einmal und noch einmal. Ich wurde mutiger und rollte auf einem Bein stehend Stück für Stück den Weg hinauf und wieder hinunter, wie auf einem zu groß geratenen Roller. Von Mal zu Mal klappte es besser.

Meine Kniestrümpfe waren längst auf die Knöchel hinab gerutscht und die stramm geflochtenen Zöpfe hatten sich gelöst. Bei Vati hatte ich gesehen, wie er das Fahrrad anschob und aufstieg: Linker Fuß auf dem linken Pedal und mit dem gekreuzten rechten Bein dahinter anstoßen, das rechte Bein über den Sattel schwingen und den Fuß aufs rechte Pedal - fertig! Doch das war für ein kleines Mädchen wie mich damals unmöglich - die Querstange war im Weg - hoch oben auf Brusthöhe unter meiner rechten Achsel.

Wann ich die richtige Idee hatte, ist unwichtig. Auf jeden Fall hing ich plötzlich jubelnd seitlich am Fahrrad und fuhr! Ich hatte das rechte Bein einfach unter der Querstange durchgesteckt, trat beide Pedale und rollte den Gartenweg entlang. Heißa, welch eine Lust. Mein Röckchen zappelte wie eine kleine Fahne und die Luft streichelte zart und ungewohnt schnell über die Haut. Meine Welt war plötzlich weit und groß und ich fühlte mich riesig stark und unbesiegbar. Ja, in die weite Welt wollte ich fahren. Die Tür hinaus ins Unbekannte stand weit offen, ich war frei, losgelöst, es war berauschend schön.

„Frau Blümeli?" Jemand ruft meinen Namen. Die junge Bäckersfrau steht hinter der Theke und wedelt freundlich mit einer Hand in meine Richtung: „Na, wie geht's? Bekommen Sie wie immer zwei Brötchen?

EINSCHULUNG

Am Tag ihrer Einschulung hatte Tintila ihre Eltern gebeten, auf dem Weg zur Schule bei mir Halt zu machen. Ihre tintenblauen Augen strahlten mit dem schmucken blauen Ranzen auf ihrem Rücken und der blauen Schultüte, die Papa trug, um die Wette.

„Wir gehen jetzt zur Schule. Schau mal meinen schönen Ranzen an. Da", sie zeigte mit dem Zeigefinger hinter ihren Kopf, „da auf dem Deckel sind zwei weiße Adler. Weißt du, Adler sind ganz doll schlau. Und sieh mal meine Schultüte. Sie ist genauso blau und da sind weiße Wolken drauf und", sie wies mit der Grazie einer Prinzessin auf das orangefarbene Tuch und das blaue Band, mit dem die Tüte zugebunden war, „da darf ich erst nachher hineingucken. Ach, ich bin irre neugierig, was heute noch passiert."

„Das glaube ich dir gerne, es ist tatsächlich ein spannender Tag. Ab heute bist du ein Schulkind. Ich wünsche dir nicht nur für diesen Tag viel Glück und viel Freude" und reichte ihr ein in Geschenkpapier gewickeltes Päckchen. „Hier drin sind zwei Dinge, die du ab morgen sicherlich brauchen kannst. Ich denke, Mama und Papa nehmen es so lange, bis die Schule aus ist. Einverstanden?"

„Schade", meinte sie und zog eine Schnute. „Aber ich darf ja sowieso erst nachher die Schultüte auspacken und dann packe ich auch dein Geschenk aus."

Den Tipp, ihr eine Trinkflasche und eine Brotdose farblich passend zum Ranzen zu schenken, hatte mir ihre Mama gegeben.

Am Nachmittag des nächsten Tages zeigte mir Tintila einen Zettel, auf dem aufgelistet war, was die Erstklässler für die Schule brauchten. Ich konnte nur staunen. Es waren unglaublich viele Sachen: Schreib- und Bunt-Stifte, Hefte, Füller, Bücher, Bastelzeug, Sportsachen und Sportbeutel ...

Wie wenig war damals für das erste Schuljahr notwendig. Und selbst in den Jahren danach, zumindest kann ich mich nicht daran erinnern, brauchten wir nicht so viel Zeug.

Als ich die wenigen Teile aufzählte, die ich im ersten Schuljahr im Tornister hatte, machte sie große Augen: „Wie, du hattest nur eine Tafel, einen Griffel, einen Griffelkasten und ein Lese- und ein Rechenbuch – fertig? Also weißt du, du veräppelst mich, oder? Wie groß war denn die Tafel, die du mitbringen musstest? Unsere hängt in der Klasse an der Wand und ist riesengroß. Die meinst du doch wohl nicht? Und überhaupt weiß ich nicht, was ein Griffel ist und so weiter. Wie groß war das denn alles?"

„Nein, nein! Ich veräppele dich nicht! Die Sachen passten ganz bequem in den Tornister. Pass auf, die Tafel war etwas kleiner als ein aufgeschlagenes Schreibheft und hatte einen Rahmen aus Holz."

"Komisch", kicherte sie, „wie sah das denn aus? Etwa wie ein Bild im Bilderrahmen?"

„Ja, das ist ein prima Vergleich. Die Schreibfläche der Tafel war aus Schiefer und der Griffel dazu ebenfalls."

„Was ist Schiefer?", unterbracht sie mich.

„Wenn du es noch nie gesehen hast, kannst du es dir kaum vorstellen - selbst wenn ich es gut beschreiben könnte. Schiefer ist ein ganz spezieller Stein, der aus vielen dünnen Schichten besteht. Du kannst Papa mal fragen, ob er dir im Internet zeigt, wie Schiefer-Gestein aussieht."

„Mach ich. Aber sag mal, war denn der Griffel auch aus Stein? Der muss ja irre schwer gewesen sein. Wie sollte das denn gehen und wie konntest du mit solch einem Ding schreiben?"

„Nun, schwer war er gar nicht, im Gegenteil, doch mit ihm zu schreiben war ein wenig schwierig. Er war sehr dünn, kratzte auf der Tafel und zerbrach, wenn er hinfiel. Eines allerdings fand ich ganz schön praktisch. Wenn ich mich verschrieb, konnte ich alles mit einem nassen Schwämmchen einfach auswischen und die Tafel mit einem kleinen Lappen wieder trocknen. Danach schrieb ich das Wort oder eine Zahl oder alles einfach noch einmal."

„Mann oh Mann", grinste sie ein wenig schief, „das war aber ganz schön komisch, als du ein Kind warst."

„Für uns war das völlig normal und ich staune, was du alles für die Schule brauchst. Schau mit deinen Eltern im Internet nach, ob dort ein Bild von einer Schiefertafel, einem Griffel und einem Griffelkasten zu finden ist".

„Das mache ich bestimmt. Ich möchte nämlich zu gerne wissen, welche Sachen du hattest, als du klein warst."

GUSTAV

Draußen ist es warm und die Sonne lacht von einem Himmel, über den weiße Wolken ziehen, die teilweise einem üppigen Sahneberg auf einem Stück Obstkuchen ähneln. Ich will raus an die herrliche Luft und stecke ein Buch in die Handtasche, um auf der Bank am Spielplatz darin zu lesen. Diesen Platz in der Nähe einer hohen Birke mag ich besonders gerne, denn er ist genau richtig, um vom Sonnenball den Rücken gewärmt zu bekommen, ohne dass es beim Lesen blendet.

Ich schlage das Buch auf, doch bevor ich zum zweiten Satz komme, höre ich einen spitzen Schrei und sehe Tintila oben auf der großen Rutsche wie vom Blitz getroffen nach vorne kippen und kopfüber herunter sausen. Sie landet bäuchlings im Sand. Ich will schon aufspringen, um zu helfen, doch sie steht ruckzuck wieder auf den Beinen und klopft ihre Kleidung ab. Es scheint nichts Schlimmes passiert zu sein, denn Tränen kann ich nicht erkennen; im Gegenteil.

Beide Fäuste stemmt sie in die Seiten und sucht mit zornigem Gesicht den Jungen, der sie angestoßen hat. Mit der gerunzelten Stirn und dem wütend zusammengekniffenen Mund wirkt sie wie eine kleine Bulldogge, die den Feind sucht, um ihm an den Kragen zu gehen. Allerdings erwarte ich das weniger, denn anderen eins auf die Nase geben, entspricht Tintilas Wesen ganz und gar nicht. Sie kann es überhaupt nicht ausstehen, wenn sich Kinder prügeln. Wahrscheinlich wird sie dem Jungen ordentlich Bescheid sagen, ihn wütend anschreien, aber ganz gewiss nicht angreifen. Das dürfte in diesem Fall sogar klug sein, denn der Junge, der plötzlich vor ihr auftaucht, ist fast einen Kopf größer.

Als ob jemand eine Wolke vor der Sonne wegschöbe, verschwindet der Zorn aus ihrem Gesicht. Mit offenem Mund bestaunt sie die dicke Hornbrille auf seiner Nase und die krausen Haare, die wie eine flauschige Mütze um seinen Kopf liegen. Die großen Augen hinter den Brillengläsern scheinen sie zu irritieren, denn als sich der Junge mit verlegenem Grinsen vorbeugt, weicht sie ein Stück zurück. Ich höre ihn fragen: „Hast du dir wehgetan? Ist alles gut? Es tut mir leid. Das wollte ich nicht. Ich bin von der letzten Stufe der Leiter abgerutscht und gegen dich gefallen. Hast du dir ganz sicher nicht wehgetan? Lass mich mal sehen" und kommt noch ein Stück näher. Sie weicht weiter zurück und winkt lässig ab. „Nein, nein, es ist schon gut. Ist ja nix passiert. Aber ich war ganz schön wütend, weil ich dachte, du hättest mich absichtlich gestoßen."

„Ganz bestimmt nicht", er hebt drei Finger, „Ich schwöre! Ich habe mich selber irre erschrocken, als du nach vorne kipptest und die Rutsche hinunter gesaust bist. Tut dir ganz bestimmt nichts weh? Mein Vater ist Arzt, und der würde dir ganz schnell helfen."

„Nein, nein, es ist alles ok. Ich habe nur noch etwas Sand im Mund", meint sie und spuckt ein wenig zur Seite. „Und der knirscht eklig zwischen den Zähnen."

„Ich weiß, das ist widerlich."

„Ja, das kannst du wohl sagen. Ist aber nicht mehr schlimm", meint sie und nimmt die Schultern zurück, vermutlich, um größer zu wirken. „Nur die Augen brennen etwas, da ist auch Sand reingekommen."

„Bist du sicher? Sind deine Augen in Ordnung? Damit darf man nicht spaßen, sagt Vati immer."

Sie wischt mit dem Handrücken über die Augen und lacht betont locker. „Nee, ist schon gut. Ich kann alles wieder klar sehen".

„Übrigens", der Junge streckt ihr mit einer leichten Verbeugung die Hand entgegen, „ich heiße Gustav und wie heißt du?"

Sie sieht ihn verblüfft an. Nie zuvor hatte ein Kind in dieser Form mit ihr geredet.

„Äh, ich heiße, äh, Christina."

„Das ist ein schöner Name!"

„Ja, er gefällt mir auch. Alle meine Namen fangen mit einem C an."

„Was heißt alle deine Namen? Und wieso fangen alle mit einem C an? Meinst du wie du mit Nachnamen heißt?"

„Nein, das meine ich nicht. Aber der fängt auch mit C an. Ich habe also eigentlich vier C-Namen."

„Du veräppelst mich, oder", grinst er und zieht zweifelnd die Stirn kraus.

„Mache ich nicht. Ich habe ungelogen vier *Cs*", klärt sie ihn auf und zählt an den Fingern ab: „Den ersten Vornamen Christina habe ich von meiner Patentante und die ist Papas Schwester. Dann kommt Celia – so heißt Mamas Mama, also meine Oma. Aber die ist schon tot. Mein dritter Vorname Chiara gefällt mir besonders gut, denn es ist der Name meiner Mama. Sie kommt übrigens aus Italien. Und wir alle zusammen heißen Calmbach und der Name hat vorne auch ein C. Alles klar?"

„Ach du lieber Schreck. Mensch, das ist ja irre kompliziert!"

„Nö, finde ich gar nicht. Ist doch ganz einfach! Alle Namen fangen mit C an - Celia und Chiara brauche ich eigentlich überhaupt nicht. Papa hat die Namen auch nur alle aufschreiben müssen, als er mich angemeldet hat."

„Wo hat er dich angemeldet? In der Kita? Oder im Heim oder in der Schule?", grinst Gustav.

„Quatsch! Jedes Kind muss doch beim Rathaus angemeldet werden, wenn es auf die Welt kommt. Weißt du das denn nicht? Und da stehen jetzt alle meine Namen für immer in einem großen Buch. Da kann man nachlesen, wann ich auf die Welt gekommen bin und wer meine Mama und mein Papa sind. Ich habe aber keine Ahnung, was da sonst noch drinsteht."

„Na gut. Trotzdem sind das eine Menge Namen. Wofür brauchst du die eigentlich alle?"

„Brauche ich ja nicht. Habe ich doch gesagt! Ich habe sie nur zur Erinnerung an Mama, an meine Oma und meine Patentante bekommen."

„Und wie rufen sie dich? Rufen sie: Christina Celia Chiara Calmbach, komm rein, es gibt Abendbrot?", kichert er hinter vorgehaltener Hand.

„Quatsch! Sie rufen ganz einfach *Tintila komm rein!*"

„Was rufen sie?", prustet er, „das ist ja noch ein Name und der fängt nicht mit einem C an."

Ach, wie blöd! Nun hatte sie ihren Kosenamen verraten und hatte doch keine Ahnung, ob Gustav ihn kennen sollte. Würde er zu denen gehören, die Papa zu guten Freunden zählen würde oder gehörte er zu den Fremden und Doofen, mit denen sie nichts zu tun haben wollte?

„Blödsinn, ich habe noch Sand im Mund und dadurch nicht richtig gesprochen. Sie rufen natürlich *Christina*" nuschelt sie übertrieben undeutlich. Doch Gustav hört gar nicht hin, sondern kramt konzentriert in seiner linken Hosentasche.

„Was machst du da? Was suchst du?"

„Vati hat mir vorhin zwei Euro geschenkt. Magst du mit mir zur Eisdiele kommen? Ich würde dir gerne eine Kugel Eis abgeben. Weißt du, weil ich dich doch geschubst habe. Ich weiß, ich habe es nicht absichtlich gemacht, trotzdem will ich dir eine Freude machen."

Sie knufft ihn leicht mit dem Ellenbogen: „Ach, lass nur. Das mit dem Sand ist nicht so schlimm. Aber von dem Eis würde ich trotzdem ganz gerne etwas abhaben. Welche Sorten magst du am liebsten?"

„Also ich mag gerne Erdbeere und Schokolade."

„Super! Ich mag Erdbeere und Schokolade auch irre gerne!"

Bevor Tintila heute ins Bett geht, erzählt sie Papa, was sie erlebt hat. Vor allem von Gustav berichtet sie - von seinen krausen Haaren, die glänzend-braun wie reife Kastanien sind, von seiner Brille und den großen Augen dahinter. Sie schwärmt vom Eisessen und wovon sie erzählt und worüber sie oft und viel gelacht hatten.

„Um ein Haar hätten wir vergessen nach Hause zu gehen. Erst als Gustav auf seine Uhr geschaut hat, haben wir gemerkt, wie spät es ist. Wir hätten gerne noch viel, viel länger geredet. Aber das ging ja nicht. Schade!"

„Da hast du ja wohl einen richtigen Freund gefunden?", meint Papa.

„Ich weiß noch nicht, ob er ein richtiger Freund ist."

Eine Weile ist es ganz still. Dann tippt Papa mit einem Finger auf ihre Hand: „Erinnerst du dich daran, was ich dir mal erzählte? Wenn ja, weißt du doch, wie ein Mädchen oder Junge sein sollte, um ein wahrer Freund zu sein. Ist der Bursche so?"

Sie zuckt mit den Schultern. „Ich weiß nicht, Papa. Darüber muss ich erst nachdenken."

Später im Bett, schaut sie hinauf zu ihrem Sternenhimmel und denkt an Gustav. Könnte er ein Freund werden?

Weihnachten vor einem Jahr hatte Papa von seinem allerbesten Freund Hans erzählt, den Tintila liebevoll *Onkel Hans* nennt. In der 2. Klasse waren sich Claus, das ist Papas Vorname, und Hans zum ersten Mal begegnet. Hans war mit seinen Eltern in die Stadt gezogen und ging in diese Klasse. Die beiden Jungen saßen nebeneinander in einer Bank und redeten anfangs gar nicht miteinander. Claus fand Hans blöd, da er glaubte, der wäre eingebildet und trüge seine Nase sehr hoch.

Doch eines Tages ereignete sich etwas, was seine Meinung über den Banknachbarn änderte. In einer Pause stieß ihn der von allen gefürchtete Heini aus der dritten Klasse ohne erkennbaren Grund zu Boden und trat sogar auf ihn ein.

Wie aus der Erde gewachsen stand Hans neben dem Angreifer und, obwohl er ein Stück kleiner als dieser war, hatte er die Hände in die Seiten gestemmt und knurrte mit zusammengekniffenen Augen: „Du bist ja ein ganz riesengroßer Feigling! Du verhaust Kleinere? Du traust dich wohl nicht an Große?"

Eine Menge Kinder umringte bereits neugierig die Szene. Einige kicherten, andere lachten sogar laut, als sie hörten, was Hans sagte. Wahrscheinlich erwarteten sie, er bekäme nun ebenfalls Prügel.

„Nur Feiglinge und Schwächlinge vergreifen sich an Kleineren. Mein Bruder würde dich Schlappschwanz nennen", grollte Hans weiter, beugte sich zu Claus herunter, der noch immer am Boden lag, und hielt ihm die Hand hin. „Komm, steh auf. Der Feigling soll sich bloß nicht trauen." Und zu dem größeren Jungen gewandt: „Ich könnte das meinem Bruder sagen und der würde dich Feigling packen."

„Ach, und du bist ein richtiger Hosenschisser und versteckst dich hinter deinem großen Bruder", feixte Heini und schaute Beifall heischend in die Runde.

„Das denkst du aber auch nur! Mit dir werde ich ganz alleine fertig. Dafür brauche ich meinen Bruder nicht."

Heini trat ganz nah an Hans heran und hielt ihm drohend die Faust unter die Nase.

„Wage - es - nicht", sagte Hans und betonte jedes Wort. „Sei vorsichtig! Ich kann Karate!"

Der Große lachte hämisch. „Du Zwerg! Das wagst du…"

Und wie es Hans gemacht hatte, konnte Claus nicht erkennen. Auf jeden Fall lag Heini wie von Zauberhand auf dem Rücken am Boden und jammerte.

„Geh mir und meinem Freund künftig aus dem Weg, du Feigling. Verklopp deine Klassenkameraden, wenn du dich traust. Aber bei denen hast du wahrscheinlich keine Chance", meinte Hans verächtlich, legte Claus die Hand auf die Schulter und gemeinsam verließen den Ort des Geschehens. Seitdem sind die beiden unzertrennlich und halten fest zusammen.

Freunde können sich alles sagen, hatte Papa noch gesagt und sie würden bei anderen nichts von dem weitererzählen, was geheim bleiben sollte. Sie hielten sich unverbrüchlich an das, was sie miteinander verabredeten und keiner würde bestimmen wollen, was gemacht wird. Seiner Meinung nach war es vor allem wichtig, bei unterschiedlichen Meinungen und Ansichten tolerant zu sein.

Puh, das war an dem Weihnachtstag ganz schön viel gewesen. Aber seitdem war ihr klar, wie ein guter Freund oder eine gute Freundin sein sollte. Ganz einfach: ehrlich, ehrlich und noch mal ehrlich und fair! Es wäre super-schön, Gustav zum Freund zu haben.

BOULDER

Es ist ein wunderschöner Sommertag. Draußen ist es auf ganz besondere Art wonnig-warm und man hat das Gefühl, die Luft streichelt ganz zart über die Haut.

Tintila und Gustav sind auf dem Weg zum Spielplatz. Viele Kinder benutzen die Abkürzung über den Sportplatz, wenn dessen eiserne Eingangstore nicht mit einer dicken Kette abgesperrt sind. Der Platzwart, Herr Mauser, ist ein recht mürrischer Mensch und schließt, wann immer es möglich ist, die Tore ab. Ihm passt es nicht, wenn Kinder den Abschneider über *seinen Sportplatz* nehmen. Sind die Ketten nicht angebracht, prüfen die Kinder zunächst gewissenhaft, ob Herr Mauser irgendwo unterwegs ist. Ist die Luft rein, öffnen und schließen sie die Tore extrem vorsichtig, da diese schlecht geölt sind und quietschen.

Tintila fuchtelt mit den Händen herum - ganz ohne Frage erklärt sie dem Freund etwas. Unvermittelt bleibt sie stehen. Gustav ist bereits zwei, drei Schritte weitergegangen, ehe er die Kameradin neben sich vermisst.

„Wo bleibst du?", fragt er und schaut sich um.

„Psst! Da ist was. Ich habe was gehört", flüstert sie, legt einen Finger auf den Mund und dreht den Kopf, als sei er ein Wetterhahn auf dem Kirchturm, suchend hin und her.

„Was meinst du?", raunt auch Gustav, „ich höre nichts und sehe nichts", und zieht den Kopf zwischen die Schultern.

Sie runzelt die Stirn. „Vielleicht hat aber auch nur das Tor gequietscht?", und will schon weitergehen, als das Geräusch wieder zu hören ist. „Na, hast du es jetzt mitgekriegt?"

„Ja, jetzt habe ich etwas gehört. Ich glaube, es kam von da vorne. Aber da ist nichts und nirgendwo ist jemand zu sehen."

Wieder hören sie einen Laut – etwas länger und er klingt recht jämmerlich.

„Da", sie zeigt aufgeregt in die Richtung, „da, von der Bank kommt es", und rennt los. Sie sucht hinter der Bank und in den Büschen dahinter. Nichts! - Da! - Da ist das Geräusch wieder und ganz nah.

„Komm mit", Gustav weist wild gestikulierend auf den Mülleimer neben der Bank. „Komm mit, da ist was drin. Mach schnell!"

Gebannt schauen sie zum bis an den Rand mit Zeitungen vollgestopften Behälter. Plötzlich bewegt sich das Papier und beide Kinder springen erschreckt zurück.

„Was ist das, Gustav?"

„Keine Ahnung!"

Wieder bewegt sich das Papier und gleichzeitig fiept es aus dem Abfallkorb.

„Traust du dich die Zeitungen wegzunehmen? Was ist da bloß drin? Eine Schlange kann es nicht sein, oder? Ich glaube, die machen solche Geräusche nicht."

„Nein, das glaube ich auch nicht. Gib mir mal den Stock da neben der Bank, vielleicht kann ich damit die Zeitungen rauskriegen."

Papier auf diese Art aus einem Behälter stoßen, ist gar nicht einfach und Gustav stöhnt vor Anstrengung.

„Warte, ich sammele das Papier direkt ein, damit es nicht wegfliegt. Herr Mauser wird uns sonst ganz schön anschnauzen."

Wieder fiept es.

„Sei vorsichtig. Ich glaube, du bist fast unten. Duhuhu", flüstert Tintila gedehnt, als ob man ein Gummiband auseinanderzieht, „da ist wahrhaftig was Lebendiges drin."

Und dann starren beide Kinder fassungslos in zwei dunkelbraune Knopfaugen.

„Das ist ja ein kleiner Hund", säuselt sie und beugt sich liebevoll lächelnd über den Mülleimer, wie eine Mutter über einen Kinderwagen, „och duhu" und an ihren Freund gewandt, „da ist ein ganz kleiner Hund drin", greift ohne nachzudenken in den Behälter und hebt ein zitterndes, völlig verdrecktes, klitzekleines Fellbündel heraus.

„Sei vorsichtig, vielleicht beißt er" mahnt Gustav in einem Tonfall, vermutlich ähnlich dem seiner Mamsi - es ist der

Kosename seiner geliebten Mutter -, wenn sie ihn vor einer vermeintlichen Gefahr warnt.

„Quatsch. Der beißt nicht", gibt sie kess zur Antwort und wispert mit hoher Stimme: „Och, du armer kleiner Kerl. Wer hat dich denn da reingesteckt? Komm ganz fest zu mir - musst keine Angst haben - wir tun dir nichts - wir helfen dir und passen auf dich auf."

Beide Kinder streicheln den Kopf des Hundes, der winselnd versucht ihre Hände zu lecken.

„Und was machen wir jetzt?" Sie schaut ihren Freund so erwartungsvoll an, als ob nur von ihm die Lösung kommen könnte.

„Ich weiß nicht, ... ha, ich weiß wohl, was wir machen. Wir gehen zu Vati. Der wird wissen, was zu tun ist. Er kann herausfinden, wem der kleine Kerl gehört."

„Das ist eine super-gute Idee. Komm, gib mir deine Jacke, du brauchst sie jetzt nicht. Der Hund ist winzig klein und zittert ganz schrecklich. Ich glaube, er friert und hat entsetzliche Angst. Mama sagt immer, Wärme sei gut, wenn man sich fürchtet."

In Gustavs Jacke gewickelt, tragen die Kinder den kleinen Findling zur Praxis von Dr. Toni Wahrlich, Gustavs Vater. Nach einem kurzen Anruf in der Tierarzt-Praxis von Dr. Nottelstedt, ein paar Straßen weiter, machen sich die Kinder mit dem Hund dorthin auf den Weg. Der Tierarzt stellt fest, dass der Welpe erst vier oder fünf Wochen alt ist und eigentlich noch bei seiner Mutter sein müsste. Er sei viel zu klein, um von ihr getrennt zu sein, meint der Doktor. Außerdem sei er stark abgemagert und ganz generell in sehr schlechter Verfassung.

„Passt auf, ihr zwei Lebensretter", meint er, „lasst den kleinen *Boulder* bei mir ..."

„Wieso Boulder?, unterbricht Gustav den Arzt. „Ist das eine Hunderasse? Gibt es die? Habe ich noch nie gehört".

„Nein, das ist keine Hunderasse", lacht der Doktor. „Ihr habt ihn gefunden und damit ist er ein *Findling*. So sagt man auch für Felsbrocken. Und Findling heißt auf Englisch *boulder*. Das fiel mir gerade ein, denn der kleine Bursche ist meiner Meinung nach ein echter Findling oder nicht?"

Tintila lacht auf: „Klasse! Aber ein Brocken ist er nicht. Eigentlich ist er ein ganz klitzekleines Bröckchen" und zeigt zwischen beiden Händen, was sie meint.

Dr. Nottelstedt schmunzelt. „Ich glaube allerdings, dass dieses Bröckchen einmal ein ganz schöner Brocken wird. Ihr werdet euch wundern. Er wird ein kräftiger Bursche werden."

„Na, dann ist es ja gut, dass er bereits den richtigen Namen hat. Ich finde Boulder für ihn prima! Oder, Gustav?", lacht sie und stutzt, als sie den Freund ansieht. Offensichtlich ist dem gar nicht zum Lachen zumute. Wie ein begossener Pudel schaut er vor sich auf den Boden.

„Das ist doch alles Quatsch, was ihr da erzählt! Wir wissen ja gar nicht, wem er gehört und vielleicht müssen wir ihn wieder abgeben", entgegnet er wütend und ballt die Hände. „Wir können ihn sicherlich nicht behalten. Bei uns zu Hause will ja sowieso keiner einen Hund haben, und überhaupt finde ich alles unglaublich doof." Seine Stimme ist immer leiser geworden und die Augen verdächtig feucht.

Sie streichelt über seinen Arm. „Och, daran habe ich gar nicht gedacht. Ich dachte, er gehört jetzt uns, weil wir ihn doch gefunden haben."

Der Arzt unterbricht die Kinder.

„Nun mal langsam und ganz ruhig und eins nach dem anderen. Der kleine Boulder bleibt zunächst hier, weil ich ihn einige Zeit aufpäppeln muss. Ihr könnt ihn jeden Tag besuchen, und bis er gesund ist, wird sich eine Lösung finden. Ich höre mich ein wenig um, während ihr in der Umgebung obendrein nachfragen könnt, ob jemand einen Hunde-Welpen vermisst."

Er mag den Kindern nicht sagen, dass sich wahrscheinlich niemand finden wird. Der Hund war schließlich tief unten im Mülleimer unter einem Berg Zeitungen versteckt worden. Irgendjemand hatte ihn auf diese grausame Art und Weise loswerden wollen.

Und seine Vermutung bestätigt sich. Trotz aller Zettel, die die Kinder an Laternenmasten kleben und in den Geschäften in der Nähe aushängen, meldet sich niemand. Selbst Dr. Nottelstedt bekommt keinerlei Information, wem der Findling gehören könnte. Auch von der Polizei, wo er den Fund des Welpen gemeldet hatte, gibt es keinen Hinweis. Die Kinder sind fast krank vor Aufregung.

Jeden Tag sehe ich sie zur Tierarztpraxis gehen und staune immer wieder, wie viel Zeit sie dort verbringen. Meistens kommen sie erst nach Stunden zurück. Wie mir der Tierarzt bei einer zufälligen Begegnung im Ort erzählt, sitzen sie stundenlang bei Boulder, reden und spielen mit ihm ein wenig oder streicheln ihn in seiner gemütlichen Kiste.

Heute ist der Tag der Entscheidung. Mein Interesse am Ausgang dieser Geschichte ist groß und ich möchte möglichst nah dabei sein. Der Weg zur Praxis ist nicht weit. Dort setze ich mich auf die Bank in der Bushaltestelle gegenüber. Wie eine kleine Prozession nähern sich nur wenig später Tintila mit Mama und Papa, und Gustav mit seinen Eltern. Fröhlich wirken sie nicht - alle haben ein ernstes Gesicht.

Eine halbe Stunde nachdem die Prozession hinter der Tür der Tierarzt-Praxis verschwunden ist, kommen die Erwachsenen wieder heraus. Aufgeregt und laut reden sie miteinander und die Tür schließt sich hinter ihnen. Wo sind Tintila und Gustav? Und was ist mit Boulder?

Bevor ich länger darüber nachdenken kann, fliegt die Tür auf und eine Fellkugel flitzt an einer langen Leine nach draußen. Die im gleichen Eiltempo folgenden Kinder bleiben im Ausgang stecken, denn sie wollen gleichzeitig hindurch. Vor Lachen schaffen sie es erst nicht, sich zu sortieren und brauchen eine Weile, bis es klappt.

Bei den Erwachsenen bleibt die wilde Horde stehen. Sowohl Tintila und Gustav als auch der Hund sind außer Atem. Leider sitze ich zu weit entfernt und kann nicht verstehen, was sie reden. Es scheint etwas Schönes zu sein, denn immer wieder klingt fröhliches Lachen zu mir herüber.

Gustav hat alle Hände voll damit zu tun, den zwischen den vielen Beinen aufgeregt hin und her wuselnden Hund immer wieder herauszuholen und die verheddertе Leine zu ordnen. Boulders kurzes Fell - ich bin sicher, dass er es ist - glänzt wie Seide und er springt voller Lebensfreude auf tapsigen Welpen-Pfoten herum. Seine Augen strahlen, die Zunge hängt lang aus seiner Schnauze, und überhaupt sieht er aus, als ob er lachen würde. Den Hund derart glücklich zu sehen, wärmt mein Herz. Zu gerne möchte ich erfahren, was aus ihm werden soll. Wo wird er ein Zuhause bekommen?

Als ob jemand meinen Wunsch nach Aufklärung gehört hätte, entdeckt mich Tintila auf der Bank und hopst fröhlich zu mir herüber. „Hallo Frau Blümeli, ich muss dir was erzählen. Boulder bleibt bei Gustav und ich kann ihn jeden

Tag besuchen - und wir wollen jeden Tag mit ihm spazieren gehen - und er bekommt eine Hütte im Garten, wo er tagsüber sein kann - und da kann er rumrennen oder in seiner Hütte liegen und schlafen - und im Haus in der Diele hat er nachts auch einen Schlafplatz - und da ist es warm - und er bekommt immer genug zu fressen und zu saufen - und wir haben ihn ganz doll lieb - und ..."

„Halt stopp, mir schwirrt der Kopf. Das geht zu schnell", unterbreche ich das Kind, das vom Reden außer Atem ist und mich nun verwundert anschaut.

„Ja, aber ich will dir das doch alles nur schnell sagen, damit du Bescheid weißt..."

„Stopp stopp", unterbreche ich sie erneut und fange die wild hin und her fuchtelnden Hände des aufgeregten Mädchens ein. „Ich habe verstanden, dass Boulder künftig bei Gustav sein Zuhause hat und es ihm dort gut ergehen wird. Das freut mich sehr. Wie schön hat sich alles gefügt."

Während Tintila von einem Bein aufs andere trampelt, sprudeln erneut die Worte ohne Pause aus ihrem Mund. Frau Wahrlich hatte kluge Argumente im *Familienrat* eingebracht, mit dem Ergebnis, dass Boulder - entgegen Gustavs Ansicht - bei ihnen leben wird. Der Hund kann sich tagsüber im Garten aufhalten, wo er bei Bedarf Schutz und Ruhe in einer großen Hütte hat. Einen Teil der Verantwortung für den Hund müssen die Kinder übernehmen. Sie sollen ihn pflegen, füttern und für sauberes Trinkwasser sorgen. Um die Sauberkeit der Hundehütte müssen sie sich ebenso kümmern, wie um seinen Platz in der Diele.

Zuvor hatte Mamsi allerdings eine ihr ganz besonders wichtige Bedingung gestellt, die in keiner Weise verhandelbar gewesen war: Absolut tabu für Boulder sind Küche, Esstisch, alle Sitzmöbel und Gustavs Bett! Liebhaben sei eine Sache, doch bei aller Tierliebe müsse es Grenzen geben.

„Weißt du" meint das Kind vor mir ernsthaft, „das finde ich alles richtig gut und mein Herz hopst ganz doll, wenn ich den glücklichen Gustav sehe."

„Und was ist mit dir? Bist du nicht traurig?"

Ein Schatten zieht über ihr Gesicht. Doch nur Sekunden später lacht sie wieder: „Ein bisschen traurig war ich schon. Aber dann habe ich verstanden, was Mama sagte. In unserer Wohnung ist es viel zu eng für Boulder. Die Treppen rauf und runter, und Frau und Herr Schonder müssten das Gerenne ertragen, und überhaupt hätte es ein Hund in einem Garten viel besser. Und wenn ich ihn lieb hätte, meinte Mama, würde ich wollen, dass er glücklich ist."

Sie macht eine Pause und seufzt, was in meinen Ohren eher nach einem Schluchzer klingt. „Das mit dem Liebhaben und Boulder bei Gustav lassen, war trotzdem schwer. Aber nur weil ich ihn bei mir haben will, soll er nicht in unserer Wohnung eingesperrt sein und warten bis ich von der Schule heimkomme. Ein bisschen habe ich erst geweint. Aber als ich an Boulder und an Gustav dachte, war es nicht mehr so schlimm, und jetzt finde ich die Lösung prima."

„Weißt du, ich bewundere dich ganz arg für deine tapfere Entscheidung. Ich bin sehr, sehr stolz auf dich."

Mit ihren tintenblauen Augen schaut sie mich zweifelnd an, weil sie wohl nicht versteht, was ich meine. Als ich ihr meine offene Hand hinhalte, schlägt sie jedoch sofort lachend ein. „So richtig weiß ich nicht, was du meinst. Ist aber auch nicht wichtig, oder? Jetzt muss ich zurück zu den anderen. Tschüss und bis bald!", und im gleichen Augenblick saust sie - nach einem schnellen Blick links, rechts, links - zurück auf die andere Straßenseite.

DER FIESE FRANZ

„Sag mal, kennst du den fiesen Franz?" Jemand zieht an meinem Jackenärmel. Ich schrecke auf. Da habe ich mal wieder auf der Bank am Spielplatz im warmen Sonnenschein gedöst und nichts um mich herum mitbekommen. Tintila steht mit zusammengekniffenen Augen vor mir: „Frau Blümeli, wach auf. Kennst du den *fiesen Franz*?"

„Ach, du bist das. Wie schön! Komm, setz dich zu mir." Auffällig langsam lässt sie sich neben mir nieder. Eine ganze Weile baumelt sie mit den Beinen, schaut nachdenklich vor sich und sagt kein Wort. Ungewöhnlich, sie derart still zu sehen. Was mag sie beschäftigen?

„Wie war dein Tag?"

Sie zuckt mit den Schultern.

„Was hast du erlebt? Ich bin gespannt, was du mir erzählen kannst."

„Hmm. Ich weiß nicht."

„Was weißt du nicht?"

Sie zuckt erneut mit den Schultern: „Nun sag schon, Frau Blümeli, kennst du den *fiesen Franz*?"

Verwundert schaue ich meine Sitznachbarin an. Da hatte ich mich vorhin doch nicht verhört. Was sollte diese Frage? Irgendetwas stimmte nicht. Da war etwas im Busch. Vorsichtig lege ich eine Hand auf ihre: „Es tut mir leid, aber den *fiesen Franz* kenne ich nicht. Wer ist das? Magst du ihn mir beschreiben, damit ich eine Vorstellung von ihm bekomme?"

„Er ist in meiner Klasse".

Ich warte einen Augenblick, ob sie noch etwas sagt, und frage dann: „Warum heißt dieser Junge *fieser Franz*?"

Sie ballt die Hand und schlägt damit auf ihr Knie.

„Ganz einfach! Er ist fies, mies und gemein! Er lügt, er schummelt und schiebt immer die Schuld auf andere, wenn er erwischt wird. Und heute …"

„Was war heute?"

„Heute hat er …"

„Was hat er heute?"

„Heute …" Sie verstummt erneut.

„Was war heute?"

„Heute hat er Frau Goteling einen Euro geklaut. Ich habe es ganz genau gesehen."

„Was hast du gesehen?"

„Frau Goteling ist doch unsere Lehrerin und jeden Morgen legt sie zwei Ein-Eurostücke auf ihren Tisch."

„Kannst du mir sagen, warum sie das tut?"

„Ja, weißt du, wenn sie auf dem Parkstreifen an der Straße parken muss, braucht sie einen Euro, um einen Parkschein zu kaufen. Auf dem Parkplatz unserer Schule ist nämlich nicht immer genug Platz für alle Lehrer-Autos."

Ich nicke. „Warum legt Frau Goteling zwei Münzen hin?"

„Meistens klappt es nach einer Stunde einen Platz vor der Schule zu bekommen und sie kann ihr Auto schnell hinfahren. Aber manchmal wird da nichts frei und sie muss weiter auf dem Parkstreifen parken. Und in dem Fall muss sie wieder einen Parkzettel für eine Stunde kaufen."

Tintila atmet hektisch und ich drücke ihre Hand, um sie zu beruhigen.

„Das habe ich verstanden. Aber was hat Franz damit zu tun?"

„Nach der letzten Stunde habe ich ihn nach vorne zum Tisch gehen sehen. Dort blieb er mit den Händen in den Hosentaschen stehen. Weißt du, da am Tisch, wo das Geld immer liegt. Frau Goteling tröstete gerade Paula, die ganz schlimm weinte, weil sie eine Rechenaufgabe an der Tafel nicht lösen konnte."

„Ja, das kann ich mir vorstellen. Und was passierte weiter?"

„Er schaute sich ein paar Mal um, nahm blitzschnell einen von den Euros und steckte die Hand sofort wieder in die Hosentasche und ging ganz langsam nach draußen, als wenn nix gewesen wäre. Glaub mir, ich habe es ganz genau gesehen."

„Und was geschah außerdem? Das ist doch noch nicht alles."

„Nachdem Frau Goteling Paula beruhigt hatte, packte sie ihre Tasche und merkte, dass eine Münze weg war." Sie verstummt wieder.

„Und weiter…". Es ist schwierig, ich muss ihr alle Informationen förmlich aus der Nase ziehen. „Was hat dich derart aus der Fassung gebracht?"

Sie seufzt. „Ich stand noch immer da und habe jetzt Angst."

„Angst wovor?"

„Ich glaube, Frau Goteling denkt, ich hätte das Geld genommen."

„Wie kommst du denn auf den Gedanken?"

„Sie hat sich zuerst gebückt und auf dem Boden nach dem Euro gesucht. Aber da fand sie ja nichts, und hat mich dann ganz komisch angesehen." Dicke Tränen rollen über ihr Gesicht. Mit einem lauten Schluchzer, der mir ans Herz geht, sinkt das Mädchen an meinen Arm.

„Ich will doch keine Petze sein. Aber was soll ich machen? Ich habe den Euro ganz gewiss nicht genommen."

„Ich glaube dir! Ich glaube dir ganz gewiss!"

Eine Weile sitzen wir stumm beieinander, bis das Weinen weniger wird und keine Tränen mehr fließen.

„Was soll ich denn machen? Ich will nicht petzen. Wenn einer was klaut, ist das schlimm, finde ich. Und überhaupt sind immer wieder Sachen weg gewesen."

„Was war weg? Bitte, sag es mir."

„Ja, mach ich. Aber es weiß keiner, wer das gemacht hat."

„Was ist verschwunden? Wenn du es mir erzählst, ist es kein Petzen. Vielleicht kann ich ja helfen?"

„Glaubst du wirklich, du kannst helfen?"

Tintila schaut mich zweifelnd an und schlingt mir beide Arme um den Hals. Sie drückt mich derart feste, dass ich fürchte, keine Luft mehr zu bekommen. Ich lache ein wenig nervös und löse vorsichtig ihre Arme.

„Ich kann nichts versprechen. Aber ich werde darüber nachdenken, und wenn ich eine Idee habe, mache ich etwas."

„Ich wusste es …" Sie springt auf und klatscht wie ein begeisterter Konzertbesucher in die Hände: „Ich wusste es…, ich wusste es! Meine Frau Blümeli kann helfen!"

„Langsam, du wilde Hummel. Noch weiß ich nicht, was und ob ich etwas tun kann. Du musst mir zuerst sagen, was verschwunden ist."

Sie zählt an ihren Fingern ab: ein kleines Auto, das ein Junge von zu Hause mal mitgebracht hatte, ab und zu ein Stift, ein halbes Butterbrot, ein Apfel, und andere kleine Gegenstände.

Hatte dieser Franz tatsächlich mit den verschwundenen Sachen etwas zu tun? Wenn ja, frage ich mich, was mit dem

Jungen los ist? Was brachte ihn dazu Dinge zu nehmen, die ihm nicht gehören? Es ist eine verzwickte Situation.

Eigentlich war dieser Franz alt genug, um zu wissen, was *mein und dein* ist. Was mochte der Grund für sein Tun sein? Bekam er eventuell zu wenig Zuwendung oder wollte er provozieren, um wahrgenommen zu werden? Ich habe keine Ahnung, und das will ich ändern. Ich will versuchen herauszufinden, was mit diesem Jungen nicht stimmt.

Am nächsten Tag mache ich mich auf den Weg zur Schule. Tintila hatte mir den *fiesen Franz* sehr genau beschrieben und ich erkenne ihn daher schnell. Er steht alleine am Zaun des Schulhofs und schaut den anderen Kindern beim Toben zu. Struppig und fettig stehen seine Haare in alle Richtungen. Sein graues T-Shirt hat Flecken und die Hosen sind kaputt und ausgefranst. Sie sehen allerdings nicht nach der Mode aus, bei der neue Hosen und Jacken bereits mit Rissen und Löchern für viel Geld verkauft werden; seine Sachen sind ganz einfach ungepflegt und verschlissen. Franz erinnert mich an ein in die Enge getriebenes Tier, das mit Fauchen, Kratzen und Beißen jeden anfällt, der ihm zu nahekommt. Ich empfinde Mitleid mit dem Jungen und hoffe herauszufinden, was mit ihm nicht stimmt und ihn offensichtlich aus dem Lot gebracht hat.

Mein nächstes Ziel ist Frau Goteling.

„Aber meine liebe Frau Blümeli, ich kann und darf Ihnen doch nichts über Franz oder ein anderes Kind erzählen", meint sie, als ich meinen Wunsch äußere, mit seinen Eltern sprechen zu wollen.

„Ja, das ist mir durchaus bewusst. Ich möchte ja auch lediglich wissen, wo seine Familie wohnt. Ich habe den Eindruck, er braucht Hilfe."

„Was meinen Sie?", fragt sie misstrauisch.

„Das kann ich Ihnen nicht sagen. Ich bitte Sie nur, mir die Anschrift zu geben. Ich möchte mit seinen Eltern sprechen."

„Das können Sie nicht. Franz hat keine Eltern mehr. Sie sind vor drei Jahren bei einem Unfall ums Leben gekommen. Seitdem wohnt er bei seinem Großvater."

„Gibt es eine Großmutter?"

„Nein, die lebte schon nicht mehr, als das Unglück passierte."

„Ach Gott, wie traurig. Das alles muss für den kleinen Franz ja schrecklich gewesen sein. Er wird gar nicht verstanden haben, warum seine Mama und sein Papa plötzlich nicht mehr da waren. - Ist denn außer dem Großvater sonst jemand in dem Haushalt? Ich meine, eine Frau, eine Tante oder eine andere Hilfe, die für den Großvater und Franz sorgt?"

„Soweit ich weiß, leben die beiden alleine. Aber mit Sicherheit kann ich es nicht sagen. Den Großvater habe ich nur bei der Anmeldung gesehen. Er war wortkarg und ich habe keine Ahnung, ob er mit sich reden lässt. Hier in der Schule ist er auf jeden Fall nie wieder aufgetaucht."

Das alles klang gar nicht gut. Was konnte ich nur tun? In der Schule will und kann ich auf keinen Fall etwas unternehmen und bin daher am Ende des Gesprächs froh zu erfahren, wo Franz wohnt.

Den nächsten Vormittag halte ich für einen guten Zeitpunkt und drücke auf den Klingelknopf neben dem Namensschild des Großvaters. Zuerst ist der Mann recht mürrisch, als er mich vor der Tür stehen sieht. Ich nehme mein Herz in beide Hände und lächle ihn freundlich an. Nachdem ich mich vorgestellt und vorsichtig angedeutet habe, es sei meiner Meinung nach wichtig, mit ihm über Franz zu sprechen, bittet er mich herein. In der aufgeräumten Küche fühle ich mich sofort wohl und wir sitzen fast drei Stunden am Küchentisch und sprechen miteinander. Ich erkenne, wie schwer es in der letzten Zeit für den Mann geworden ist, mit Franz zurechtzukommen und mit seiner bescheidenen Rente für sich und den Jungen zu sorgen - sie kommen mehr schlecht als recht über die Runden.

Das gegenseitige Vertrauen wächst, je länger wir miteinander reden. Irgendwann wage ich es, ihm von der Sache mit dem Euro und den anderen verschwundenen Dingen zu berichten. Als ich zum Ende komme, sitzt mir der Großvater mit aufgestütztem Kopf gegenüber. Ich fühle mich hilflos und weiß keinen Rat, um den verzweifelten Mann zu trösten.

„Ach", meint er nach einer Weile leise, „ich fürchte, Franz ist vom rechten Wege abgekommen und findet sich nicht mehr zurecht. Ich habe keine Idee, wie ich ihm helfen und wieder offenen und ehrlichen Kontakt mit ihm bekommen kann."

Stockend gibt er mir zu verstehen, dass er sich seit Monaten überfordert fühlt und wie unglücklich er darüber ist, mit dem Jungen nicht mehr fertig zu werden. Er fühlt sich kaum noch in der Lage mit ihm zu reden, ohne dass sich Franz sofort abwendet. „Was würden Sie tun, Frau Blümeli. Sagen Sie mir ganz offen, was Sie denken."

Das tue ich, mache aber zuvor deutlich, dass ich die Situation nur von außen betrachten und nicht konkret beurteilen kann. Meiner Meinung nach sei es zunächst wichtig, Franz' Vertrauen zurückzugewinnen und ihn mit geduldiger Zuwendung und Anerkennung zu motivieren, von sich zu erzählen, zu sagen wie er sich fühlt und was ihn beschäftigt. Dabei sei es Voraussetzung, nur aufmerksam zuzuhören, ohne Kommentare und ohne jeden Vorwurf. Mit der wachsenden Gewissheit, verstanden, geliebt und sicher geborgen zu sein, könnte sich alles wieder einpendeln.

Außerdem nenne ich dem Großvater zwei Adressen, wo er für sich und Franz Hilfe und Unterstützung bekommen kann.

Als ich mich verabschiede, biete ich an, Franz täglich bei den Hausaufgaben zu helfen und das Versäumte nachzuholen, damit er in die nächste Klasse versetzt wird.

Es sind fast zwei Wochen vergangen, als es am frühen Nachmittag bei mir Sturm klingelt. Tintila steht vor der Tür und trampelt ähnlich einem kleinen Rennpferd kurz vor dem Startschuss von einem Bein aufs andere. „Frau Blümeli, ich muss dir was erzählen. Hast du Zeit?"

„Komm erst einmal herein."

Sie lässt sich mit einem *Plumps* ins Sofa fallen und schnauft, als ob sie einen Marathon hinter sich hätte. Mit einem dumpfen *Plopp* knallt sie die Hände neben sich und lacht mich übermütig an. „Weißt du, was der Franz gemacht hat? Nein, du hast garantiert keine Ahnung, was er gemacht hat!"

Ich staune. Sie sagt nicht der *fiese Franz*, sondern einfach nur *der Franz*. Oh Wunder! Was war denn da passiert?

„Nein, das weiß ich tatsächlich nicht. Aber du wirst es mir sicherlich gleich erzählen, oder?"

„Heute hat Franz Frau Goteling den Euro wiedergegeben und hat ihr gesagt, dass er ihn genommen hat - in der Klasse, als wir alle dabei waren! Kannst du dir das vorstellen? Er hatte einen ganz roten Kopf und war ganz doll verlegen und Frau Goteling hat große Augen gemacht. Und dann hat sie gelacht und den Franz in den Arm genommen und zu uns gesagt, Franz sei sehr mutig, weil er seinen Fehler vor allen eingestanden habe. Und ..., weißt du, was der Franz auch noch gemacht hat?"

„Nein! Was hat Franz gemacht?"

„Zuerst hat er auf den Boden geguckt und leise gesagt, er hätte auch andere Sachen genommen, mal ein Spielzeugauto, ein paar Stifte und einen Apfel usw. Dann hat er uns alle angeschaut und gemeint, es tue ihm ganz doll leid. Er hat versprochen, so etwas niemals wieder zu machen. Das Auto und drei Stifte hat er vorne auf den Tisch von Frau Goteling gelegt. Außerdem hat er erzählt, dass du mit ihm lernst, damit er mit uns in die nächste Klasse kommt. Und die ganze Zeit stand Frau Goteling neben ihm und hat gestrahlt, wie wenn Weihnachten wäre."

„Donnerwetter, das ist tatsächlich eine großartige Nachricht. Ach, das freut mich sehr! Ich bin beeindruckt, was Franz geschafft hat. Hast du vor Kurzem geahnt, dass er derart mutig ist? Aber da kannst du mal sehen, wie man sich irren kann."

„Ja, und ich habe noch mehr zum Staunen. Franz hatte saubere Klamotten an und seine Haare glänzten. Weißt du, er hat sogar fast so helle Haare wie ich. Und überhaupt sah er ganz anders aus. Und zum Schluss haben wir alle gelacht und geklatscht und er hat sehr glücklich ausgesehen."

„Ist er für dich denn noch immer der *fiese Franz*?"

„Nö! Franz ist gar nicht mehr fies und gemein. Es ist, als ob ihn irgendwer verzaubert hätte."

„Ich glaube eher, er war schon immer ein richtig netter Junge. Doch, als er noch sehr klein war, sind seine Eltern ganz plötzlich gestorben und dadurch hat er ihre Liebe und sein Zuhause verloren."

„Da war dann nur sein Opa, bei dem er jetzt ganz alleine wohnt, nicht?"

„Ja! Damals, als das Unglück passierte, ist er damit einfach nicht fertig geworden. Sein Großvater hat ihn zwar lieb und kümmert sich so gut er kann um ihn, doch das war wohl nicht genug. Jetzt ist Gott sei Dank ein neuer Anfang gemacht und dazu braucht Franz auch ein paar gute und verlässliche Freunde, damit er wieder festen Boden unter die Füße bekommt."

Tintila nickt und stupst mir einen Finger in die Seite: „Wieso braucht der Franz festen Boden unter den Füßen? Es ist doch alles ganz fest hier. Oder wackelt irgendwo die Erde?"

Sie staunt nicht schlecht, als ich zu lachen beginne und nicht aufhören kann. Erst als mir der Bauch wehtut und Tränen übers Gesicht kullern, beruhige ich mich. Ich bin dankbar, wie sich alles gefügt hat und mit dem Lachen ist alles Schwere verschwunden und ich fühle mich erleichtert.

„Ach, weißt du", erkläre ich ihr „das mit dem *festen Boden* ist eine von vielen Redensarten. Wenn jemand beispielsweise durch ein solches Unglück nur noch Angst hat, ihn würden die Menschen verlassen, die er lieb hat, wird er sehr, sehr unsicher. Und das vergleicht man mit einer Situation, wenn der Boden, auf dem man steht, wackelt und wankt. Dann wünscht man diesem Menschen, er oder sie soll wieder festen Boden unter den Füßen haben. Verstehst du das?"

„Ach so! Ist das wie auf der Kirmes in dem *verrückten Haus*, in dem alles wackelt und hin und her schaukelt und man sich ganz doll festhalten muss, um nicht umzufallen?"

„Ja, damit könnte man es vergleichen. Jetzt allerdings freue ich mich darüber, wie mutig und ehrlich sich Franz gezeigt hat. Helft ihm alle, einen ganz festen Platz in eurer Klasse zu bekommen. Den *fiesen Franz* soll es nie wieder geben! Nie wieder!"

Und das gelingt! Nach einigen Wochen braucht er meine Hilfe nicht mehr. Franz war regelmäßig alle paar Tage bei mir gewesen, machte seine Schulaufgaben gut und das Lernen fiel ihm immer leichter. Er ist inzwischen sicher und selbstbewusst und ein guter Schüler. Für viele Kinder ist er ein fröhlicher Kamerad und für Tintila und Gustav ein verlässlicher und liebenswerter Freund geworden.

JAHRMARKT

Nach Tintilas letztem Besuch, bei dem sie ein *verrücktes Haus* auf einem Jahrmarkt erwähnt hatte, ging mir ein schon viele, viele Jahre zurückliegender Ausflug mit Sophie, einer Freundin aus der Schulzeit, nicht mehr aus dem Sinn.

An jenem Tag - wir waren beide Mitte Zwanzig - schwebte am Ortsrand ein eigenartig vertrauter Geräuschteppich durch die Straßen. Das typische Gedudel eines Jahrmarktes machte uns neugierig und wir versuchten die Quelle herauszufinden.

„Ich hab's", Sophie zeigte Richtung Schützenplatz. „Da drüben ist ein Riesenrad und ich kann auch Kirmesbuden erkennen, los komm, Lilla." Sie nannte mich seit der Schulzeit so, wie mich sonst nur Vati und mein Bruder Roland nannten. Den Kosenamen *Lilla* hatte ich bekommen, als Roland noch zu klein gewesen war, um *Rosalinde* auszusprechen zu können. „Lass uns hingehen und sehen, was uns Schönes geboten wird. Ich habe Lust auf eine Bratwurst vom Grill, und überhaupt war ich seit Ewigkeiten nicht mehr auf einer Kirmes."

Begeistert von der Idee bummelten wir untergehakt und albern kichernd wie zu Schulzeiten zum Schützenplatz. Vom Karussell-Fahren war nicht die Rede gewesen, doch als wir mit einer Tüte köstlicher, frisch gebrannter Mandeln in der Hand vor dem Riesenrad anhielten, lief ich zur Kasse, kaufte zwei Tickets und zog Sophie in die nächste freie Gondel. Ich knuffte sie vergnügt in die Seite und begann leise zu singen: *Padam... Padam... Padam...*, und an sie gewandt: „Sag mal, kannst Du mir sagen, warum ich gerade diese Melodie im Kopf habe?

Sie verneinte stumm und blickte starr geradeaus auf einen Punkt in der Ferne. Ihr schien es nicht gut zu gehen und ich fragte mich, warum sie mit mir in das Riesenrad gestiegen war, wenn es ihr keine Freude machte.

„Komm", sagte ich aufmunternd zu ihr. „Wir schauen uns die Welt von oben an, bevor es dunkel ist". Ich lachte ein wenig gezwungen, denn ich bekam langsam ein schlechtes Gewissen, sie überrumpelt zu haben. Bevor wir irgendetwas an der Situation hätten ändern können, schloss der Einweiser die Gondeltür und das Riesenrad setzte sich gemächlich in Bewegung.

Von unten hörten wir das hysterische Kreischen überdrehter Kirmesbesucher und aus den Lautsprechern der Buden und Fahrgeschäfte das Gedudel unterschiedlichster Musik zu uns hinauf schallen. Das Riesenrad hielt nach ein paar Metern an und die Gondel schwang leicht hin und her.

„Mir ist schlecht", kam es leise von Sophie. „Wann dreht sich das verdammte Ding weiter. Ich sterbe hier oben und will raus. Du hast ja keine Ahnung, welch schlimme Höhenangst ich habe."

„Ach du lieber Himmel! Warum hast du mir denn nie etwas davon gesagt?"

„Muss ich doch nicht jedem auf die Nase binden. Mir ist zu spät klar geworden, dass ich doch gar nicht in dieses Monstrum hätte steigen müssen. Ich hätte *Nein* sagen sollen. Mein Fehler! Jetzt will ich nur noch hier raus. Sag, sind wir gleich wieder unten? Ich kneife solange die Augen zu und halte ganz still."

„Aber Sophielein, das ist doch erst der erste Halt auf unserer Fahrt. Unten steigen Leute aus und andere ein, und dann geht es wieder ein Stück weiter. Kann ich Dich mit irgendetwas ablenken?"

Sie zuckte mit den Schultern. „Weiß nicht… - es ist schlimm, in der Gondel derart eingeengt zu sein."

„Eingeengt ist gut. Wir zwei sitzen hier ganz alleine, wo sonst acht Personen Platz hätten, rundum sind Fenster, um die Aussicht zu genießen und die Tür ist von außen fest verschlossen. Wir sind hier drin ganz sicher, denn die Fahrgeschäfte werden doch alle gründlich von Fachleuten inspiziert, bevor sie in Betrieb gehen können. Komm, trau dich und schau in die Ferne und stell dir vor, du wärst ein Vogel."

Sophie drehte ihren Kopf ein wenig, blinzelte und nahm aus dem Augenwinkel den berauschenden Anblick des glühenden Sonnenballs wahr, der sich dem Horizont näherte. „Sobald unsere Gondel beim nächsten Halt noch höher ist, Sophielein", versuchte ich die Freundin zu begeistern, „können wir einen gigantischen Sonnenuntergang sehen - von keinem anderen Platz des Ortes - vielleicht nur noch vom Kirchturm aus."

Trotz des empfundenen Unwohlseins öffnete Sophie tatsächlich die Augen und wirkte auf einmal, als sei alle Höhenangst von ihr abgefallen: „Schau mal, die Sonne wird in ein paar Minuten untergehen. Das wird von hier oben einmalig gut zu sehen sein. Ich glaube, zumindest darauf freue ich mich und entspanne mich ein wenig."

Ich wechselte vorsichtig von meinem gegenüberliegenden Sitzplatz hinüber zu ihr, legte einen Arm um ihre Schulter und schaute mit ihr in die gleiche Richtung. „Du hast recht. Außer am Meer und in den Bergen habe ich solch einen freien Blick auf einen Sonnenuntergang noch nie gehabt. Schön, dass du dich etwas beruhigen kannst. Es tut mir leid, dass ich dich überrumpelt habe. Da ist mein Temperament mal wieder mit mir durchgegangen. Es war rücksichtslos, dich einfach hier hineinzuziehen. Ich hätte dich fragen müssen. Aber ich hatte keine Ahnung, dass du Probleme mit Höhe hast. Sophie, kannst du mir verzeihen? Bitte!"

Sie nickte: „Und wenn du mich ein wenig ablenkst, kann ich die Fahrt in dieser engen Bude vielleicht ganz ohne weitere Panikattacke zu Ende bringen und vielleicht sogar ein wenig genießen."

„Was soll ich machen? Grimassen schneiden?"

„Nein, ich würde gerne wissen, warum du damals von zu Hause ausgezogen bist. Soweit ich weiß, bist du nie wieder auf den Lindenhof zurückgekehrt. Gab es dafür einen Grund?"

Ich schwieg eine Weile. „Weißt du, der Tod meines Vaters war für mich - ich war gerade mal 15 Jahre alt - ein gewaltiger Einschnitt. Es war ein Verlust, der mir nur langsam bewusst wurde. Es begann eine schlimme Zeit. Roland ging seinen Weg ohne Rücksicht auf Mutter und mich. Im Grunde war es richtig, denn nur dadurch konnte er Abstand zwischen sich und die abgöttische Liebe unserer Mutter legen, die sie für ihn empfand. Ich blieb allein zurück; zu jung, um mein eigenes Leben zu finden, geschweige denn, es zu gestalten. Ich erfuhr, seit ich auf der Welt war, viel Ungerechtigkeit. Über den Grund dafür will ich jetzt aber nicht sprechen. Das, was mich als junge Erwachsene letztendlich aus dem Hause trieb, waren Mutters permanente Verdächtigungen und die damit verbundenen Verbote, mich mit Gleichaltrigen zu treffen und etwas zu unternehmen. Du wirst dich daran erinnern, wie es früher war, wenn du mal bei uns warst?"

„Ja, aber ich hatte keine Ahnung, warum du nicht mit uns um die Häuser ziehen durftest. Hättest du doch mit mir darüber gesprochen – vielleicht hätte ich dir ja helfen können."

„Darüber reden? Das konnte ich nicht. Ich hätte nicht einmal gewusst, worüber ich hätte reden sollen. Ich habe mich und alles um mich herum überhaupt nicht verstanden. Unsagbar unglücklich war ich oft und wusste nicht warum."

Mit sanftem Ruck setzte sich das Riesenrad wieder in Bewegung, und wir schwebten dem Himmel entgegen. Sophie wagte einen Blick in die Tiefe und schlug sofort die Hände vors Gesicht.

„Was ist?", fragte ich und schaute ebenfalls hinunter. Die Menschen wirkten winzig klein und wuselten Ameisen gleich durcheinander. Unzählige bunte Lichter blinkten und blitzten wie wirbelnde Kobolde über den Platz. Sophies Ellenbogen stieß schmerzlich in meine Rippen; sie zeigte aufgeregt in Richtung Horizont. „Schau! Sieh mal die Farben. Und jetzt, da vorne die dunkle Wolke. Sie liegt wie eine Baskenmütze auf dem oberen Rand der Sonne, und der Himmel, der gerade noch blau war, wird orange-gelb…, nein, orange-hellbraun… – ach ich weiß nicht, wie ich es beschreiben soll – schau, darunter die dämmrige Stadt im Schatten der Wolke. Lilla, was ist das schön!"

Ich konnte mich nicht entsinnen, die Freundin jemals derart aufgeregt gesehen zu haben und teilte ihre Begeisterung von Herzen. Betörend schön war das Naturschauspiel. „Jetzt küsst die Sonne den Horizont - sieh doch", jubelte Sophie.

„Ja, Liebes, ja, ich sehe es. Und wir haben das Glück, dass unsere Fahrt wieder einmal unterbrochen ist und wir alle Zeit der Welt haben, den Beginn der Nacht hier hoch oben am höchsten Punkt zu erleben. Lange dauert das nicht mehr", antwortete ich ebenso begeistert; und die Gondel kam nach ein paar kleinen Schwingungen zur Ruhe.

Schnell, für mein Gefühl viel zu schnell, tauchte der Sonnenball hinter dem Horizont ab und die Dämmerung breitete sich wie eine Decke über der Stadt-Silhouette aus.

„Was war das ein tolles Schauspiel. Welch eine großartige Belohnung dafür, dass ich in dieses Monstrum von Riesenrad gestiegen bin. Und du wirst es nicht glauben, die beginnende Dunkelheit wird mir die Reise rundherum leichter machen, denn ich sehe nicht mehr alle Details - vor allem nicht die Tiefe unter mir."

Mit diesen Worten lehnte sich Sophie auf der Bank zurück und ich tat es ihr gleich. Schweigend genossen wir mit dem Blick zum Himmel die drei Runden, die das Riesenrad anschließend langsam und ohne Pause drehte, bis wir aussteigen mussten.

In der Zeit, als ich heiratete, Kinder bekam und besonders beansprucht war, verloren Sophie und ich uns aus den Augen. Ich wusste nur, dass sie nach Frankreich gegangen war. Leider vergaß sie, mir ihre Anschrift zu hinterlassen!

SAUERKIRSCHEN

Seit Beginn ist der Sommer in diesem Jahr extrem heiß. Langsam wie eine Schildkröte bewege ich mich seit Tagen in der Wohnung. Draußen mag ich mich gar nicht aufhalten, und wenn es doch sein muss, ähnelt meine Art der Fortbewegung dort der eines Faultiers. Hitze ist nichts für mich und mein Kopf ist träge, als ob alle Gedanken zu einem zähen Brei verklumpt wären. Es findet sich keine Idee. Da taucht einfach nichts auf, worüber ich schreiben könnte. Antriebslos starre ich auf das Blatt Papier in der *Triumph* vor mir. Dieser Zustand ist unerträglich und wie in Zeitlupe richte ich den Blick nach draußen.

Dunkelrote Früchte im Kirschbaum lachen mich an. Ich staune. Von mir unbemerkt sind die Sauerkirschen reif geworden. Bei ihrem Anblick läuft mir das Wasser im Mund zusammen und ich muss schlucken. Als ob ein Magnet an mir zerrt, stehe ich auf und schleiche zur Tür.

Beim Öffnen schlägt mir die Hitze wie ein heißes Kissen ins Gesicht. Puh, reflexartig will ich die Tür wieder zudrücken, tue es dann aber nicht. Im schmalen Schatten, den der Anbau auf den Gehweg wirft, schleppe ich mich zum Gartentor. Erschöpft halte ich dort inne und lehne mich Halt suchend an die Gebäudewand. Ich schaue in den Garten und muss beim Anblick der prallen Kirschen erneut schlucken.

Ich habe ein *Déjà-vu* und sehe mich, die kleine Rosalinde. Ich stehe im schmalen Durchlass der mächtigen Rotdorn-Hecke zu Onkel Walters Garten. Wie ein kleines Tier wittere ich nach allen Seiten, ob der *ewige Junggeselle* zu entdecken ist. So nannte Vati mit einem Augenzwinkern oft seinen kauzigen, unverheirateten Cousin.

Achtsam schlüpfte ich damals durch die schmale Lücke, denn Rotdorn hat lange Dornen, die mächtig stechen und schmerzhafte Kratzer verursachen können. Dieser schmale Durchlass in der Hecke war eine Tür zur kulinarischen Glückseligkeit, in der himmlische Früchte gediehen wie Erdbeeren, Stachelbeeren, Rhabarber und dunkelrote süße Knappkirschen. Doch diese waren nicht mein Ziel. Die traumhaft saftigen, köstlichen Sauerkirschen an zwei Bäumen lockten unwiderstehlich.

Meine Hände waren verschwitzt und ich wischte sie immer wieder gedankenlos an meinem Röckchen ab. Seit Wochen flirrte die Sommerhitze. Kein Windhauch brachte Kühlung. Lange stand ich am Heckendurchlass. Der Onkel war nirgendwo zu sehen. Auch im Taubenhaus, das in diesem Schlaraffenland stand, schien er nicht sein. Die Tauben gurrten nur träge und das würden sie nicht tun, wenn Onkel Walter dort wäre.

Die heiße Luft war erfüllt vom Summen unzähliger Insekten und wehte wie eine verträumte Musik durch den Garten. Einen Schritt und noch einen, dann stand ich im kühlen Schatten des ersten Kirschbaumes und hob den Blick. Dicht über mir hing der grüne Blätter-Himmel voll verlockender, dunkelroter *Sterne*. Jede Menge Spucke sammelte sich in meinem Mund und ich musste schlucken.

Zaghaft griff ich nach oben und zog einen Zweig zu mir herunter, pflückte die erste pralle Frucht, öffnete den Mund, steckte die Kirsche hinein. Langsam schloss ich die Lippen, während sich zeitgleich die Lider über die Augen senkten. Mit der Zunge drückte ich die sonnenwarme Kugel unter den Gaumen. Die Fruchthaut platzte auf. Oh, welche Lust. Herbsüß füllte sich die kleine Schale meiner Zunge mit Kirschsaft. Langsam, ganz langsam ließ ich ihn Tropfen für Tropfen die Kehle hinab laufen. Den Stein lutschte ich genüsslich sauber und spuckte ihn im hohen Bogen aus.

Noch eine Kirsche, danach höre ich auf, dachte ich. Das dachte ich auch bei der nächsten und bei jeder folgenden. Von Kirsche zu Kirsche wuchs die Wonne dieser Nascherei. Erst als der Bauch *satt, nichts geht mehr* meldete, wachte ich auf.

Wie im Rausch hatte ich alles um mich herum vergessen. Noch immer gurrten die Tauben, noch immer summten die

Insekten und noch immer brannte die Sonne vom Himmel. Erschöpft schaute ich mich um. Wie hatte ich nur solch eine Menge Kirschen essen können? Die ausgespuckten Kerne am Boden würden alles verraten. Oh je, was würde Onkel Walter sagen, wenn er es bemerkte? Hastig stieß ich mit den Füßen Erde über die kernigen Zeugen meines Tuns und schlich auf Zehenspitzen zurück zur Hecke, schlüpfte auf die andere Seite und war sicher, nicht ertappt zu werden.

Onkel Walter hat ja noch viele Kirschen. Die kann er doch gar nicht allein aufessen, tröstete ich mein schlechtes Gewissen.

Noch immer lehne ich neben dem Gartentor und spüre das Glück, das ich damals empfand. Erst viele Jahre später erfuhr ich, dass Onkel Walter meine Naschorgien jedes Mal entdeckt hatte. Die unzähligen abgelutschten Kirschkerne zum Beispiel und Abdrücke von Kinderschuhen in seinem stets gepflegten Garten waren für seine wachsamen Augen unübersehbar gewesen. Er liebte mich auf seine etwas herbe Art, was er jedoch mit keinem Wort jemals sagte und auch mit keiner Geste zeigte. „Ich brauche die kleine Naschkatze ganz dringend. Was sollte ich mit den vielen Früchten? Alles selber verbrauchen kann ich ja nicht", hatte er einmal meiner Mutter augenzwinkernd gesagt. „Aber verrate Rosalinde nicht, dass ich es weiß. Sie soll ruhig jedes Mal ein schlechtes Gewissen haben - alles im Leben hat schließlich seinen Preis."

Ich fühle mich plötzlich zu schwach, um von meinem schattigen Platz durch die stechende Sonne zum Kirschbaum zu gehen und trete den Rückweg zur Wohnung an. Bevor ich den Schlüssel im Schloss umdrehen kann, höre ich: „Frau Blümeli, wie schön Sie zu treffen." Herr Drobeler steht hinter mir und hält mir lachend eine Schale mit Kirschen entgegen. „Ich habe heute Morgen ein paar Sauerkirschen gepflückt und wollte fragen, ob Sie einige haben möchten."

„Oh, das ist lieb. Sie erfüllen mir damit einen still gehegten Wunsch. Vielen, vielen Dank dafür", sage ich, nehme die Schale beglückt wie ein beschenktes Kind am Weihnachtstag entgegen und schließe hinter mir die Tür.

WILDE JAGD

„Schneller ..., los, schneller ...!" Hastende Schritte auf dem Gehweg ... Und schon ist der Spuk am Anbau vorüber. Ich glaube, Gustavs Stimme gehört zu haben. Was mochte los sein?

Beim Blick aus der Haustür erkenne ich weit entfernt, Tintilas blaues Schleifenband wie einen langen Wimpel hinter ihrem Kopf flattern. Daneben rennt Franz und ein Stück voraus, stürmt Gustav voran. Boulder kann ich nicht entdecken. Na ja, kein Wunder, er ist immer schneller als die Kinder und wird ein gutes Stück vor ihnen sein.

Nachdenklich gehe ich zurück in die Wohnstube und setze mich aufs Sofa. Mir will einfach nichts einfallen, was die Drei in solche Aufregung versetzt haben könnte. Gustavs Stimme hatte fast hysterisch-schrill geklungen, so, als ob es um sein Leben ginge. Ich finde keine Erklärung und gehe hinüber an den Schreibtisch. Eigentlich will ich an einer Geschichte weiterschreiben, aber ich kann mich nicht konzentrieren. Immer wieder glaube ich dieses *schneller ..., los, schneller ...* zu hören. Es lässt mir keine Ruhe.

Eine halbe Stunde später meldet die Haustürglocke einen Besuch. „Wir waren einfach nicht schnell genug...", höre ich, bevor ich öffne und sehe in drei erhitzte Gesichter. Dicke Schweißperlen stehen ihnen auf der Stirn. Tintilas

Pferdeschwanz hat sich aufgelöst und die Haare stehen wirr in alle Richtungen. Wie ein Automat streichelt Franz immer wieder über Gustavs Arm.

„Kommt schnell herein und erzählt, was passiert ist."

Tintila und Franz reden hektisch durcheinander, während Gustav die Hände vors Gesicht hält. Ich verstehe nicht alles - nur eines kann ich aus dem Wirrwarr heraushören: Boulder ist weg!

Richtig, Boulder ist mit den Kindern nicht hereingekommen! Ich hatte aber auch nicht darauf geachtet. Wo mochte der Hund nur sein? War er weggelaufen?

Erst als ich jedem etwas zu trinken auf den Tisch stelle, endet der wilde Redestrom. „So, trinkt erst einmal etwas und erzählt mir anschließend, was los ist. Aber bitte immer nur einer. Ich kann nämlich nichts verstehen, wenn ihr gleichzeitig redet."

Zunächst höre ich nur das Ausatmen nach jedem Schluck, denn sie trinken bis auf den letzten Tropfen alles aus, ohne abzusetzen. Wie in Trance stellen sie fast zeitgleich die großen Gläser bedächtig auf den Tisch. Gustavs Tränen sind versiegt und er wischt mit dem Handrücken in einer trägen Bewegung über seine Stirn.

„Na Gustav, geht es wieder? Kannst du mir sagen, was euch derart aus der Fassung gebracht hat. Ich vermute, dass etwas mit Boulder ist." Sofort kullern Tränen über Gustavs Wangen, die er gleich wegzuwischen versucht. Erst stockend, dann immer erregter, berichtet er: „Ein Mann hat Boulder entführt. Er hat ihn in sein Auto gelockt und ist mit ihm weggefahren." *Schnief – schnief.* „Und dann ...", er atmet mit einem Schluchzer ein, „und dann, dann haben wir ganz laut gerufen und sind dem Auto hinterhergerannt, aber wir haben es nicht eingeholt; es war einfach zu schnell und ich weiß jetzt nicht, wo Boulder ist und was der Kerl mit ihm tut." Und erneut fließen Tränen.

Welch eine Katastrophe! Ich fühle mich ebenso hilflos wie die Kinder. Was konnte man nur tun? Konnte ich etwas tun?

„Wissen deine Eltern Bescheid?", frage ich den unglücklichen Jungen, um nur irgendetwas zu sagen.

Schnief! „Nein, wir sind doch dem Auto hinterhergerannt. Es war zu schnell und wir haben es nicht eingeholt. Wir wussten nicht, was wir noch tun können, bis Tintila meinte, wir sollten zu dir gehen, Frau Blümeli, du wüsstest bestimmt, was man machen kann."

„Gustav traut sich nämlich nicht nach Hause", flüstert Franz, „er hat Boulder von der Leine losgemacht und das soll er doch nicht. Gustav wollte uns aber auch nur kurz zeigen, wie gehorsam der Hund ist. Aber genau da rief der Mann ganz scharf: „Bei Fuß! Hierher!", und Boulder rannte gleich zu ihm."

„Ja, und der Mann hatte die beiden Türen hinten am Auto weit offen. Er packte Boulder, hob ihn rein und knallte die Türen wieder zu..."

„Welche Türen? Autos haben doch hinten keine Türen, sondern nur eine Klappe oder einen Kofferraum-Deckel."

„Aber das Auto hatte hinten zwei Türen - so richtig zum Aufmachen. Du kennst doch die große Flügeltür bei Wahrlichs zwischen Wohnzimmer und Esszimmer?"

Ich nicke, habe aber sofort das Bild eines Kastenwagens oder Transporters von Handwerkern und Lieferdiensten vor Augen.

„Welche Farbe hatte das Auto?"

„Irgendwie hell", antwortet Franz, „nicht ganz weiß; es war doch viel zu dunkel draußen, um es genau zu sehen."

„Ja, und eine schwarze Blume war da drauf und Schrift, aber die konnte ich nicht entziffern", ergänzt Gustav mit noch immer leicht panischer Stimme.

Sind das Hinweise, die bei der Suche nach dem Fahrzeug helfen können? Die Kinder schauen mich erwartungsvoll an.

„Auch wenn ich es von Herzen gern tun würde, aber in diesem Fall kann ich nichts machen. Ich denke, es ist zunächst wichtig, dass du nach Hause gehst, Gustav. Du musst deinen Eltern sagen, was passiert ist. Sie werden vielleicht ein wenig schimpfen, aber sie werden wissen, was man veranlassen kann."

„Meinst du?"

Ich nicke ihm aufmunternd zu. Franz legt seine Hand auf die seines Freundes und meint: „Ich gehe mit. Vielleicht kann ich helfen."

„Ich will auch mit" ruft Tintila sofort und springt auf.

Kurze Zeit später machen sich drei sehr traurige Gestalten auf den Weg. Ihr Anblick lässt mich an den *Bitt- und Bußgang nach Canossa* von König Heinrich IV denken.

Am nächsten Tag - es ist früher als gedacht dunkel - bimmelt es erneut an der Haustür. Wer mochte das nun wieder sein? Gab es eventuell Neuigkeiten von Boulder?

Gustav und seine Eltern stehen vor der Tür - und wer ist dabei? Genau - Boulder. Er wuselt mir fiepend um die Beine und ist außer sich vor Wiedersehensfreude. Ich streichele und klopfe ihn irritiert, bis mir bewusst wird, wie unhöflich ich die Besucher draußen stehen lasse. Doch sie lachen übers ganze Gesicht und sind im Handumdrehen im Haus, als ich sie endlich hereinwinke.

Abwechselnd berichten meine Besucher, was sich ereignet hat. Boulder liegt dabei platt auf dem Boden. Er war von einer Sekunde zur anderen eingeschlafen, wie es nur Hunde vermögen.

Nachdem Gustav gestern zu Hause berichtet hatte, was passiert war, rief Dr. Wahrlich bei der Polizei an und schilderte den Sachverhalt. Er wurde vertröstet. Vergleichbare Meldungen gäbe es nicht. Man könne auch nicht gleich davon ausgehen, dass ein Tierfänger sein Unwesen in der Umgebung treibe und ob die Fahrzeug-Beschreibung für eine Suche ausreichen würde, sei fraglich. Eine wenig tröstliche Auskunft.

Daraufhin hatte die Familie selbst die Initiative ergriffen und alle Tierärzte in der Umgebung angerufen. Sie hatten gefragt, ob solche Ereignisse in letzter Zeit gemeldet wurden und ob evtl. ein Hund wie Boulder in einer Praxis bekannt sei. Leider bekamen sie keine positive Antwort, doch jeder versprach, sich umzuhören.

Sie verharrten hilflos, bis am späten Nachmittag das Telefon klingelte. Dr. Nottelstedt meldete sich und fragte mit lachender Stimme, ob sie noch immer ihren Hund mit dem Namen Boulder vermissten. Was für eine Frage? Auf Mamsis zögerliches „Jaha?" - sie war am Telefon gewesen - hatte er „Na großartig! Dann habe ich was für euch!", fröhlich in den Hörer gerufen.

Ein Herr Schlöning war in der Sprechstunde aufgetaucht und hatte beglückt erzählt, er habe seinen seit einer Woche vermissten Hund *Olli* wiedergefunden. Er wolle ihn jetzt endlich untersuchen und auch gleich mit einem Chip versehen lassen, damit, sollte er wieder einmal ausbüxen, schnell herausgefunden werden könnte, wem er gehört. Bisher hatte es Herr Schlöning nicht für notwendig gehalten, seinen jungen Hund bei einem Tierarzt vorzustellen.

„Und weißt du, Frau Blümeli", meldet sich Gustav aufgeregt, „Dr. Nottelstedt hatte gleich ein komisches Gefühl, als er den Olli sah. Obwohl der Mann es für Quatsch hielt, hat der Doktor nach einem Chip gesucht und den von unserem Boulder gefunden. Herr Schlöning konnte erst nicht glauben, dass der Hund tatsächlich nicht sein Olli ist und war wohl mächtig traurig. Ist das nicht toll? ...", er unterbricht sich und ergänzt lachend: „Ich meine natürlich nicht das mit Herrn Schlöning, sondern, dass wir unseren Boulder wiederhaben."

Ja, das war tatsächlich toll. Wie konnte es aber zu dieser Verwechslung kommen? Offenbar sahen sich die beiden Hunde sehr ähnlich und Dr. Nottelstedt vermutete, die Tiere stammten aus dem gleichen Wurf und seien folglich Brüder. Außerdem hatte auch Herr Schlöning seinen Hund gefunden - völlig abgemagert - jedoch nicht in einem Abfallkorb, sondern in einem versperrten Abwasserrohr. Er päppelte den verwahrlosten Welpen ohne ärztliche Hilfe liebevoll auf, und dann war Olli vor einer Woche weggelaufen. Als sein Herrchen Boulder auf der Straße sah, war er sicher gewesen, seinen Hund zu sehen und hatte ihn mit dem gewohnten Kommando zu sich gerufen, was ja auch problemlos geklappt hatte – zu Gustavs großem Leidwesen.

„Der hat gar nicht gemerkt, dass das gar nicht sein Hund ist, sondern mein Boulder. Der hat überhaupt nichts gemerkt. Kannst du dir das vorstellen. Das hätte er doch gleich erkennen müssen."

„Ach, ich weiß nicht, ob er das gleich hätte sehen müssen. Ich kann mir seine Wiedersehensfreude gut vorstellen, und dass er darum gar nicht genau hingeschaut hat."

„Meinst du? Ich hätte aber richtig hingeschaut und hätte gemerkt, ob es mein Boulder ist oder nicht", wirft er aus tiefster Überzeugung ein.

„Mag sein ... Mag sein!"

Wie auch immer – ich will mit dem Jungen darüber nicht diskutieren.

HOCH OBEN

Den Wechsel der Jahreszeiten spüre ich jedes Mal ganz genau. Wenn beispielsweise nach dem Winter der Frühling von Tag zu Tag näher rückt, kribbelt es in mir, als ob eine Überraschung auf mich wartet. Morgens wird es früher hell und die Sonne schickt wärmere Strahlen zu uns herunter auf die Erde. Das weckt nicht nur die Natur, sondern auch die Lebensgeister in mir. Ich fühle mich beschwingt, habe das unwiderstehliche Bedürfnis, in der Wohnung besonders gründlich aufzuräumen und spaziere jeden Tag mit einer fröhlichen Melodie im Kopf durch die Gegend. Ab und zu erwische ich mich dabei, dass ich ein Lied summe und sogar laut singe, wenn ich unbeobachtet bin. In mir ist eine kindliche Fröhlichkeit, so wie früher, wenn ich im Frühjahr mit großer Sehnsucht den Tag erwartete, an dem ich keine langen Strümpfe mehr anziehen musste.

Lange Hosen für Mädchen gab ebenso wenig zu kaufen wie Strumpfhosen. Darum steckte ich in der kalten Jahreszeit in diesen elenden, langen, gestrickten Strümpfen, die entsetzlich kratzten und an einem Leibchen mit Gummibändern befestigt wurden. Kein Kind liebte sie. Übrigens, auch die meisten Jungen mussten im Winter zu ihren kurzen Hosen lange Strümpfe tragen. Lange Hosen, wenn es diese in einer Familie überhaupt gab, mussten für den sonntäglichen Kirchgang geschont werden.

Nun ist es seit zwei Wochen nicht mehr zu übersehen, dass der Sommer sich dem Ende zuneigt. Abends dunkelt es eher und das Lachen und Toben der Kinder draußen hört früher auf. Die meisten Getreidefelder sind abgeerntet und die Bauern holen Kartoffeln und Möhren aus der Erde.

Kurz vor dem Ende meines heutigen, ungeplant langen Spaziergangs bin ich überglücklich, als ich nah am Feldweg einen großen Strohballen entdecke. Langsam lasse ich mich darauf nieder und spüre beglückt die Entspannung meiner Muskeln. Die Sonne wärmt sanft meinen Rücken - herrlich - es geht mir gut, ich fühle mich pudelwohl und mache vor lauter Glück und Wohlbehagen die Augen zu.

Der unvergleichliche Duft dieser Jahreszeit weckt Erinnerungen: In manchen *großen Ferien* wurde ich zu meinem Patenonkel ins Münsterland geschickt. Das waren beglückende zwei oder drei Wochen. Auf der einen Seite waren Onkel Erichs Schuhgeschäft und die angeschlossene Schusterwerkstatt eine faszinierende Welt, die mich fesselte, andererseits lockte mich der Bauernhof nebenan mit seinen ungewohnten Dingen und Abläufen, die in vielen Bereichen anders waren als die zu Hause auf dem Lindenhof. Meine größte Freude war es zum Beispiel mit Tante Änne auf dem Milchwagen, den die schwarze Stute *Ella* zog, durch den Ort zu fahren, um frische Milch zu verkaufen. Stolz saß ich neben Tante Änne auf dem Kutschbock. Sobald sie die Glocke an ihrem Sitzplatz läutete, öffneten sich die Türen der Häuser und die Leute kamen mit ihren Gefäßen zum Wagen, um Milch zu kaufen. Anfangs wurde diese mit einem Messbecher an einem langen Stiel aus großen Kannen geschöpft, später gab es eine mechanische Abfüllanlage.

Ella zog auch den Leiterwagen, auf dem alles transportiert wurde, was von den Feldern geerntet und auf den Hof gebracht werden musste. War er beladen, durften wir Kinder auf der Fahrt über die holprigen Feldwege auf der Fuhre sitzen - bei viel Erzählen und viel Lachen. Ich höre unser Gelächter noch ganz deutlich - und öffne die Augen. Ein wenig verlegen schaue ich mich um. Da war ich wieder einmal in Erinnerungen versunken.

Das Gelächter, das ich zu hören glaubte, kommt zweifelsfrei von Tintila, ihrem Papa, Franz und Gustav, der Boulder an der Leine hält. Herr Calmbach trägt etwas in der Hand, was ich aber ohne meine Brille noch nicht erkennen kann.

„Frau Blümeli, was machst du denn hier?", ruft das quirlige Mädchen und kommt hüpfend näher. „Was machst du hier? Papa, Gustav, Franz und ich wollen einen Drachen steigen lassen. Papa hat ihn gekauft und eine gaaanz lange Schnur dazu, damit der Drachen bis in den Himmel fliegen kann."

Inzwischen haben uns die beiden Jungen mit Boulder erreicht. Herr Calmbach folgt gemächlichen Schrittes.

„Ui, bis in den Himmel soll euer Drachen steigen? Das ist ein großartiger Plan. Da drücke ich euch die Daumen, dass der Wind ihn hoch hinaufträgt und eure Schnur lang genug ist."

„Ach, du glaubst aber auch alles. Das war doch ein Witz! Wir wissen, dass es bis zum Himmel viel zu weit ist. Aber der Drachen soll so hoch fliegen, wie er eben kann."

„Aha! Ich dachte schon, ihr hättet einen Zauberdrachen, der bis zu den Wolken steigen kann. Vielleicht könnte er, wenn er zurückkommt, erzählen, was er von dort oben gesehen hat. Es muss toll sein, aus großer Höhe auf die Erde zu schauen.

Ich würde es wahnsinnig gerne einmal tun. Aber dafür bin ich wahrlich ein bisschen zu alt. Mit einer Rakete hinauf zu fliegen, ist auf jeden Fall zu teuer und die großartigen Astronauten-Fotos, die ab und zu im Fernsehen gezeigt werden, reichen für mich alle Male. Die Erde ist ein wunderschöner blauer Ball, der sich zwischen unzähligen Sternen langsam in der Unendlichkeit um sich selber dreht. Es ist und bleibt für mich ein ewiges Wunder. Überhaupt ist die ganze Natur ein unergründliches Geheimnis und ich habe nie aufgehört, sie, das Weltall und den Himmel wie ein Kind zu bestaunen. Gott ist für mich die Natur, die mit ihrem unzerstörbaren Willen zu überleben, die alles überdauert, auch uns Menschen, die wir viel zu viel kaputtmachen."

Ich schaue auf. Es ist still geworden. Sowohl Tintila, als auch Gustav und Franz sehen mich mit großen Augen an.

„Ach, ich weiß nicht genau, was du meinst, aber es ist sicher wahr, was du gesagt hast", sagt Tintila leise. „Ich finde die blaue Erde auch toll, wenn man sie vom Himmel aus ansieht. Blau mag ich sowieso am allerliebsten. Aber das weißt du ja."

Herr Calmbach nickt mir freundlich zu - er ist inzwischen bei uns angekommen. Ich muss ein wenig lachen, als ich den blauen Drachen mit großen aufgeklebten Augen, einer Clownsnase und einem breiten roten Mund unter seinem Arm deutlich erkenne.

„Ja das weiß ich", spreche ich weiter. Blau ist deine Lieblingsfarbe, und ich bestaune gerade euren wunderschönen blauen Drachen."

„Ja, nicht wahr? Papa hat ihn bezahlt, aber aussuchen durften wir ihn ganz alleine. Die Jungen fanden ihn auch am schönsten. Toll, nicht?", und schon sausen die Kinder dem davonjagenden Boulder über das Stoppelfeld nach.

„Komm Papa", ruft Tintila und winkt, „wir wollen den Drachen steigen lassen. Frau Blümeli kann zuschauen." - und das tue ich.

Bald steigt der Windvogel - so nannten wir früher die aus Papier und Leisten gebastelten Flieger - in die Höhe, höher und immer höher. Ich verfolge ihn so lange mit den Augen, bis mein Nacken zu schmerzen beginnt.

Deutlich entspannter ist es, den Kindern zuzuschauen, die jubelnd mit dem Hund um die Wette hüpfen. Sie reißen ihre Arme nach oben und springen immer wieder hoch, als ob sie den Drachen antreiben könnten, und schreien „höher, höher, höher…".

Das Clownsgesicht lacht von oben zu ihnen herunter und scheint zu sagen: Springt nur ihr Erdenkinder, ihr erreicht mich niemals.

Übermütig taumelt er im Wind hin und her, steigt ein wenig höher, wischt in sanften Schwüngen ein Stückchen hinab, um im nächsten Augenblick in weitem Bogen rasant wieder in die Höhe zu sausen.

Und Herr Calmbach lacht wie ein kleiner Junge, während er den tanzenden Drachen an der Schnur fest im Griff hat.

FÜR IMMER WEG

Mein Kopf ist mal wieder leer und groß und weit wie das endlose Meer ohne Fische und Schiffe. Kurzentschlossen ziehe ich eine Strickjacke über und mache mich auf den Weg zum Wäldchen. Wenn ich in solcher Verfassung bin, hilft mir meistens nur der Duft des Waldes. Dort komme ich zur Ruhe und finde Trost bei den Bäumen.

Können Bäume trösten? Ja, das können sie! Mich tröstet ein Baum, gleichgültig, ob er alleine steht oder in der Gemeinschaft anderer Bäume. Er verkörpert für mich die

Kraft der Natur und seine Verwurzelung in der Erde schenkt Sicherheit. Ich bin davon überzeugt, dass ein Baum alle Lebewesen wahrnimmt, die an ihm vorüber gehen und oft fühle ich mich eingeladen, meine Arme um seinen Stamm zu legen und meinen Kopf anzulehnen. Ich taste über seine Rinde, nehme seinen Geruch wahr und höre seinen Geräuschen zu, mit und ohne Laub. Eine unbeschreibliche Ruhe und Energie übertragen sich auf mich und ich spüre mich selbst ganz bewusst. Erst wenn ich das Gefühl habe, wieder fest verwurzelt in meinem Leben zu sein, bedanke und verabschiede ich mich.

Heute brauche ich den Trost und die Kraft eines Baumes ganz dringend und wandere zielstrebig durch den kleinen Wald zu meiner Lieblings-Buche. Noch immer sehe ich Tintilas fragende Augen, die eine Antwort von mir erwartet hatten. Meine Erschöpfung von unserem langen Gespräch klingt noch nicht ab. Was war passiert?

Die Türglocke hörte nicht auf zu bimmeln. Ich humpelte so schnell ich konnte zur Haustür. Ja, ich humpelte, weil ich in der Eile einen Hausschuh verloren hatte. Und es bimmelte ohne Unterlass, ich wurde hektisch und blieb gar nicht erst stehen, um ihn wieder anzuziehen. Wer bimmelte nur derart rücksichtslos an der Tür?

„Zum Donnerw…", wollte ich schon sagen, als ich öffnete, doch mir blieb das Wort im Hals stecken. „Ach, du lieber Gott, komm rein Kind, komm rein", sagte ich nur und zog Tintila ins Haus. Sie war erschreckend blass, hatte ihre Jacke nicht richtig zugeknöpft und wirkte völlig aufgelöst. Nie zuvor sah ich sie so. Ich setzte sie ins Sofa und bereitete gewohnheitsmäßig eine *heiße Schokolade* für uns.

Es blieb beängstigend still, während sie ihren Becher Schluck für Schluck leerte. Langsam nahm ihr Gesicht wieder etwas

Farbe an und ich fragte leise, ob ich mich neben sie setzen dürfe. Sie nickte.

„Magst du mir sagen, was passiert ist?"

„Weiß nicht."

„Bist du krank?"

Kopfschütteln.

„Sind Mama und Papa krank?"

Sie zuckte mit den Schultern und Tränen kullerten über ihre Wangen. Sie sackte an meine Seite und ich legte einen Arm um sie. Lange Zeit hielt ich sie und streichelte ab und zu über ihre Hände, die wie Vögelchen, die aus dem Nest gefallen sind, in ihrem Schoß lagen.

„Geht es besser? Was ist mit Mama und Papa?"

„Ich weiß nicht. Sie sitzen im Wohnzimmer und weinen und halten sich fest. Papa hat was gesagt, aber das habe ich nicht verstanden. Onkel Paul, das ist Papas Bruder, ist weg, für immer weg. Als ich fragte, wohin er weg ist, haben sie wieder ganz doll geweint. Mama sagte, Onkel Paul wäre tot und ich wollte dann wissen, ob er darum weg ist und ob wir ihn da besuchen können, so, wie im letzten Sommer? Sie haben nur den Kopf geschüttelt und geweint. Ich hatte auf einmal Angst und bin zu dir gelaufen." Erschöpft sank ihr Kopf an die Rückenlehne.

Ich nahm ihre Hände in meine, um ihr Kraft und Trost zu geben, doch ich fühlte mich hilflos. Wie sollte ich dem Mädchen erklären, was es mit dem Tod auf sich hat? Niemand weiß es, weil nie jemand davon berichten konnte und es auch niemals können wird. Tot ist tot – es gibt keine Rückkehr.

„Weißt du", begann ich zögerlich, „ich will versuchen, dir zu sagen, wie ich es mir vorstelle, wenn ich eines Tages einmal tot bin."

„Wann bist du tot, Frau Blümeli?"

„Das weiß ich nicht. Es ist mir aber auch nicht wichtig, es zu wissen! Weißt du, es kann in ein paar Minuten oder morgen sein, in ein paar Tagen oder erst in ein paar Jahren. Niemand kann das vorhersehen oder hat eine Gewissheit - weder vom Zeitpunkt noch vom Totsein. Viele Menschen fürchten sich davor und ich will mich nicht vor etwas fürchten, nur weil ich es nicht kenne. Sterben gehört zu jedem Leben, wie geboren werden. Bevor ich auf die Welt kam, wusste ich nichts von dieser Erde. Und ich denke, es wird ebenso sein, wenn ich gestorben bin. Es wurden und werden unterschiedliche Dinge über das Totsein erzählt, die mir jedoch fast alle nicht gefallen. Darum habe ich mir zu meiner Freude ausgedacht, wie es bei mir sein soll."

„Was hast du dir ausgedacht?"

„Etwas Schönes habe ich mir überlegt. Du weißt, wo Tiere wohnen? Vögel im Nest, Eichhörnchen im Kobel, Dachs und Fuchs im Bau und so weiter. Meine Seele wohnt in diesem Körper", und ich zeigte auf mich. „Mein Körper ist das *Haus*, in dem mein *ICH* wohnt. Kannst du verstehen, was ich meine?"

„Ich weiß nicht. Was ist denn das *ICH*?" Sie sah mich skeptisch an.

„Nun, das ist schwierig zu beschreiben."

„Warum ist das schwierig?"

„Nun, es gibt kein Bild davon. Und etwas beschreiben, was man noch nie gesehen hat, ist nicht so einfach. Ich wollte aber ein Bild von meiner Seele haben. Sie ist alles, was ich denke und fühle. Für mich ist sie wie ein Gefäß, in dem es für immer aufgehoben wird. Meine Seele ist also das gleiche wie *ICH* und wohnt in diesem *Haus*", und tippte auf meinen Körper.

„Ist da meine Seele?", sie zeigte auf eine Stelle zwischen ihrer Brust und ihrem Bauch, „ist da meine Seele, wenn es da drin ganz heiß und eng wird, wenn ich Angst habe oder ganz doll glücklich bin?"

„Ja, das kann gut sein. An der Stelle empfindest du das Gefühl *Angst* oder *Glück*."

„Dann wohnt meine Seele da in mir drin? Das kann ich mir vorstellen."

„Das ist eine prima Stelle für deine Seele", gab ich zur Antwort. „Jetzt aber zurück zu dem, was ich mir ausgedacht habe. Also, dieser Körper ist bereits viele Jahre alt" und wies lachend auf die Falten in meinem Gesicht und auf die trockene und fleckige Haut meiner Hände, „und bekommt wie ein altes Haus immer mehr *Setzrisse*, wie ich gerne sage."

Tintila hielt ihre Hände neben meine: „Sieh mal, mein *Haus* ist noch ganz schön in Ordnung, nicht wahr? Es ist glatt und viel heller als deines und hat gar keine Flecken und Rillen."

Ich nickte und wir kicherten, wie es Freundinnen tun.

„Das hast du gut erkannt. Weißt du, irgendwann wird mein Körper keine Kraft mehr haben. Er wird mich nicht mehr tragen können und eines Tages sehr müde sein. Ich werde möglicherweise nicht mehr denken, sprechen, lachen und laufen können, und mein *Haus*, dieses hier", dabei zeigte ich erneut auf mich, „wird nicht mehr funktionieren."

„Und was machst du dann?"

„Ja, was werde ich machen? Hier auf der Erde kann ich dann auch nichts mehr tun!"

„Bist du von da an für immer weg und kommst nie mehr wieder?"

„Ja, so ist es."

„Das sollst du aber nicht. Wohin gehst du denn?"

„Ich weiß es nicht. Allerdings habe ich mir auch dafür etwas Schönes ausgedacht. Ich stelle mir vor, meine Seele, also mein *ICH*, verlässt meinen toten Körper und fliegt hinauf in den unendlichen blauen Himmel."

„Das gefällt mir. Kannst du mir tatsächlich deine Seele nicht zeigen?"

„Nein, es gibt kein Bild von ihr, wie ich dir schon sagte."

„Ich weiß. Ist sie vielleicht wie eine Dose oder eine Kiste oder eine richtige Schatztruhe? Sag, hast du sie vielleicht angemalt?"

„Darüber habe ich noch nie nachgedacht. Doch deine Idee, sie sei bemalt, gefällt mir. Allerdings wäre mir ein bunt bestickter Beutel lieber, er ist weich und hat keine harten Kanten wie eine Kiste oder Truhe", fügte ich lachend an.

„Duhuu, Frau Blümeli, habe ich auch eine Schatztruhe oder einen Beutel?"

„Vielleicht? Mach dir selber ein Bild von deiner Seele, in der deine Erinnerungen und Gefühle aufgehoben sein sollen."

Sie zuckte mit den Schultern: „Mal sehen. Aber was ist eigentlich mit deiner Seele da oben im Himmel?"

„Vielleicht trifft sie die Seelen von all den Menschen, die bereits gestorben sind, und die ich liebe und die mich lieb hatten. Vielleicht schauen wir gemeinsam von dort oben auf den wunderschönen blauen Erdball. Der Gedanke daran macht mir riesigen Spaß."

„Es muss schön sein, wo du hinwillst, wenn du tot bist. Das ist wie in einem Märchen."

„Das empfinde ich auch so. Es ist ein Märchen, das ich mir ausgedacht habe und immer weiter ausschmücken kann, wenn ich Lust dazu habe. Und es stört mich überhaupt nicht, wenn andere Leute über meine Vorstellung verwundert sind; mich macht sie jetzt, wo ich lebe, sehr glücklich und froh. Und allein das ist mir wichtig."

Es blieb eine Weile still zwischen uns. Tintilas Kopf lag an meinem Arm und ich glaubte schon, sie sei eingeschlafen, als sie sich plötzlich aufrichtete: „Ist die Seele von Onkel Paul jetzt auch irgendwo da oben?"

„Mag sein? Was glaubst du?"

„Keine Ahnung. Aber zu Hause überlege ich mal, wohin die Seele von Onkel Paul geflogen sein könnte. Und vielleicht habe ich sogar eine Idee, wohin meine Seele fliegen soll, wenn ich mal ganz alt und tot bin."

„Mach das. Es sollte schön sein, damit du lachen kannst und glücklich bist, wenn du daran denkst. Und lass dir von niemandem dein Märchen ausreden! Kein Mensch weiß, was nach dem Tod ist - es ist und bleibt für jeden ein großes Abenteuer und Rätsel. Mir ist es wichtig, fröhlich sein zu können, wenn ich daran denke - so lange ich lebe."

Was das Mädchen tatsächlich von dem verstand, was wir miteinander beredeten, kann ich nicht beurteilen. Allerdings lag ein kleines Lächeln auf ihrem Gesicht, als ich sie nach Hause brachte.

„Weißt du, meine Omi, die schon lange tot ist, schaut garantiert von da oben herunter und hat mich lieb. Omis haben doch ihre Enkelkinder lieb, oder?"

„So ist es", gab ich zur Antwort und dachte still: So sollte es normalerweise sein, und war es aber leider nicht immer.

„Und, vielleicht kann Onkel Paul dich und mich gerade sehen, dass wir gemeinsam zu Mama und Papa gehen. Und weißt du, das finde ich richtig gut" plapperte sie fröhlich weiter und begann an meiner Hand zu hopsen. Welch ein Trost, das Kind nun unbeschwert zu sehen. Den bitteren Schmerz einer endgültigen Trennung würde sie noch früh genug erfahren müssen.

Lange lehne ich an meiner Buche, denn ich brauche heute ganz besonders ihre Kraft, die ich langsam durch meinen Körper strömen fühle. Wie immer empfinde ich auf wundersame Weise Trost und Entspannung und streichele sanft über die Rinde des Baumes und verabschiede mich mit einem herzlichen Dank.

Eine Woche später steht Tintila wieder vor meiner Tür. Wie gewohnt, ist sie wie ein Wirbelwind im Haus und umarmt mich.

„Weißt du was? An dem Tag, als ich zuletzt bei dir war, habe ich vor dem Einschlafen Onkel Paul und Omi erzählt, was du mir von deiner Seele gesagt hast. Wie sie nach oben in den Himmel fliegt, wenn du tot bist. Ich habe die beiden gefragt, ob es ihnen gefallen würde, wenn wir uns da oben irgendwann mal alle treffen", sie zeigt zum azurblauen Himmel vor dem Fenster. „Sie haben aber nichts gesagt. Das ist aber auch nicht schlimm. Sie können ja nix mehr sagen. Aber ich glaube, sie haben JA gedacht und hoffen jetzt, dass ich das schon verstehe. - Wirst du da oben auf alle Fälle auf mich warten?"

Ich lache: „Ja, ich werde dort oben auf dich warten und wir werden ganz viel Freude miteinander haben! Aber bis dahin dauert es hoffentlich noch sehr, sehr lange."

Sie kichert: „Das hoffe ich auch. Wir haben doch gerade viel Spaß miteinander hier unten auf der Erde, nicht wahr?"

Sie fasst mich bei den Händen und dreht sich mit mir im Kreis. Seit ewigen Zeiten habe ich mich nicht mehr im Kreis gedreht und mir wird dieses Mal nicht einmal schwindelig.

Dieses Kind ist ein Geschenk des Himmels!

„Du bist und bleibst meine allerliebste Frau Blümeli - aber jetzt muss ich zum Spielplatz. Die *Jungens* warten da garantiert auf mich. Tschühüss, bis baaahaald!"

Und schon ist sie draußen, schwingt sich auf ihr blaues Fahrrad und saust den Gehweg hinunter zu ihren Freunden.

BAUERNGARTEN

Immer wieder bestaune ich auf dem Wochenmarkt in der Stadt den Blütenzauber, den die Blumenhändler präsentieren. Seit einer Stunde bin ich unterwegs und frage mich beim Anblick des überbordenden Angebots an Topfpflanzen und Schnittblumen, was aus ihnen wird, wenn sie nicht verkauft werden. Wo sind wohl die unzähligen Blumenkinder aufgewachsen und welche Wege haben sie zurückgelegt, bis sie hier zum Kauf angeboten werden. Ich mag gar nicht daran denken, dass etwa die Hälfte aller Blumen, die in Deutschland verkauft werden, auf riesigen Plantagen gewachsen sind und über oft sehr lange Wege importiert wurden. Wie viele schöne Pflanzen gedeihen in unseren Regionen und könnten doch genug sein, uns zu erfreuen ...

Mir wird das Herz warm, als ich an den Bauerngarten von Frau Hennigsen denke. Vor etwa 20 Jahren lernte ich sie und ihre Blumenkinder auf einer kurzen Reise mit Magda, einer

Nachbarin und Freundin, kennen. Unsere Kinder waren etwa gleich alt, waren in die gleichen Klassen gegangen und inzwischen erwachsen. Wir *pensionierten* Mütter wollten für eine gute Woche mit unseren Fahrrädern im Norden unterwegs sein, um mal wieder etwas anderes zu sehen und ungestört Zeit für uns zu haben.

Gott sei Dank hatte der Regen auf dem letzten Stück der Bahnfahrt aufgehört. Die am Nachmittag bereits etwas tiefer stehende Sonne blinzelte sogar schelmisch durch die Wolken, als Magda und ich mit unseren Rädern auf dem Bahnsteig am Zielort standen.

„Mensch Rosa", so nannte mich Magda, weil ihr *Rosalinde* von Anfang an zu lang gewesen war, „was ist das eine Aussicht". Sie lachte entzückt und stupste mich in die Seite. Vom Bahnhof am großen See hatten wir einen sensationellen Blick auf die alte mächtige Burganlage oberhalb des Ortes. Ich nickte nur, legte ihr den Arm um die Taille und gemeinsam schauten wir lange auf das glitzernde Wasser, das der Spiegel des Himmels mit seinen kleiner werdenden Wolkenpaketen war. Die Luft war von einem herben Blütenduft erfüllt. Allerdings mischte sich längst ein Hauch Vergänglichkeit darunter – die ersten bunten Blätter tupften längst gelb-rötlich-braune Farben in die Bäume – bald würde das Laub herabfallen und vermodern.

Ich atmete tief ein und langsam wieder aus und seufzte beglückt: „Magda, jetzt ist der Tag mit seinem herbstlichen Charme bis hinunter in meine Füße gekommen. Ach, das tut mir so gut. Mach's auch mal", und die Sonne beschaute lächelnd unsere Atemübungen, die wir selbstvergessen in der herrlichen Atmosphäre genossen.

Eine Woche zuvor hatten wir bei schönem Wetter auf Magdas Balkon gesessen und überlegt, ob und wenn ja, wohin wir jetzt reisen könnten. Kurzentschlossen buchten wir den Ausflug in dieses Segelrevier vieler Freizeitkapitäne. Wir hatten beschlossen, die Fahrräder mitzunehmen, um auf den schönen Radwegen der sanft hügeligen Landschaft ausgiebige Touren unternehmen zu können. Wir kauften die Bahntickets und standen am Reisetag mit Sack und Pack pünktlich zur Abfahrt des Zuges am heimatlichen Bahnhof.

„Nun komm", trieb mich Magda an, „wir müssen erst einmal sehen, wo wir heute Nacht schlafen."

Ein Quartier hatten wir von daheim nicht gebucht, sondern wollten uns vor Ort im Fremdenverkehrsamt eine Pension empfehlen lassen. Wir bekamen dort schnell eine Adresse mit dem fröhlichen Hinweis, wir würden uns dort wie zu Hause fühlen.

„Sie werden sehen – es ist so gemütlich, *wie bei Muttern daheim*", sagte die freundliche Frau im Touristenbüro. „Fast alle Gäste, die wir bisher dorthin geschickt haben, meldeten uns begeistert von ihrem Aufenthalt bei Frau Hennigsen - und wie liebevoll sie dort verwöhnt wurden", rief sie uns sogar noch nach, als wir bereits auf dem Weg zur offenen Tür waren.

„Ja, dann lassen wir uns mal überraschen. Und wenn wir uns wohlfühlen, melden wir uns bei ihnen", antworteten wir und winkten.

Der erste Eindruck ließ tatsächlich sofort dieses Gefühl *wie in der guten alten Zeit* entstehen. Eine ältere, weißhaarige Dame in einem matt-roten Kleid mit kurzen Ärmeln und schmalem Ausschnitt, der in einem kleinen Stehkragen endete, empfing uns freudestrahlend am Gartentor. Die Ankündigung vom Fremdenverkehrsamt, *zwei Damen mit ihren Fahrrädern kämen*, hatte sie nach draußen gelockt.

Ein buntes, im Wind wogendes Meer letzter Sommerblumen lachte uns über den dunklen, leicht verwitterten Holzzaun entgegen, der den Vorgarten zur Straße hin begrenzte. Übertrumpft wurden diese bereits etwas müde wirkenden Blumenkinder von einer selten gesehenen herbstlichen Blütenpracht.

Mit leicht ausgebreiteten Armen erwartete uns die Frau wie eine Mutter ihre Kinder. Sie ergriff mit der einen Hand Magdas und mit der anderen meine Hand, schüttelte beide mit sanften Bewegungen und meinte: „Ach, es freut mich, dass Sie da sind. Ich bin Frau Hennigsen. Ich freue mich, dass Sie bei mir wohnen möchten. Junge Leute wollen heutzutage nur in modernen Hotels übernachten, *all inklusive*, wie es heißt, und für diese sind meine bescheidenen Zimmer und ich etwas aus der Zeit geraten. Hoffentlich gefällt es Ihnen bei mir."

Damit beendete sie das Händeschütteln, wischte sich über die Augen, in denen es sichtlich feucht geworden war und ging uns langsam zum Haus voran.

„Kommen Sie und schauen Sie, ob es Ihnen zusagt. Wenn es nicht genehm ist, dürfen Sie mir das unumwunden sagen. Ich hätte noch eine andere Adresse, wo Sie wohnen könnten. Wir privaten Vermieter kennen uns und unsere Quartiere gut und vermitteln Gäste weiter, damit sich jeder wohlfühlt und gerne wiederkommt".

Wir folgten Frau Hennigsen mit unseren Rädern über den schmalen Weg zum Haus, vorbei an sanft nickenden Blütenköpfen. Der berauschende Duft unzähliger Levkojen, die jetzt noch blühten, stieg mir wie eine Botschaft aus Kindertagen in die Nase. Ich erkannte im Vorbeigehen Sonnenhut, Margeriten, Herbstanemonen, Astern, und dazwischen immer wieder wogende Wolken fast trockener Gräser.

„Rosa, welch ein verwunschenes Plätzchen! Wo sind wir nur hingeraten?", flüsterte Magda. Ich zuckte wieder mit den Schultern: „Ich weiß nicht, ich glaube, ich träume", ging ein paar Schritte zurück und wies auf das Haus: „Sieh es mal in Ruhe an. Es ähnelt unter dem dicken Reetdach einer bauchigen Kanne unter einem Kaffeewärmer." Magda lachte auf, denn den Eindruck macht es tatsächlich. Erst dicht über der zweiflügeligen Eingangstür endete die mächtige Schilfrohr-Haube und schien sich schützend über die Tür und die beiden Fenster rechts und links davon zu beugen. In angenehmem Kontrast zum rot verklinkerten Haus strahlten die weißen Fensterrahmen und der Eingang in der Nachmittagssonne.

„Ja, Rosa, das ist wunderschön. Wie alt mag das Haus sein? Und wer hat wohl diesen herrlichen Eingang gearbeitet?"

Die äußeren Rahmen und die zweigeteilte Tür waren blau gestrichen und das untere Drittel mit weiß lackierten Holz-Paneelen geschlossen, der Rest darüber verglast. In den transparenten Gefachen bildete ein filigraner Einsatzrahmen in Rautenform, mit sanft nach innen geschwungenen Schenkeln, den absoluten Hingucker. Die Spitzen der Rauten waren oben und unten dunkelblau, während die transparenten Scheibenelemente den Blick auf eine duftige, weiße Gardine dahinter freigaben.

„Kommen Sie doch herein", rief die Wirtin, „kommen Sie und lassen Sie die Räder ruhig dort stehen. Hier nimmt niemand etwas weg."

Wir traten in die kleine Diele, die nach dem hellen Sonnenlicht draußen, sehr dunkel wirkte. „Hier hinauf, bitte", winkte Frau Hennigsen, die schon auf der Hälfte einer langen, schmalen Treppe zur nächsten Etage stand. „Aber Vorsicht, wenn sie nachher mit ihrem Gepäck hinaufwollen. Diese Stiege ist etwas steil und recht eng."

Oben, am Ende der wahrlich schmalen Treppe, öffnete sie rechter Hand eine Zimmertür, auf der die pralle Blüte einer gelben Teerose aufgemalt war.

„Bitteschön, das ist mein *Rosenzimmer*. Es liegt zum Garten hin und ist sehr ruhig. Schauen Sie sich um. Gefällt es Ihnen?" Sie schaute fragend zu uns. „Falls Sie bleiben möchten, dann machen Sie sich etwas frisch, und kommen zu mir, um mit mir auf der Terrasse eine Tasse Kaffee zu trinken. Mögen Sie? – Ach", unterbrach sie sich und zeigte nach nebenan, „und bevor ich es vergesse, der Raum mit Dusche und WC liegt gleich neben ihrem Zimmer. Sie sind meine einzigen Gäste, und da kaum anzunehmen ist, dass noch jemand kommt, gehört er ihnen allein. Fühlen Sie sich hier oben ungestört und ganz wie zu Hause."

Wir hatten abwesend nur genickt, da wir von dem, was wir sahen, völlig gefangen waren. Wir hörten noch, dass Frau Hennigsen die Tür hinter sich schloss und ihre Schritte auf der Treppe verklangen.

„Magda, kneif mich mal", flüsterte ich und fiel der Freundin um den Hals. „Menschenskind, Mädel, das ist ja wie im Märchen", lachte ich, fasste Magdas Hand und betrachtete mit großen Augen den Raum. Die Wände waren mit hellem Holz verkleidet. Vor dem Fenster zum Garten erweitert eine Sitzbank die Laibung und machte Lust darauf Platz zu nehmen. Das Tageslicht fiel auf alte, sauber gescheuerte Holzdielen und legte auch auf die dunkle Balkendecke einen milden Schein.

Rechts neben der Tür stand ein mit Blumen bemalter Kleiderschrank und daneben lud eine alte Kommode dazu ein, persönliche Dinge in ihr aufzubewahren.

Auf der gegenüberliegenden Seite befand sich, blickgeschützt durch einen mit sonnengelbem Stoff bespannten Paravent, ein Waschbecken, das in ein Schränkchen eingelassen war. Darauf lagen flauschige Badetücher und ein frisches, nach Rosenblüten duftendes Seifenstück, was Magda durch eine Schnupperprobe sofort feststellte, und an Haken hingen helle Handtücher. Zwei Betten und ein Tisch mit einer mit Gartenblumen gefüllten Vase darauf, sowie zwei Stühle, komplettierten die Einrichtung.

„Schau mal, Frau Hennigsen versteht was vom Lesen. Sie hat einstellbare Leselampen am Bett montiert. Da kann ich ja vor dem Einschlafen noch genüsslich schmökern", freute ich mich und drehte mich um, weil von Magda keine Antwort kam. Sie saß zusammengekauert wie ein Hund, wenn es donnert, auf der Kante des einen Bettes und starrte zum Fenster.

„Hallo? Magda? Bist du da?", fragte ich.

Sie schien aus unergründlichen Tiefen aufzutauchen, denn nur langsam richtete sie ihren Blick zu mir. „Hier bleiben wir, Rosa, hier bleiben wir, nicht wahr? Und selbst wenn noch Gäste kommen und wir das Bad nicht mehr für uns allein haben – das ist doch Nebensache, oder? Ist das nicht schön - alles? Und sieh mal die hübsche Bettwäsche. Als ich unten in den Flur kam, hatte ich befürchtet, das Bettzeug wäre mit dem typischen rot-weißen Karo bezogen, dick wie ein Elefantenbauch und ebenso schwer. Und folglich gäbe es in der Nacht Albdrücken. Doch nun sieh dir diese hübschen Kissen und die leichte Zudecke an. Von wegen aus der Mode gekommen! Bei Frau Hennigsen bleiben wir!"

„Darauf kannst du wetten, mein Mädchen. Ich bin auch hin und weg", strahlte ich und zog die Freundin hoch. „Komm, wir holen unser Gepäck herauf, machen uns kurz frisch und gehen hinunter zum Kaffeetrinken. Auspacken können wir anschließend."

Bevor Magda kurze Zeit später die Tür zuzog, meinte sie mit einem verzückten Blick zurück ins Zimmer: „Rosa, wir haben richtig in den *Mus-Pott* gegriffen mit diesem Quartier." Darauf gab es nichts zu sagen!

Frau Hennigsen erwartete uns auf der Terrasse, die auf voller Hausbreite von einer riesigen Pergola überdacht war. Die als Wetterschutz aufgelegten Doppelstegplatten waren komplett von Kiwi-Pflanzen überwuchert. Mir blieb fast der Mund offenstehen. Solch eine Pracht hatte ich noch nie gesehen.

„Da staunen Sie mit Recht", lächelte unsere Gastgeberin. „Vor vielen Jahren hat mein Hinnerk, mein verstorbener Mann, die Kiwis gepflanzt. Dann ist das Zeug gewachsen und gewachsen und heute habe ich meine liebe Not, die Pflanzen im Zaum zu halten. Inzwischen hilft mir Gott sei Dank ein Nachbar und nimmt mir die Unmengen an Früchten ab, die jedes Jahr reif werden. Ich kann die grünen Dinger nicht mehr sehen und schon gar nicht mehr essen. Zuviel ist einfach zu viel. Doch der Schatten, den das Laub macht, ist unübertroffen." Sie bot Magda den einen Sessel neben sich an und lud mich ein, auf dem anderen neben ihr Platz zu nehmen. Der Kaffee, den sie aus einer dickbauchigen Porzellankanne mit feinem Blumenmuster ausgoss, schmeckte hervorragend. Mit fröhlichem Plaudern verging die Zeit und ich zuckte erschreckt zusammen, als ich auf die Uhr schaute.

„Entschuldigen Sie, Frau Hennigsen, wir haben in ihrer zauberhaften Gesellschaft völlig die Zeit vergessen. Leider haben wir etwas zu erledigen und müssen jetzt ganz schnell noch mal los", und blickte sie Entschuldigung heischend an. Magda erhob sich nach einem Blick auf ihre Uhr ebenfalls.

„Das ist kein Problem. Machen Sie Ihre Besorgungen. - Lassen Sie man alles stehen und gehen Sie los. Ich räume das Geschirr in aller Ruhe in die Küche – ich *altes Mädchen* habe schließlich Zeit. Es war schön, mit Ihnen hier zu sitzen und es würde mich freuen, wenn wir das wiederholen könnten. Aber nun los" lachte sie und scheuchte uns mit einer flatternden Handbewegung Richtung Tür.

„Von wegen alt! Frau Hennigsen hat noch Temperament wie ein junges Mädchen; lediglich ihr Körper schwächelt vielleicht etwas", kicherte Magda albern, als sie ihr Fahrrad aufschloss.

Nach den Besorgungen radelten wir ein Stück auf einem bewaldeten Sandweg am See entlang und drehten erst an einem Grillplatz um, von dem aus wir einen herrlichen Blick zum gegenüberliegenden Ufer hatten. Auf dem Rückweg entdeckten ein Gartenlokal am Wasser und stärkten uns mit einem deftigen Abendbrot und wunderbar kühlem, frisch gezapftem Bier.

Erst bei einsetzender Dämmerung erreichten wir unser Quartier. Frau Hennigsen trafen wir nicht mehr an, sie hatte sich bereits zurückgezogen. Um sie nicht zu stören, erklommen wir vorsichtig die steile Treppe, die wir liebevoll *Hühnerstiege* getauft hatten. Nach dem Duschen krochen wir gleich in die Betten, da das Sandmännchen intensiv lockte. Aus dem Lesen vor dem Einschlafen wurde nichts mehr, lediglich ein paar Sätze tauschten Magda und ich, dann fielen uns die Augen zu und wir versanken in tiefem Schlaf.

INS WASSER GEFALLEN

Die drei Kinder sitzen bei mir am Tisch und überlegen, welche Art von Laterne sie für den bevorstehenden Sankt-Martins-Zug basteln wollen. Tintila wünscht sich die *Grinsekatze* aus *Alice im Wunderland*. Gustav will eine Rakete bauen und Franz würde gerne den Kopf von *Struppi* aus den Geschichten von *Tim und Struppi* basteln. Schnell wird klar, dass es kompliziert sein wird, diese Ideen zu realisieren und die Enttäuschung steht den Kindern ins Gesicht geschrieben.

„Nun schaut nicht so traurig. Verwahrt die Idee für eines der nächsten Martinsfeste. Kommt, lasst uns noch einmal nach etwas suchen, was leichter zu basteln ist."

Gustav entscheidet sich letztendlich für ein Haus mit bunten Fenstern, Franz für eine Laterne mit farbigen Sonnen, Monden und Sternen und Tintila möchte eine gelbe Sternschnuppe beim Martinsumzug tragen.

Als die drei abends fertig sind, riecht es in der Wohnstube intensiv nach Klebstoff, der reichlich gebraucht worden war. Auf dem Tisch und darunter liegt ein fröhliches Durcheinander von Buntpapier-Schnipseln und Kartonresten, als hätte eine Konfettischlacht stattgefunden. Mir macht es Spaß das Chaos zu beseitigen - es gehört zu dieser Zeit und erinnert mich daran, wie gerne ich selbst bastelte: Strohsterne, Fensterbilder, Laternen, Scherenschnitte und vieles mehr. Der Duft nach Klebstoff und die klebrigen Finger, an denen alles hängen blieb, sind unvergessen.

Dichter Nebel liegt am St. Martinstag über der Stadt, der sich im Laufe des Tages jedoch auflöst. Trotzdem bleibt es dämmrig und wird nicht richtig hell. Um fünf Uhr treffen sich alle Kinder am Rathaus, von wo der Umzug starten soll. Der Fackelzug wird auch durch die *Wolkenstiege* ziehen und damit auch am Anbau vorbei kommen. Daher bleibe ich zu

Hause und freue mich darauf, vom Fenster die bunten Laternen zu sehen, die Blasmusik zu hören und den Kindern beim Singen der vertrauten St. Martins- und Laternenlieder zu lauschen. Bis es soweit ist, mache ich es mir mit einem Buch im Sofa gemütlich.

Die Geschichte ist spannend und mir ist es mit der selbstgestrickten Decke auf den Beinen wohlig warm. Ich schrecke auf, als es an der Tür wieder einmal sehr stürmisch bimmelt. Zuerst weiß ich nicht, was los ist und schaue zum Fenster. Draußen ist es stockdunkel und irgendjemand bimmelt und bimmelt, als ob es ums nackte Überleben ginge. Vor lauter Hektik stolpere ich über meine eigenen Füße und bin froh, nicht hinzufallen. Es braucht eine Weile, bis ich an der Haustür bin und sie öffne. Ich schlage eine Hand vor den Mund, um nicht entsetzt aufzuschreien. Da stehen drei Kinder, tropfnass wie Katzen, die in den Brunnen gefallen sind. In ihren Händen halten sie den vermatschten Rest ihrer Laternen. Erst jetzt bemerke ich den Regen, der wie ein Vorhang vom Himmel rauscht.

„Um Gottes Willen, kommt ganz schnell ins Warme. Was ist denn mit euch passiert?"

Die Drei trotten mit hängenden Köpfen, tropfenden Jacken und Hosen und quietschenden Schuhen in die Wohnstube und hinterlassen eine wässrige Spur auf dem Boden.

„Weißt du, Frau Blümeli", meint Gustav bibbernd, während er sich bemüht, seine nasse Jacke auszuziehen, „erst war ja alles prima. Wir haben gesungen und die Blaskapelle hat die Lieder gespielt von Sankt Martin, du weißt schon! Es waren unglaublich viele bunte Laternen da und sie haben wunderschön geleuchtet."

„Ja" unterbricht ihn seine Freundin, „und plötzlich begann es zu regnen. Opa würde sagen, *es schüttet wie aus Eimern*, und unsere Laternen waren ganz schnell matschig und wir klatschnass und mir wurde schrecklich kalt. Und Franz meinte, wir sollten zu dir laufen und bei dir läuten. Bis zu mir nach Hause am Ende von der *Wolkenstiege*, konnte ich nicht mehr rennen. ... mir ist irre doll kalt."

„Es war gut bei mir zu läuten. Zieht ganz fix eure nassen Sachen aus. Ich hole Handtücher und rubbele euch trocken. Bestimmt finde ich auch ein paar Pullover oder etwas anderes Warmes, was ihr überziehen könnt. Auf jeden Fall wickle ich euch in Decken und warm eingepackt bleibt ihr auf dem Sofa sitzen, während ich *heiße Schokolade* für euch koche. Davon wird euch bestimmt wieder warm. Zwischendurch rufe ich deinen Papa an, Tintila, damit er dich abholt und Franz und Gustav nach Hause bringt."

Die Pullover, die ich für die Drei in meinem Schrank finde, sind ihnen logischerweise viel zu groß und hängen wie weite Kleider an ihnen. Das Mädchen kann sich vor Lachen kaum beruhigen, als sie ihre Freunde sieht. Erst verziehen die beiden Jungen grimmig ihr Gesicht, aber als sie sich im Flurspiegel sehen, müssen auch sie lachen. Schnell packe ich jeden in eine Decke und setze sie wie Mumien nebeneinander aufs Sofa.

Beim vorsichtigen Schlürfen der heißen Schokolade verstummt das aufgeregte Plappern und Erzählen für eine Weile. Mir ist klar, dass ich unbedingt auch Großvater und die Eltern von Gustav anrufen muss, damit diese sich nicht sorgen. Sie werden zu suchen beginnen, sobald sich herumspricht, dass der Sank-Martins-Zug im wahrsten Sinne des Wortes auf halber Strecke *ins Wasser gefallen* ist.

Zu diesen geplanten Anrufen komme ich zunächst nicht, denn während ich die letzte nasse Jacke und Hose in der Badestube aufhänge, bimmelt es erneut. Herr Calmbach steht mit besorgter Miene vor mir, während der Regen - unvermindert heftig - auf seinen großen Schirm prasselt.

„Ja, sie sind bei mir", sage ich, bevor er fragen kann und sofort zieht ein befreites Lächeln über sein Gesicht.

„Na, Gott sei Dank. Sie kamen mir als Erstes in den Sinn, als ich überlegte, wo ich die Kinder finden könnte und bin darum direkt zu Ihnen gefahren."

„Fein, aber kommen Sie bitte erst einmal herein. Die *begossenen Pudel* hocken auf dem Sofa und trinken *heiße Schokolade.*"

„Was auch sonst", kichert Herr Calmbach, stellt den triefenden Schirm in den Schirmständer an der Tür, schlüpft aus seinen nassen Schuhen und geht auf Socken zur Wohnstube.

„Na, ihr Glückspilze", lacht er und pocht an den Türrahmen.

„Papa, Papa" jubelt Tintila, „Frau Blümeli hat uns gleich was Warmes zum Anziehen gegeben, hat uns in die Decken gekuschelt und *heiße Schokolade* gemacht. Mir ist überhaupt nicht mehr kalt…"

„Stopp, junge Dame", unterbricht er sie. „Nun mal langsam. Trinkt in Ruhe eure Becher leer. Frau Blümeli und ich überlegen in der Zeit, wie ich euch am besten nach Hause bekomme. Und unterwegs erzählt ihr mir, was passiert ist."

Herr Calmbach und ich finden schnell eine Lösung für den Heimtransport. Wir werden einen nach dem anderen in seiner Decke ins Auto tragen. Bevor er mit Tintila nach Hause fährt, wird er die Jungen heimbringen, was ich zwischendurch Großvater und Gustavs Eltern am Telefon mitteile.

Warm verpackt sitzen die Drei kurze Zeit später im Auto. Die nassen Jacken, Hosen, Strümpfe und Schuhe hatte ich in

Plastiktüten verstaut, die Herr Calmbach in den Kofferraum seines Autos stellt.

„Frau Blümeli", meint er beim Verabschieden, „ich sage ganz herzlich Danke für die liebevolle Versorgung der Kinder. Die Decken bringe ich Ihnen morgen zurück. Allerdings habe ich eine Bitte: Machen Sie meiner Frau und mir die Freude und kommen Sie in den nächsten Tagen auf eine Tasse Kaffee und ein Stück Kuchen zu uns. Wir würden uns sehr freuen."

„Dankeschön, ich denke darüber nach und gebe Ihnen Bescheid. Die Decken sind übrigens nicht eilig. Bringen Sie sie mir, wenn Sie Zeit haben. Doch nun beeilen Sie sich, denn im Auto ist es sicherlich nicht warm. Kommen Sie gut heim und grüßen Sie alle."

VERFLIXTE LINIEN

Wo ist nur die Zeit geblieben? Bereits in einer Woche ist der erste Advent.

Advent, ein Wort, das mich in die Welt der Märchen und Sagen, der geflüsterten Geheimnisse und Überraschungen schickt. Meine Gefühle in den Wochen vor Weihnachten und rund um das Fest selber hüte ich wie einen kostbaren Schatz. Noch immer, selbst nach über siebzig gelebten Jahren, verwandelt sich in den Tagen vor dem ersten Advent meine Wahrnehmung der Welt. Erinnerungen füllen mein Denken und das Glücksempfinden dieser wundersamen Zeit breitet sich in mir aus. Die Wohnung verwandelt sich in ein Märchenreich und ich werde durch den schlichten und vertrauten Weihnachtsschmuck, zusammen mit dem Duft von Tannengrün und dem sanften Licht von Kerzen, wieder zum Kind. Meine Fantasie bekommt Flügel und Geschichten entstehen wie von Zauberhand.

Es wird Zeit - in wenigen Tagen beginnt die Vorweihnachtszeit! Ich hole die Kiste mit den Baumkugeln, Holzfiguren und Sternen vom Schrank, um Stück für Stück zu prüfen, ob alles in Ordnung ist oder ob etwas repariert werden muss. Für den Fall der Fälle stelle ich daher auch die Schachtel mit den Bastelsachen auf den Tisch.

Etwas klickt an die Fensterscheibe. Ich drehe mich um, kann aber nichts erkennen. Einen Moment später klickt es erneut, und dieses Mal blitzt, als ich hinschaue, für einen winzigen Moment der blaue Bommel einer Strickmütze auf. Ich gehe ans Fenster und sehe Tintila auf dem Gehweg, die wie ein Flummi-Ball auf und nieder hüpft. Sie wedelt mit den Armen, als sie mich am Fenster sieht. Ich zeige Richtung Haustür und sobald ich diese öffne, stolpert das Kind polternd in den Flur.

„Also weißt du, ich ziehe an deiner Haustürglocke und ziehe und ziehe und du hörst nichts."

„Aber es hat nicht gebimmelt", entgegne ich irritiert. Sollte mein Gehör denn derart nachgelassen haben, dass ich nicht einmal mehr die Glocke höre?

„Doch, ich habe gebimmelt, ganz bestimmt. Ich habe an der Kette gezogen und gezogen, da bimmelte es nicht wie sonst. Draußen vor der Tür kann man das normalerweise hören."

Ich öffne die Haustür und ziehe an der Kette – nichts bewegt sich.

„Ha – schau mal. Die Schnur, die die Kette mit der Glocke verbindet, ist vom Haken gerutscht. Da tut sich absolut nichts. Da kannst du ziehen und ziehen."

Sie lacht: „Siehst du und darum habe ich ein paar Steinchen an das Fenster geworfen. Weißt du, ich konnte vom Gehweg ein bisschen von deinen Haaren sehen und wusste, dass du zu Hause bist."

„Das hast du gut gemacht. Wer weiß, wer heute schon zu mir wollte und ich habe nichts gehört. - Nun muss ich überlegen, wer die Schnur wieder auf den Haken legen kann. Ich steige nämlich nicht mehr auf eine hohe Stufenleiter. Mir wird womöglich schwindelig und falle herunter."

„Ach, das ist ganz einfach. Komm, wir holen sie und ich klettere hinauf und mache die Schnur wieder fest. Ich kann das."

„Na, ich weiß nicht recht. Was mache ich, wenn du hinunterfällst? Auf jeden Fall bekomme ich Ärger mit deinen Eltern."

„Kriegst du nicht. Garantiert nicht. - Pass auf. Ich klettere rauf und du bleibst an der Leiter stehen. Du musst nur ein bisschen meine Beine festhalten, damit ganz sicher nichts passiert."

Gesagt, getan. Flink wie ein Eichhörnchen ist das Kind die fünf Stufen der Leiter hinauf, reckt sich und hat im Handumdrehen die Schnur auf den Glockenhaken gelegt. Ebenso fix ist es wieder unten, öffnet die Haustür und zieht mit Begeisterung an der Kette und ..., drinnen bimmelt die Glocke und tanzt wie wild hin und her.

„Jetzt bimmelt sie wieder. Hörst du das?"

„Ja ja, ich kann es gar nicht überhören, du Bimmelmaus", und nehme sie in die Arme. „Dankeschön!"

Nachdem wir die Leiter fortgeräumt haben, mache ich für uns zwei - na, was wohl? - natürlich ..., *heiße Schokolade*. Als wir die Köstlichkeit genüsslich schlürfen, schaut Tintila neugierig über den Tisch.

„Was machst du gerade?"

„Bald ist der erste Advent und ich prüfe, ob der Weihnachtsschmuck in Ordnung ist oder ob etwas repariert werden muss."

„Und, musst du was reparieren?"

„Nein, ich glaube nicht. Bisher habe ich kein beschädigtes Teil entdeckt."

Ob ich ein trauriges Gesicht mache, als ich das sage, weiß ich nicht. Es muss wohl so sein, denn sie meint: „Dann sei doch froh und schau nicht traurig. Freu dich doch, dass du nichts reparieren musst."

„Du hast recht. Wahrscheinlich habe ich gehofft, etwas reparieren zu können, denn ich habe mein Leben lang gerne gebastelt - vor allem in der Advents- und Weihnachtszeit. Leider ist das wohl für immer vorbei und es fehlt mir besonders in diesen besinnlichen Wochen."

Mit einem Knall stellt sie ihren leeren Becher auf den Tisch und setzt sich auf die Stuhlkante. Ich fahre zusammen und weiß nicht, was los ist.

„Weißt du was?" Wie eine gütige Tante, die ein Kind beruhigen will, legt sie ihre Hand auf meine. „Hast du Zeit? Kannst du mit mir etwas basteln? Weißt du etwas für Weihnachten, was ich Mama und Papa schenken kann?"

Ich bin verblüfft. Alles Mögliche hätte ich erwartet, aber nicht eine solche Frage.

„Ja, Zeit habe ich schon. Aber was willst du denn basteln?"

„Das weiß ich ja eben nicht. Ich dachte, du wüsstest vielleicht was. Mama hat oft von Omi erzählt, dass die immer einen Ausweg wusste. Was das für ein Ausweg war, weiß ich aber nicht. Und weil Mama manchmal sagt, du wärst eine richtige *Nenn-Oma*, da dachte ich, du weißt vielleicht einen Ausweg. - Was ist eigentlich eine *Nenn-Oma*?"

„Ach Gott, wie soll ich dir das erklären? Eine *Nenn-Oma* ist nicht mit dir verwandt - es ist eine vertraute Frau, die man nur so nennt, die aber nicht zur Familie gehört."

„Verstehe ich nicht."

„Das glaube ich dir. Es ist aber auch schwer zu verstehen und noch viel schwerer, es dir zu erklären. - Pass auf, ich versuche es einmal so: Also, deine Omi, die im Himmel ist, ist die Mutter von deiner Mama."

„Ja, das weiß ich."

„Und das heißt, deine Omi ist mit deiner Mama verwandt und sie gehören zu einer Familie."

„Klar! Und wo sind Papa und ich? Wir gehören doch auch dazu, oder?"

„Ja natürlich! - Ach Gott", seufze ich, „das mit dem *verwandt sein* ist etwas ganz Spezielles. - Dein Papa und dein Opa gehören ebenfalls zu einer Familie. Aber das ist eine andere Linie als die von deiner Mama."

„Das ist blöd. Und was hat eine Linie dabei zu suchen? Ich versteh das nicht!"

„Das kann ich mir denken. Warte mal, vielleicht geht es hiermit leichter." Ich reiche ihr ein Blatt Papier und einen Stift. „Male auf das Blatt - irgendwo - zwei Striche. Sie dürfen aber nicht zu nah beieinander sein".

Tintila zieht diese mit so viel Druck aufs Papier, als wollte sie sie bis in die Tischplatte ritzen. Mit Stolz betrachtet sie ihr Werk.

„Gut so!", sage ich. „Der eine Strich steht für die Familie deiner Mama und der andere Strich für die Familie von deinem Papa. - Warte, ich schreibe an den einen Strich *Oma/Opa*Papa-Linie* und male einen Kreis für die Hochzeit von Oma/Opa darauf und ein Stückchen weiter ein Sternchen für deinen Papa. An den anderen Strich schreibe ich *Omi/Opi*Mama-Linie* und male für die Hochzeit von Omi/Opi einen Kreis und ein Sternchen für deine Mama darauf. - Verstehst du das?"

Sie runzelt die Stirn. „Nö - vielleicht - ich weiß nicht. Aber mach weiter."

„Also, für das Wort *Strich* gibt es auch einen anderen Begriff und der heißt *Linie*."

„Das Wort kenne ich. Aber was hat es hiermit zu tun?"

„An der *Linie* einer Familie kann man sehen, wer die Vorfahren waren und wer dazu gekommen ist. Da, wo sich zwei Linien verbinden, beginnt eine neue *Linie*. Pass auf! Deine Mama und dein Papa haben sich irgendwann zum ersten Mal getroffen. Sie haben sich kennengelernt, haben sich seitdem lieb und haben vor ein paar Jahren geheiratet."

„Weiß ich, weiß ich, da war ich noch gar nicht auf der Welt, sagt Mama immer und kichert albern."

„Aha! - Nun verbinde ich die beiden Linien miteinander. An die Stelle, wo die beiden zusammenstoßen, male ich wieder einen Kreis.!"

„Für die Hochzeit von Mama und Papa?"

„Großartig, das hast du genau richtig erkannt. Ziehe bitte aus dem *Hochzeitskreis von Mama/Papa* eine neue Linie. - Nicht so fest aufdrücken, sonst bricht die Mine ab. - Gut so. - Diese neue Linie gilt für Mama und Papa zusammen. Und wenn du jetzt mit einem kleinen Abstand ein Sternchen darauf malst, steht das für dich."

„Und das ist nun die *Mama-Papa*Tintila-Linie*, oder?", jubelt sie und reißt beide Arme in die Höhe. „Schreib du es bitte dran."

Das tue ich und sage mit einem Augenzwinkern: „Und falls du eines Tages einen kleinen Bruder oder eine kleine Schwester bekommst, malst du ein weiteres Sternchen auf die Linie und schreibst den Namen dazu."

Sie schaut mich mit gerunzelter Stirn an. „Meinst du?"

„Das kann man nicht wissen."

Sie zuckt mit den Schultern. „Auf jeden Fall weiß ich jetzt, wie das mit den Familien und Linien zusammengeht."

„Wunderbar", sage ich und lehne mich zurück. Ich bin erschöpft und denke, ich bin mit dieser komplizierten Erklärung fertig. Doch weit gefehlt. Das Mädchen ist ordentlich in Fahrt und tippt auf das Blatt vor ihr. „Aber Oma/Opa und Omi/Opi und Onkel Paul gehören auch dazu und hängen hinten bei uns dran, oder?"

Ich muss lachen. „Ja, die gehören auch dazu."

„Dann muss die Linie ja eigentlich *Oma/Opa*Onkel Paul*Papa-Linie* heißen. Und für Onkel Paul muss auch ein Sternchen darauf gemalt werden, oder?"

„Stimmt! Du hast es verstanden."

„Puh, das war aber ganz schön schwierig. Ich glaube, da ist es gewiss besser, wenn du meine Frau Blümeli bleibst und nicht auch noch hinten angehängt werden musst."

Ich nehme sie in die Arme. „Das ist wohl wahr und darüber bin ich auch sehr froh, das kannst du mir glauben. An eure Linie hinten angehängt werden muss wirklich nicht sein."

Tintila muss nach Hause und wir verabreden uns für den nächsten Samstag. Bis dahin will ich mir etwas überlegen, was sie für ihre Eltern basteln könnte. Ihr Versprechen, sie würde ebenfalls *ganz doll* nachdenken, nehme ich nicht sehr ernst. Man wird sehen!

DAS DÖRFCHEN

Die halb heruntergelassenen Rollläden vor den Fenstern der Wohnstube klappern wie Jumborasseln. Erneut tobt einer dieser heftigen Stürme kurz vor dem Winteranfang wie eine wütende Bestie durch den Ort und fetzt die letzten müden Blätter aus Bäumen und Sträuchern. Er treibt sie wie eine Herde wild gewordener Schafe durch die Straßen und scheint seine helle Freude an allem losen Zeug zu haben, das er unterwegs aufwirbeln kann. Plastiktüten, Plakate und Papierfetzen nimmt er mit, wirft Reklameständer um. Er rappelt an nicht ganz festgeschraubten Straßenschildern und fegt hier und da einen Hut vom Kopf und treibt ihn vor sich her. Heißa, wie die Leute dann ihrem Schmuckstück hinterherflitzen. Sind sie nah herangekommen, jagt eine Böe es übermütig ein Stückchen weiter. Wird dem Sturm dieses Spiel langweilig, sucht er sich etwas Neues.

Ich stehe am Fenster und schaue hinaus. Wer noch unterwegs ist, hat es eilig, sein Ziel zu erreichen. Die einen stemmen sich gegen den Sturm und die anderen, die ihnen begegnen, haben damit zu kämpfen, nicht ins Laufen zu kommen. Sie bewegen sich in einem eigentümlich hopsenden Gang vorwärts. Die Körper sind leicht zurückgeneigt und scheinen den voraneilenden Füßen zu folgen. Jeder Windstoß schubst sie an und lässt sie einen kleinen Satz vorwärts machen. Es sieht lustig aus und ich muss lachen. Bei Paaren, die untergehakt dem Wetter trotzen, ist die Fortbewegung erkennbar harmonischer und stabiler. Ja, zu zweit kann vieles so viel leichter sein.

Ich schrecke auf, als plötzlich die Glocke an der Tür bimmelt und es ist keine Frage, wer davor steht. Warm eingepackt in

Jacke und Mütze lacht mir Tintila entgegen und weist mit dem Daumen hinter sich.

„Sieh mal, ich habe Klebstoff und eine Schere und ein Stückchen Schleife im Rucksack mitgebracht. Wir wollen doch etwas basteln und da brauche ich Werkzeug, oder?"

„Ja, da brauchst du Werkzeug." Ich bemühe mich ernst zu bleiben und nicht über ihr *Werkzeug* zu lachen. „Komm herein und zieh Jacke und Mütze aus."

Auf dem Tisch habe ich Bastelkarton, Buntpapier, Lineal, Stifte, ein Päckchen Watte, Klebstoff und ein kleines Holzbrett bereitgelegt.

Sie bleibt mit offenem Mund in der Stubentür stehen. „Was hast du denn da alles auf den Tisch gelegt? Ist das für mich zum Basteln. So viel kann ich ja gar nicht gebrauchen."

„Oh! Das ist eigentlich für meine Idee gedacht. Ich weiß ja noch nicht, was du basteln möchtest. Erzähl mir, was du dir ausgedacht hast. Dann schauen wir, ob dafür die richtigen Dinge vorhanden sind oder ob wir noch etwas besorgen müssen."

Sie breitet die Arme aus, holt tief Luft, lässt die Arme langsam sinken, während sie wie ein Ballon pustet, aus dem die Luft entweicht.

„Ja, weißt du, ich habe ganz doll nachgedacht, bis mir sogar der Kopf wehtat. Aber ...", sie hebt die Schultern, „mir ist nix eingefallen."

Mit hängendem Kopf schaut sie zu Boden.

„Nicht traurig sein. Du hast *doll* nachgedacht und das ist großartig. Da haben wir beide das Gleiche getan. In meinem alten und viel größeren Kopf als deinem, habe ich zum Glück eine Idee gefunden!"

Auf ihrem Gesicht geht die Sonne auf. „Hurra! Hurra! Ich habe es gewusst. Meine Frau Blümeli weiß etwas. Ach, ich habe dich ganz doll lieb. - Was für eine Idee hast du denn in deinem Kopf gefunden?"

Sie dreht sich wie ein Kreisel und hört gar nicht auf zu jubeln und von Traurigkeit ist nichts mehr zu sehen.

„Halt stopp, du Brummkreisel. Dir wird gleich schwindelig und in dem Fall können wir nicht basteln. Setz dich auf diesen Stuhl. Ich habe ein Kissen daraufgelegt, damit du bequemer an den Tisch kommst." Nur einen kurzen Moment später liegt es am Boden und sie kniet auf dem Stuhl und stützt die Ellenbogen auf. „So geht es besser und ich kann prima basteln. Das Kissen brauche ich nicht. - Was machen wir jetzt?"

„Wart's ab. Möchtest du erst eine *heiße Schokolade*?"

„Nein, danke. - Was machen wir jetzt?"

Sie hibbelt hin und her und kann es kaum erwarten zu erfahren, was mir eingefallen ist.

„Also", beginne ich, „lange habe ich gegrübelt und fand keine Idee. Doch gestern beim Kartoffelschälen erinnerte ich mich daran, was ich, als ich ein kleines Mädchen war, in der Schule gebastelt habe und was mir ganz besonders gefallen hatte. Lange habe ich es damals aufgehoben und immer wieder angeschaut und geträumt."

„Was hast du denn gebastelt? Bitte, ich platze, wenn du es mir nicht sagst."

„Es ist nur eine Idee und du musst entscheiden ob du es machen willst oder nicht."

„Och bitte, sag schon, was du damals gebastelt hast. Ganz sicher war es etwas Schönes. Bitte, sag es mir!", bettelt sie mit Klein-Mädchen-Stimme.

Ich muss lachen. „Pass auf." Ich lege das Holzbrett vor sie und erkläre den Plan: „Zwei oder drei Häuschen aus Pappe könnten wir basteln. Jedes mit einer Tür und zwei Fenstern mit Scheiben aus Buntpapier und einem Schornstein aus dem weißer Watte-Rauch steigt. Die Häuschen würden wir auf das Brett kleben und wenn wir dazwischen und auf den Dächern dünn ausgezogene Watte verteilen, sähe das Ganze wie ein kleines verschneites Dorf aus.

Tintila klatscht begeistert in die Hände. „Au fein, das ist eine tolle Idee. Aber du musst mir ganz doll helfen. Das kann ich auf keinen Fall alleine schaffen."

„Ja natürlich helfe ich dir. Doch wir werden heute gewiss nicht alles fertig bekommen."

„Wann wird es denn fertig?"

„Das kann ich nicht sagen. Es hängt davon ab, ob du oft hier sein kannst und ob wir gut vorankommen."

„Dann komme ich jeden Tag zu dir, bis wir das *Dörfchen* fertig haben. Darf ich?"

„Ja natürlich, denn wir haben viel zu tun bis Weihnachten. Zu Hause darfst du allerdings nichts davon verraten. Wir zwei haben ab heute ein Geheimnis. Das ist in Ordnung, da es ein gutes Geheimnis ist, denn du willst deinen Eltern eine Freude machen."

Zunächst zeichne ich die Teile für die Häuschen und schneide sie aus. Anschließend zeige ich der kleinen Bastlerin, wie sie diese zusammenkleben muss. Mit glühenden Bäckchen wählt sie anschließend aus dem Buntpapier die Farben für die Fensterscheiben - es dauert lange, bis sie sich entscheidet. Ich staune, mit wie viel Sorgfalt sie arbeitet. Nach mehreren Bastelnachmittagen - immer wieder mit einigen Tagen Pause dazwischen - ist das

Dörfchen fertig. Watte-Rauch quillt aus den Schornsteinen und Watte-Schnee liegt auf den Dächern und zwischen den Häuschen. Tintilas Jubel findet kein Ende.

„Darf ich das Dörfchen mit nach Hause nehmen, bitte?", bettelt sie, „ich möchte es immer und immer anschauen."

„Das wird nicht gut gehen. Für wen hast du das Dörfchen denn gebastelt? Wem willst du es zu Weihnachten schenken?"

Die Freude fällt aus ihrem Gesicht wie ein Faltrollo an einem Fenster. Kaum zu verstehen flüstert sie: „Mama und Papa will ich es schenken" und fügt nachdrücklich an: „Aber es ist wunderschön und ich würde es am liebsten immer anschauen."

„Das kann ich gut verstehen. Doch was passiert, wenn du es schon jetzt mit heim nimmst?"

„Mama und Papa sehen es", haucht sie mehr, als sie spricht.

„Und, gelingt dann deine Überraschung?"

Sie schüttelt den Kopf.

„Ich denke, es ist noch immer dein Wunsch, ihnen eine ganz besondere Freude zu machen, oder? Glaubst du, es gelingt, wenn du es bereits heute mit nach Hause nimmst?"

Eine Weile schaut sie stumm auf das Dörfchen - hin und her gerissen von ihren Gefühlen. „Du hast ja recht, das geht nicht", sie atmet heftig und ich sehe ihr an, welchen inneren Kampf sie gerade ausficht.

Dann hebt sie den Kopf: „Weißt du was? Ich komme bis Weihnachten jeden Tag zu dir und schaue das Dörfchen an. Und wenn ich es Mama und Papa geschenkt habe, darf ich es zu Hause gewiss immer anschauen, wenn ich sie frage. Meinst du, das geht?"

„Da bin ich sicher. Du wirst es ohne Frage anschauen dürfen, wenn du es möchtest. Mama und Papa werden jedes Mal *JA* sagen, wenn du sie fragst."

Ob es diesem Kind gelingen wird, das Geheimnis für sich zu behalten? Ich kann es kaum glauben. Sie ist noch jung und das Herz liegt ihr auf der Zunge. Doch ich bin sicher, ihre Eltern werden klug reagieren, damit Tintilas Überraschung zu Weihnachten gelingt.

Bis zum Fest kommt sie tatsächlich fast jeden Tag zu mir. Manchmal bringt sie die Freunde mit, mal ist sie nur kurz da; und plötzlich steht Weihnachten vor der Tür.

EIN BESONDERES FEST

Den Karton, in dem ich Briefe und Karten aufbewahre, die mir kostbar sind, steht vor mir auf dem Schreibtisch. So kurz vor dem Fest blättere ich gerne durch den Inhalt und halte auf diese Art manches Zwiegespräch mit Menschen, die mir schrieben. Zwischen bunten Ferien-Postkarten und unzähligen von Hand geschriebenen Briefumschlägen - es sind einige mit dunklem Rand darunter; die meisten haben jedoch einen erfreulichen Inhalt - fällt mir einer auf und ich öffne ihn nach langer Zeit wieder einmal. Er ist von Sabine.

Sie rumpelte vor gut zehn Jahren wie ein Wirbelwind in mein Leben. Während ich am Gemüsestand noch überlegte, welche Sorte Pfirsiche ich nehmen sollte, rammte mir jemand mit Schwung etwas von hinten an die Beine. Mit einem Sprung zur Seite und lautem *„Aua"* verlieh ich dem Schmerz der rechten Achillessehne Ausdruck. Zornig wandte ich mich um und wollte über den Verursacher mit drastischen Worten herfallen. Doch da war niemand auf Augenhöhe hinter mir. Erst als ich etwas niedriger schaute, sah ich in zwei dunkelbraune Augen, die unter einem wuscheligen Pony zu mir aufsahen. Mir blieb der Zorn im Halse stecken, denn der zierlichen Frau vor mir stand das schlechte Gewissen ins Gesicht geschrieben.

„Oh bitte, bitte verzeihen Sie. Es tut mir sehr leid, dass ich Ihnen wehgetan habe. Das wollte ich nicht. Bitte verzeihen Sie", und sie hätte sicherlich noch öfter ihr Bedauern über den Vorfall geäußert, wenn ich nicht abgewunken hätte.

„Ist ja nichts passiert. Es tat nur weh, aber das ist schon wieder vorüber."

Die Frau zeigte auf einen Hund, der eine Mischung aus Dackel und Mops zu sein schien. „Der kleine Kerl ist mir zwischen die Füße gelaufen und ich bin über seine Leine gestolpert und wäre beinahe gestürzt. Dabei habe ich meinen Einkaufstrolley verrissen und der ist Ihnen in die Hacken geknallt. Das tut mir unsagbar leid. Wie kann ich das wieder gutmachen? Darf ich sie zu einer Tasse Kaffee einladen oder auf ein Bier oder auf ein Glas Wein? Ach Gott, ich bin untröstlich!"

„Halt stopp, gute Frau! Es ist absolut in Ordnung. Mir geht es gut und mir tut nichts mehr weh. Solch ein Missgeschick passiert halt und da kann man nichts machen. Wäre ich gestürzt, hätte es schlimmer ausgehen können. Bei mir war es wohl mehr der Schreck, als der Schmerz."

„Ja, das mag sein. Doch ich möchte es wieder gutmachen. Ich kann es nicht ertragen, wenn ich jemandem wehgetan habe – auch wenn es nicht mit Absicht geschah. Bitte, machen sie mir die Freude und kommen sie mit mir hinüber zum Bäcker. Dort können wir an einem der kleinen Tische im Schatten der Bäume sitzen und eine Tasse Kaffee trinken."

Ich willigte ein, obwohl mir gar nicht der Sinn danach stand. Aber die kleine, verzweifelte Frau tat mir leid und ich wollte ihr die Freude machen und ging mit. Dass sich aus dieser Begegnung eine herzliche Freundschaft entwickeln würde, war damals nicht zu ahnen. Sabine stellte uns nur wenige Tage später ihren Mann Konrad vor; beide gehörten bald zu unserem festen Freundeskreis.

Konrad war vier Jahre älter als sie und strahlte eine ganz eigene Fröhlichkeit und Verlässlichkeit aus. Sein Gesicht verleugnete die gelebten Jahre nicht, denn viele Lachfältchen zierten seine Augen, die unter seinem bereits schlohweißen Haar durch eine randlose Brille klar und offen in die Welt schauten. Sein Gesicht zeigte auch die *Jahresringe*, wie er seine Falten nannte. Wer Konrad zum ersten Mal begegnete, spürte, dass man ihm bedingungslos vertrauen konnte.

Sabines sechzigster Geburtstag wurde eine außergewöhnliche Feier. Dieses Fest nahm eigentlich schon an dem Tag seinen Anfang, als ich bei Magda auf dem Balkon saß und plötzlich jemanden unten im Hof rufen hörte: „Hallo ...? Ist jemand da oben? Magda? Ist Rosa eventuell auch bei dir? Hallo, seid ihr da oben? Haalloo!"

Ich setzte mich auf, um hinunter zu schauen. Allerdings musste ich blinzeln, weil ich gerade noch zum Sonnenlicht geblickt hatte und im Schatten des Hauses nichts erkannte. Die Figur, die sich dort bewegte, wurde deutlicher und ich sah, wer es war.

„Hallo Konrad. Na, das ist aber eine schöne Überraschung. Was hat euch denn hierher verschlagen?", und winkte übermütig, wie ein Kind dem Mann zu, der mit einer flatternden Handbewegung antwortete und dann das Tor schloss, durch das er in den Innenhof getreten war.

„Wo hast du dein *Bienchen* gelassen? Sitzt sie noch im Auto? Hol sie doch."

Konrad schüttelte den Kopf.

„Los, kommt herauf", rief ich bevor er antworten konnte, „ich drücke euch die Tür auf und koche uns *ein lecker Tässchen Kaffee*, wie man im Rheinland sagt. Magda holt gerade Kuchen."

Kurze Zeit später stand Konrad in der offenstehenden Wohnungstür: „Rosa? Ich bin oben."

„Kommt doch rein und macht die Tür zu. Die Kaffeemaschine ist vorbereitet und ich muss sie nur einschalten, sobald Magda mit dem Kuchen da ist", rief ich aus der Küche. Da ich keine Antwort bekam, schaute ich um die Türzarge, sah Konrad wie angewachsen im Flur stehen und sagte noch einmal: „Los, kommt rein! Ihr kennt euch doch aus! Und überhaupt, wo ist dein Bienchen?"

Noch immer bekam ich keine Antwort und stutzte. „Konrad, was ist los? Ist was mit Sabine? Ist sie krank?"

„Ganz ruhig, Rosa. Nein, Sabine ist nicht krank. Sie ist nur nicht dabei – ich bin alleine hier. Ich kann sie jetzt nicht brauchen. Ich habe zurzeit Geheimnisse, von denen sie nichts wissen darf. Ich komme nicht klar und ich brauche dringend eure Hilfe..."

Ich unterbrach ihn, indem ich abwehrend die Hände hob und einen Schritt zurück machte.

„Nein, nein, nein, mein Freund. Bleib mir damit weg. So haben wir nicht gewettet. Deine Mauscheleien mach gefälligst ohne mich, wenn du es schon nicht lassen kannst. Ihr Männer seid aber auch unverbesserlich. Verdammt noch mal, warum müsst ihr ..."

„Halt, Rosalinde!", sagte Konrad in scharfem Ton. Ich zuckte ein wenig zusammen. Konrad nannte mich sonst nie bei meinem vollen Vornamen! Die Angelegenheit musste ihm daher sehr ernst sein.

„Halt, Rosa", sprach er etwas milder weiter, „da geht mal wieder dein Temperament und deine Fantasie mit dir durch. Ich würde meinem *Weiberl* nie wehtun. Was denkst du denn von mir? Überraschen will ich Sabine und dafür brauche ich euch. Sie wird doch in zwei Wochen sechzig. Na…," er tippte sich mit dem Zeigefinger gegen die Stirn. „Na, klappern die Synapsen in deinem Kasten da oben jetzt wieder normal?", und stupste zaghaft grinsend an meine Stirn.

„Och, Konrad, ich bin aber auch ein Dussel. Entschuldige bitte und verzeih mir meine übereilte Reaktion. Wie konnte ich dir das nur unterstellen? Aber vergangene Woche habe ich von einem meiner Cousins etwas gehört, das ich dem nie zugetraut hätte. Man sieht einem Menschen eben doch nur vor den Kopf und nicht hinein. Die Art, wie er mit seiner Frau und seinen Kindern umgegangen ist, macht mich jedes Mal wütend, wenn ich daran denke. Verzeih mir meine vorschnelle Übertragung auf dich, bitte", und legte eine Hand auf seine Schulter. „Komm, setz dich draußen zu mir in den Schatten unter den Schirm. Es geht ein leichter Wind und der tut gut. Dieser Sommer ist für mich definitiv zu heiß."

„Na, mir macht die Wärme nicht viel aus. Meine Haut wird allerdings dankbar sein, wenn ich sie nicht länger als notwendig dem heißen Sonnenball da oben aussetze", meinte er und ließ sich ohne Frage gerne von mir in einen Sessel drücken. Ohne schlechtes Gewissen sah er mir beim Verschieben des Sonnenschirms zu.

„Verzeih Rosa, dass ich dir nicht helfe. Aber ich bin fix und alle. Kann ich mal kurz ins Bad?", und stand wieder auf.

„Ja, selbstverständlich. Du weißt ja wo es ist. Nimm dir ein sauberes Handtuch. Magda hat neben dem Waschbecken einige Gästetücher liegen."

Ein paar Minuten später kam er zurück und sah etwas munterer aus.

„Mach's dir schon mal gemütlich. Ich stelle nur fix die Kaffeemaschine an. Magda wird wohl bald zurück sein. Lass dir von den Insekten ein Liedlein summen und mach die Augen zu. Ich beeile mich und später erzählst du uns, was du vorhast. Ist doch logisch, dass wir dir helfen, wenn wir können."

Im Weggehen dachte ich: Nicht zu glauben, sechzig wird Bienchen schon - *die Zeit, sie eilt im Sauseschritt* ...

An der Terrassentür drehte ich mich noch einmal um: „Wie trinkst du deinen Kaffee? Mit Milch und Zucker?"

„Nur etwas Milch, bitte", kam es verdächtig leise aus dem Liegesessel.

„Alles klar, bis gleich", murmelte ich daher auch nur kurz. „Wenn der Mann da in der Horizontalen nicht gleich eingeschlafen ist, fresse ich einen Besen".

„Na, lass..., das kitzelt", murmelte Konrad eine halbe Stunde später und wischte mit einer Hand fahrig über seine Nase. Magda kicherte und strich erneut mit einem langen Halm, den sie aus der Vase mit Feldblumen auf dem Tisch gezupft hatte, unter Konrads Nase her.

„Verflixt noch mal! Was ist?" Er riss die Augen auf. Ihm war deutlich anzusehen, dass er gar nicht wusste, was los war. Er schaute irritiert um sich.

„Nicht *WAS*, lieber Konrad, *WER* ist die richtige Frage. Grüß Gott, mein Herr, bist du wieder wach?", lachte sie. „Du bist mir ja ein schöner Wächter hier draußen. Kaum bist du allein, schläfst du selig und süß ein. Wer oder was hat dich denn derart erschöpft?"

„Nun mach mal einen Punkt. Wenn mich Rosa in den Schatten packt und mir das Konzert der Insekten empfiehlt, ist mein Sandmännchen sofort zu Stelle", konterte er und lachte. „Aber jetzt ernsthaft. Ich war von der Hitze im Auto völlig fertig. Leider haben wir noch immer keine Kutsche mit Klimaanlage. Das alte Vehikel muss noch eine Weile halten, falls wir uns überhaupt noch ein neues kaufen. In der Stadt lohnt es ja nicht mehr zu fahren. Es macht keinen Spaß in den ständig verstopften Straßen mehr zu stehen, als in Bewegung zu sein. Bei Hitze bringen in unserer Kutsche nur die heruntergelassenen Seitenfenster etwas Erfrischung – und das ist auch nur bei langsamer Fahrt in der Stadt eine Lösung. Auf Landstraßen oder der Autobahn ist das keine gute Idee, denn selbst bei nur 100 km/h reißt mir der Fahrtwind mein letztes schütteres Haar vom Kopf und ich verstehe keinen einzigen Ton mehr von Sabine oder aus dem Radio. Also muss ich notgedrungen im eigenen Saft schmoren."

Magda reichte ihm ein großes Glas Wasser mit einer Scheibe Zitrone.

„Hier, trink erst einmal etwas. Aber langsam. Der Saft der Zitrone wird dich wieder munter machen. - Ah, und da kommt Rosa ja auch schon mit dem Kaffee."

Auf dem obersten Kuchenteller, den Magda zuvor auf den Tisch gestellt hatte, drängten sich vier Erdbeertörtchen, dicht an dicht mit Früchten belegt – sie hatten kaum Platz darauf.

„Mich lachten beim Bäcker diese Törtchen an, habe während du schliefst fix Sahne geschlagen und kredenze uns diese köstliche Leckerei zum Kaffee." Sie stand mit leicht ausgebreiteten Armen am Tisch und verzog vornehm das Gesicht, wie ein Butler, der seiner Herrschaft den *five o'clock tea* in der Bibliothek kredenzt. „Bitte sehr, *Mylord and Mylady*" ergänzte sie kichernd und verbeugte sich ein wenig.

Konrad rutschte vorn auf die Kante des Sessels und klappte die Lehne hoch. Er nahm eine Kuchengabel vom Tablett, schaute mit großen Augen auf die dick belegten Törtchen und begann wie ein kleiner Bub rhythmisch auf den Tisch zu klopfen. „Hunger, Hunger, Hunger... Wir haben Hunger, Hunger..."skandierte er dabei und feixte in die Runde.

„Schluss damit, mein Junge, oder es gibt gar nichts! Hier geht das so nicht! Ganz brav und still sein, sonst setzt es was", alberte Magda und tat, als ob sie ihm eine Kopfnuss geben wollte.

Wir Frauen waren mit je einem Törtchen zufrieden und überließen Konrad gerne die beiden anderen, die er auch ohne Schwierigkeiten verputzte. Zum Schluss kratzte er die Sahneschüssel so sauber aus, dass man glaubte, sie müsste nicht mehr gespült werden. Mit einem tiefen Seufzer lehnte er sich zurück, faltete die Hände über dem Bauch und schloss zufrieden die Augen. „Jetzt könnt ihr mit der Arbeit beginnen, ich schlafe noch etwas", schnurrte er einem satten Kater gleich.

„Ach nee, so haben wir aber nicht gewettet. Wir wissen ja noch gar nicht, was dich an den Rand der Verzweiflung gebracht hat und warum du eigentlich hier bist."

Er schaute uns an - ließ aber den Kopf demonstrativ am Kopfpolster liegen.

„Und", fragte ich gespielt empört, „soll das etwa deine Arbeitshaltung sein?", und trank den letzten Schluck Kaffee. „Aber eigentlich ist das auch ganz egal. Wenn du in der Haltung kreativ bist, soll es mir recht sein. - Nun aber mal los. Was hast du dir vorgestellt, was zu Sabines Sechzigsten passieren soll?"

Der Mann wirkte auf einmal gar nicht mehr zufrieden – er sah vielmehr traurig aus und setzte sich auf. Er legte die Arme vor sich auf die Tischplatte und ließ den Kopf hängen. „Das ist ja mein Problem", antwortete er. „Mir fällt einfach nichts ein, was meinem Bienchen Freude machen könnte. Wenn ich darüber nachdenke ist mein Kopf sofort blank wie ein weißes Blatt Papier. Nichts, rein gar nichts fällt mir ein. Und ich möchte sie doch liebend gerne überraschen und ihr eine echte Freude bereiten. Helft mir, bitte!", hob mit einer verzweifelten Bewegung beide Hände und ließ sie zurück in den Schoß fallen.

Magda und ich sahen uns an, zogen fast gleichzeitig fragend die Augenbrauen hoch und zuckten mit den Schultern.

„Na, du bist gut. Glaubst du, uns fällt so mir nichts, dir nichts etwas ein?"

Eine ganze Weile saßen wir Drei stumm am Tisch. Es war derart still, dass man glauben konnte, wir könnten unsere Gehirne arbeiten hören, bis ich eine Idee hatte. Ich ließ die Hände mit einem Knall auf die Tischplatte fallen. Konrad schreckte hoch.

„Es nutzt ja nichts, wenn wir wie die Ölgötzen hier sitzen und Löcher in den Tisch gucken. Los", sagte ich, „wir müssen uns zusammenreißen und ein paar Ideen zusammentragen. Magda, bitte hol bitte Papier und Bleistift. Ich will alles aufschreiben, was uns einfällt – ohne kritische Bemerkungen. Das ist wichtig! Ihr wisst schon, à la *brainstorming* kreativ sein! Gleichgültig, was uns einfällt, ob Konzert, Theater, Hunderennen, ein neuer Hut oder der Besuch in einer Bingo-Halle, alles schreibe ich auf und erst ganz zum Schluss sortieren wir die schlechten Ideen ins Kröpfchen und die guten ins Töpfchen, ok?"

Ich schaute fragend zwischen Konrad und Magda hin und her. Die Beiden sahen sich zunächst ratlos an, nickten dann aber zögerlich. Wir machten uns ans Werk.

Irgendwann lehnte sich Magda zurück und seufzte: „Ich bin leer. Nichts geht mehr. Das muss genügen."

„Ja, das ist auch genug. Wir haben ganz schön viel auf dem Zettel stehen. Bevor wir weitermachen, brauchen wir aber noch etwas Kaltes zu trinken.", meinte ich und an Magda gewandt: „Hast du einen Saft oder einen *Kraneberger*?"

„Oh ja", meinte Konrad, „das ist eine sehr gute Idee. Aber was ist *Kraneberger*?" Magda und ich mussten lachen: „Kennst du diesen köstlichen Weißwein denn nicht?"

„Nein, wo gibts den zu kaufen?"

„Nirgendwo! Er fließt aus dem Wasserkran, sobald du ihn aufdrehst", kicherten wir Frauen albern. Konrad warf eine Serviette nach uns, die aber nicht weit kam, sondern nur träge flatternd mitten auf dem Tisch landete.

Etwa zwei Stunden später hatten wir nach vielem Auswählen und wieder Verwerfen einen richtig guten Plan.

Sabine und Konrad wohnten mitten im Stadtzentrum in einer Zweizimmerwohnung mit einem kleinen, nein, einem winzigen Balkon. Es passten nur zwei Stühle nebeneinander darauf und für das Abstellen einer Tasse Kaffee oder einem Glas hatten sie ein Hängetischchen angeschafft, das an das Balkongeländer gehängt werden konnte. Mehr Platz war da nicht.

Magdas Vorschlag, den Geburtstag unten im Hof mit der angrenzenden Grünfläche zu feiern, wurde daher auch mit entsprechend großer Begeisterung angenommen. Bevor wir jedoch weiter planen konnten, ging sie mit ihrem Spickzettel zum Telefon, um die Mitbewohner und Herrn Bertram, den

Hauseigentümer, der ebenfalls im Haus wohnte, zu fragen, ob das ok sei. Ihr Kontakt zu allen Nachbarn war sehr gut. Folglich lud sie auch gleich jeden zum geplanten Fest ein und bekam - allerdings nicht nur deshalb - allseits freudige Zustimmung.

Es sollte ein großer Pavillon aufgestellt werden, der bei schlechtem Wetter mit Seitenwänden geschlossen werden konnte. Es war schließlich nicht abzusehen, wie Petrus an dem Tag gelaunt sein würde. Konrad hatte auch gleich eine Idee, welchen seiner Kegelbrüder er um einem solchen Pavillon bitten konnte.

Eine bunte Lichterkette sollte zwischen Wohnhaus und dem mächtigen Walnussbaum hinten im Hof gespannt und ein großer Grill vom Schützenverein ausgeliehen werden. Herr Bertram hatte dieses Angebot gleich am Telefon gemacht, als Magda mit ihm gesprochen hatte. Für Grillgut und Getränke war letztendlich Konrad verantwortlich.

Salate und andere Leckereien würden die Gäste mitbringen, wofür Magda und ich eine Liste anfertigen wollten, aus der sich jeder etwas aussuchen konnte. Es wäre nicht gut, wenn zehn Nudelsalate und Unmengen Frikadellen auf dem Buffet stünden und nichts anderes. „Hat es alles schon gegeben", kommentierte Magda lachend diesen Punkt.

„Wie ich unsere Freunde kenne", meinte Konrad, „werden sie sich so manchen Spaß und die eine oder andere Rede für Sabine ausdenken. Ich bin jetzt recht zuversichtlich, dass es ein fröhlicher Abend wird."

Ich hörte auf, Notizen zu machen und sah die Freunde an.

„Sagt mal, da fällt mir etwas ein. Wir haben ja noch gar nichts in Richtung Musik geplant. Was haltet ihr davon, wenn wir einen Musiker buchen?"

„Nein, bloß nicht" wurde sie von Konrad vehement unterbrochen, „bloß nicht. Geh mir weg mit Musikern. Die sind immer viel zu laut und drehen ihre Verstärker volle Pulle auf, je später es wird. Heutzutage können die überhaupt keine normale Musik machen", kommentierte er abweisend die Idee. „Nach kurzer Zeit verstehen wir nicht mehr unser eigenes Wort und anstatt uns zu unterhalten, brüllen wir uns nur noch gegenseitig an. Nee, das ist nichts. Und außerdem gibt es bei dem Krach schnell Ärger mit den Nachbarn."

„Eigentlich hast du Recht, lieber Konrad, doch das muss gar nicht so sein", winkte ich beschwichtigend ab. „Sieh mal. Das, was ich im Sinn habe, ist etwas ganz anderes. Wenn wir zum Beispiel jemanden finden, der beispielsweise auf einem Akkordeon mit *Musette-Klang* spielt. Ihr wisst schon, Musettewalzer und französische Musik im Dreivierteltakt, nach der früher in den *Arme-Leute-Vierteln* in Paris in den kleinen Restaurants, Bars und Cafés getanzt wurde. Ich mag das sehr! Wenn ich Musette höre, bekomme ich sofort Lust zu tanzen und zu singen. Ich weiß nicht mehr wo, aber ich habe vor einiger Zeit eine schöne Definition gelesen. Leider konnte ich nicht herausfinden, von wem sie stammt. Wartet mal, der Text lautete, glaube ich, so: *Musettemusik erzählt von Liebe und Schmerz, sie stillt die Sehnsucht, sie ist charmant und zärtlich, sie macht traurig und fröhlich, gibt Kraft und schenkt Lebensfreude, und sie zaubert ein Lächeln ...*, weiter weiß ich nicht.

„Das ist aber schön", meinte Magda mit verträumten Augen.

„Ja, und wer solche Musik spielt, spielt ohne Verstärker und den ganzen technischen Kram. Du hast Recht, Rosa", ergänzte sie. „Das kann ich mir gut vorstellen; ein lauer Sommerabend, bunte Lichter, die in der aufkommenden Dämmerung sacht schaukeln und dann schweben auf einmal solche Melodien durch den Abend. Schön! Ein Gläschen Wein, das Geplauder und Lachen von netten Leuten ... Doch, das wäre zauberhaft und ich glaube, dass das Akkordeon eine ganz besondere Stimmung bringen wird. Vielleicht fühlen wir uns wie in Paris am Ufer der Seine! Ich kriege schon dicke Gänsehaut. Ach ja, noch einmal jung sein und verliebt in den Sternenhimmel schauen ... Halt stopp, ich rede jetzt aber bei Gott dummes Zeug." Magda verstummte verlegen.

„Nein, der Meinung bin ich nicht", entgegnete ich. „Ich glaube, für die Liebe gibt es keine Altersbegrenzung. Warum soll reifen Semestern nicht noch einmal ein Mensch begegnen, mit dem das Leben in Zweisamkeit schön ist? Im Rheinland sagen die Leute *Ett kütt, wie et kütt*. Man weiß es ja nicht!"

„Stimmt! Ich glaube jetzt auch, dass Rosa mit dieser Idee von der Akkordeon-Musik das i-Tüpfelchen auf unsere Planung gesetzt hat", meinte Konrad. Er stand auf und stellte sich in Positur, als sei er ein Ausrufer: „Erhebt euch. Alle! Hiermit wird beschlossen und verkündet: So wird es gemacht!" Mit diesen Worten ging er um den Tisch herum und zog uns in seine Arme.

„Menschenskind, ihr Weiberleut, ich danke euch von ganzem Herzen. Ihr habt mir heute das Leben gerettet. Ich war schrecklich verzweifelt und wusste keinen Rat. Und plötzlich kamt ihr mir in den Sinn und damit neue Hoffnung, dass da doch noch was werden könnte. Und was wird nur mein Bienchen sagen, wenn ich ihr von dem Plan erzähle?"

„Du wirst ihr gar nichts von all dem sagen, Konrad, hörst du? Gar nichts wirst du ihr sagen. Das Fest soll doch eine Überraschung werden – eine rundum schöne Überraschung. Lass dir gefälligst etwas einfallen, irgendetwas, irgendeine

Ausrede. Behaupte, du wolltest mit ihr an dem Tag lecker essen oder ins Kino oder... Ach, was weiß ich? Auf jeden Fall packst du Sabine an ihrem Festtag ins Auto, bindest ihr ein Tuch vor die Augen und sagst, das sei für eine kleine Überraschung notwendig, und bringst sie hierher."

Magda unterbrach mich: „Mir fällt gerade etwas Wichtiges ein, lieber Konrad. Gib Rosa und mir bitte die Adressen und Telefonnummern eurer Freunde. Wir rufen sie an und erklären ihnen, was geplant ist und bitten sie alle um Stillschweigen."

„Ach Gott, ja! Daran habe ich gar nicht gedacht!"

„Das ist doch kein Problem. Hauptsache, es ist uns noch frühzeitig eingefallen. Schreib die Daten auf und schick sie mir per E-Mail. Wir organisieren alles."

Mir wurde erneut bewusst, wie schnell und unkompliziert Informationen über das Internet ausgetauscht werden konnten. Magda war kommunikationstechnisch schon immer *up-to-date* und ich fragte mich, ob es für mich nicht auch langsam Zeit wurde, mich damit zu befassen. Doch diesen Gedanken schob ich damals wieder einmal zur Seite.

Konrad schwor Stein und Bein zu schweigen und nichts zu verraten.

„Prima. Wir verlassen uns darauf. Aber zurück zum Geburtstag. Also, wir vereinbaren eine feste Uhrzeit, zu der eure Freunde hier sein sollen. Irgendwer wird vor dem Haus Wache halten und uns informieren, dass ihr da seid. Wir werden still und stumm wie die Fische unter Wasser im Hof stehen und sobald ihr zwei dort vorne durch das Tor kommt, beginnen wir mit einem Geburtstagsständchen. In dem Moment, und wirklich erst in dem Moment, nimmst du deinem Bienchen das Tuch ab. Hast du das verstanden Konrad? Alles andere ergibt sich von ganz allein."

Der Mann hatte auf einmal Tränen in den Augen. „Mensch, ihr zwei seid unbezahlbar." Er schniefte etwas und wischte sich verstohlen übers Gesicht. „Ihr seid in der Tat wahre Freunde. Danke, danke, danke!"

Sabines Geburtstagsfest wurde, wie schon gesagt, ein Riesenerfolg. Das Wetter hatte mitgespielt, es war trocken geblieben und die Temperatur war selbst bis in die Nacht hinein noch angenehm.

Über die Künstlervermittlung des örtlichen Konservatoriums hatten wir eine Studentin engagieren können, die Akkordeon spielte und Musette liebte. Sie unterhielt die Gäste mit leichter Tanzmusik und vielen fröhlichen und auch besinnlichen Stücken. Zwischendurch machte sie sogar ein Wunschkonzert, sodass sich die Gäste Musik wünschen konnten. Es war grandios!

Konrad hatte vereinbarungsgemäß seinem Bienchen nichts verraten und dadurch gelang die geplante Überraschung total. Lachend und gleichzeitig weinend nahm das Geburtstagskind sein Geburtstagsständchen entgegen und fiel danach jedem Anwesenden um den Hals, ob sie ihn kannte oder nicht.

„Ne, ne, was seid ihr aber auch eine Bande! - Danke! - Mir fehlen die Worte! - Was ist das lieb! - Und wunderschön sieht es hier aus! ..."

Der Abend war bezaubernd. Da war nicht nur die laue Sommernacht, sondern auch das Geplauder und Lachen der Menschen, ein Gläschen, nein, ein paar Gläschen Wein oder Bier, viele köstliche Dinge zu futtern und bunte Lichter schaukelten mit dem Mond um die Wette - ganz sacht hin und her, hin und her. Beim schwebenden Klang vertrauter Melodien fing jemand an zu tanzen und es wurden immer mehr, die es taten. Die letzten Gäste gingen erst nach drei Uhr morgens.

Sabine taumelte den ganzen Abend glückselig durch ihre Gästeschar und genoss sichtlich jede Minute des Festes. Und als sie erschöpft und müde und auch ein klein wenig beschwipst mit Konrad in ein Taxi stieg, schaute sie Magda und mich wie ein zufriedenes Baby an und meinte: „Von heute an will ich jeden Tag sechzigsten Geburtstag mit euch feiern. Es war soo schöön! Gute Nacht ihr Zauber-Hexen. Ich habe euch sehr lieb. Danke für alles!"

Ja, es war ein besonderes Fest - voll Fröhlichkeit und Leichtigkeit in der Gemeinschaft vieler liebenswerter Menschen - für eine zauberhafte Freundin.

Wenig später warf uns das Leben einen bitterbösen Kontrast vor die Füße. Es stieß Konrad und uns in sieben leidvolle Monate, als bei Sabine völlig unerwartet Lungenkrebs diagnostiziert wurde. Ein halbes Jahr nach ihrem Tod zog Konrad - er war ein gebrochener Mann und zeigte zunehmend dementes Verhalten - zu seinem jüngeren Bruder nach Bayern. Dieser verweigerte jeglichen Kontakt zu uns und ich weiß daher nicht, wie es Konrad geht.

EINLADUNG

Noch einmal schlafen, dann ist Heiligabend. Auch in diesem Jahr habe ich mir einen kleinen Weihnachtsbaum gekauft. Das Fest ohne Tannenduft und Kerzenschein ist für mich nicht vorstellbar. Die kleine Tanne, jetzt noch ohne jeden Schmuck, steht auf dem alten gusseisernen Bullerofen in der Ecke.

Die Türglocke bimmelt kurz. Wer mag mich so spät noch besuchen? Vor der Haustür höre ich flüsternde Stimmen und zaghaftes Fiepen. Um diese Zeit werden es doch wohl nicht mehr die Kinder sein? Tatsächlich, es sind Tintila, Franz, Gustav und Boulder, die vor der Tür stehen. Boulder wedelt wild mit dem Schwanz und will auf mich zustürmen. Doch Gustav hält ihn an der Leine zurück und kommandiert streng: *„Aus Boulder! Sitz!"* Und tatsächlich, Boulder sitzt wie zur Salzsäule erstarrt neben seinem Herrchen.

„Donnerwetter", entfährt es mir, „du bist ja ein gehorsamer Hund!"

„Ja, das hat aber auch viel Arbeit gemacht", nickt der Junge mit ernsthafter Miene. „Es war Vatis Bedingung, dass ich mit Boulder regelmäßig zur Hundeschule gehe, damit er lernt, was er darf und was nicht und damit ich lerne, wie ich mit ihm reden muss, damit er gehorcht."

Als ob er wüsste, dass von ihm die Rede ist, wedelt der Hund begeistert mit dem Schwanz und fegt eine fächerförmige Spur in den Schnee.

„Ich bin beeindruckt! Mir das zu zeigen, ist aber wohl nicht der Grund, warum ihr zu dieser Stunde zu mir kommt?"

Beinahe synchron schütteln die Drei ihre Köpfe.

„Na, kommt erst einmal herein. Sucht euch einen Platz. Wollt ihr ein Glas Wasser oder lieber *heiße Schokolade?*"

Wieder verneinen sie durch Kopfschütteln.

„Leider habe ich keinen Saft und zu naschen habe ich auch nichts im Haus."

„Ach, Frau Blümeli", unterbricht mich Tintila, „wir wollen nichts essen oder trinken. Wir wollen dir nur etwas bringen."

Sie holt aus einem Stoffbeutel eine runde Blechdose und stellt diese auf den Tisch.

„Heute haben Mamsi und Mama Weihnachtsplätzchen mit uns gebacken, und wir haben extra welche für dich gemacht, und die sind hier in der Dose. Mama und Papa schicken ganz viele Grüße zu Weihnachten und du sollst, wenn du magst, morgen, an Heiligabend, zu uns kommen damit du nicht alleine bist."

Bei Tintilas Worten wird mir ganz eigen zumute. Unbewusst ziehe ich die Stirn kraus, da ich fürchte, dass mir Tränen in die Augen steigen. Die Kinder sehen mich erschreckt an.

„Wir wollen dich nicht veräppeln", stößt Franz hervor, „und wir machen ganz bestimmt keinen Quatsch. Du sollst ungelogen morgen Nachmittag kommen. Das hat uns Frau Calmbach vorhin extra gesagt."

„Ach, es ist schon wieder gut. Ich freue mich sehr über die Plätzchen, die ihr für mich gebacken habt und die Einladung. Damit hatte ich nicht gerechnet."

Die Gesichter der Kinder entspannen sich. „Und was ist mit Heiligabend? Kommst du, Frau Blümeli? Sag ja!"

„Liebe Tintila, das ist sehr lieb und ich freue mich auch über die Einladung. Bitte, sag deinen Eltern, dass ich den Heiligen Abend immer für mich ganz alleine bin und es auch in diesem Jahr sein möchte. Dieser Tag ist ein ganz besonderer Tag voll wunderbarer Erinnerungen und ich bin glücklich, wenn ich ungestört mit allen lieben Menschen aus meinem Leben in Gedanken verbunden sein kann. Es tut mir leid, aber ich möchte Heiligabend wie immer hier in meiner Wohnung sein."

Die Drei sitzen mir mit gesenkten Köpfen gegenüber. Boulder liegt flach auf dem Boden, hat die Schnauze auf die Vorderpfoten gelegt und seine Augen wandern beunruhigt zwischen den Kindern und mir hin und her.

Tintila seufzt: „Schon, das will ich schon tun. Aber Mama hat extra auch für dich eingekauft."

Es fällt mir schwer, bei meiner Entscheidung zu bleiben, als ich das höre und die enttäuschten Gesichter der Kinder sehe. Ich suche verzweifelt nach einem Ausweg, doch ich finde keinen.

Plötzlich springt Tintila auf und ein paar Tränen fallen auf den Boden, die von Boulder sofort aufgeleckt werden. Gustav kichert und wird umgehend von seinem Freund in die Seite gestupst. „Ich hab's", ruft sie, „wenn Mama gekocht hat, bringe ich dir davon etwas und du kannst Leckeres essen, wenn du an deine lieben Menschen denkst."

„Das ist unfair. Ich will dir auch etwas schenken, Frau Blümeli", wird sie etwas rabiat von Gustav unterbrochen.

„Und ich werde wohl gar nicht gefragt", kommt es leise von Franz.

„Halt! Stopp! Bitte, streitet euch nicht. Ich weiß, wie gern ihr mich habt und ich freue mich immer, wenn ich euch sehe. Ich will keine Geschenke - niemals. Ich habe alles, was ich brauche. Doch ich habe einen Wunsch."

Drei Augenpaare schauen mich fragend an.

„Also, ich würde mich ganz arg freuen, wenn ihr Drei nach Weihnachten zu mir kämt und wir säßen gemütlich zusammen, um von dem zu erzählen, was jeder an Heiligabend erlebt hat. Beim Licht der Kerzen am Weihnachtsbäumchen und der dicken Kerze im Bullerofen könnten wir Plätzchen futtern und hätten es sehr gemütlich."

„Au fein, das machen wir und ich bringe mit, was ich geschenkt bekommen habe."

„Ich auch", ergänzt Gustav.

Franz bleibt still.

„Hey, Franz, kommst du auch?", will Gustav wissen.

„Och, ich glaube, dass ich nicht kommen kann. Großvater ist sonst alleine und überhaupt will ich an dem Tag nicht." Sein Gesicht wirkt wie von einer Wolke verdunkelt und seine Worte klingen dumpf, wie die Welt in der tiefsten Dämmerung. Ich ahne, was in ihm vorgeht.

„Die Idee, alles mitzubringen ist ja gut und schön, aber das möchte ich nicht. Wir würden nur diese Sachen ansehen und darüber reden. Ich denke, ihr lasst eure Geschenke zu Hause und wir tauschen schöne Erlebnisse aus und erzählen uns Geschichten."

Einen Moment ist es ganz still, bis Tintila nickt und Gustav und Franz anstupst: „Frau Blümeli hat recht. Das machen wir. Und weißt du was? Der Franz kann ganz tolle Geschichten erzählen. Manchmal, wenn wir nicht wissen, was wir spielen sollen, denkt er sich etwas aus und das ist immer richtig spannend. Stimmt doch, Franz, oder?"

„Ja, schon", kommt es sichtlich verlegen von ihm.

Boulder richtet sich auf, streckt sich nach hinten, gähnt mit weit aufgerissenem Maul, schüttelt sich und schaut Gustav fragend an.

„Ist ja schon gut, Boulder, ist ja schon gut. Wir gehen jetzt. Du musst mal, oder? - Frau Blümeli, ich muss mit Boulder nach draußen."

„Wir kommen mit", ruft seine Freundin sofort, springt auf und folgt Gustav und dem Hund zur Tür.

Franz dagegen erhebt sich auffällig langsam und bleibt neben mir stehen: „Du hast gewusst, warum ich keine Geschenke mitbringen will? Du hast es sofort gewusst und hast darum das mit den Geschichten gesagt?"

Da steht dieser liebenswerte Junge mit traurigen Augen vor mir und mir zerreißt es fast das Herz.

„Ich weiß, Großvater kann keine Geschenke machen", sagt er, „und das stört mich auch überhaupt nicht. Aber mit den anderen vergleichen, nein, das will ich nicht. Danke, Frau Blümeli!"

„Ja, Franz, ich verstehe dich! Vergleichen ist das Dümmste, was man machen kann und das gilt für alles im Leben; es macht nur unglücklich. Ich hoffe aber, du weißt inzwischen wie lieb ich dich habe und dass ich immer für dich da bin. Wenn du mit den beiden mitkommst, würde ich mich sehr freuen. Vertrau darauf: Weihnachten ist eine wunderbare Zeit, auch für dich. Nicht das, was wir an Dingen bekommen, macht uns glücklich, sondern das, was wir an guten Gedanken haben und was wir durch gutes Tun anderen schenken."

Ich schließe ihn kurz in die Arme und zusammen gehen wir zur Tür, wo die beiden Freunde bereits ungeduldig auf ihn warten.

„Tschüss, und wir sagen Bescheid, wann wir dich besuchen kommen", und schon eilen die Kinder im leise fallenden Schnee davon.

WEISSE WEIHNACHT

Wann es zuletzt so ausdauernd schneite, kann ich nicht sagen. Seit vier Tagen fallen die dicken Flocken vom Himmel und die weiße Pracht türmt sich immer höher auf. Kaum einem Anwohner gelingt es noch, den Gehweg vor seinem Haus gänzlich von Schnee frei zu halten und ich hatte schon befürchtet, unsere Verabredung würde verschoben werden müssen. Doch die Kinder kommen wie vereinbart nach Weihnachten zu mir.

Mit stolzgeschwellter Brust sitzen sie an meinem Tisch und genießen die obligatorische *heiße Schokolade*.

Ich hatte mir auch in diesem Jahr einen Mohnstollen gebacken, wie ich ihn von meiner Schwiegermutter vor langer Zeit gelernt hatte zuzubereiten. Ein Weihnachtsfest ohne Mohnstollen war in meiner Familie nicht denkbar gewesen. Mein Mann hatte ihn geliebt, im Gegensatz zu unseren Kindern, die ihn nicht anrührten. Seit ich alleine bin, habe ich jedoch das Rezept halbiert, denn Gäste habe ich äußerst selten. Gott sei Dank mögen die Kinder Mohn und ich muss nicht befürchten, sie würden diese Köstlichkeit ablehnen.

Tintila kann es kaum erwarten, von der Freude ihrer Eltern über das Dörfchen zu erzählen. Es steht inzwischen in ihrem Kinderzimmer auf dem Fensterbord und sie kann es jeden Tag anschauen. Mama und Papa hatten gemeint, es wäre dort am besten aufgehoben, weil es woanders schnell umgestoßen werden könnte und kaputt ginge. Ich muss schmunzeln und denke mir meinen Teil. Ihre Eltern sind fürwahr klug und lieben ihr Töchterchen sehr - ohne Frage.

Gustav berichtet, wie viel Zeit die Familie miteinander verbrachte, um Spiele zu spielen, zu erzählen oder um zu lesen. Besonders schön hatte er es empfunden, dass niemand anrief, um seinen Vati in die Praxis oder zu einem Hausbesuch zu holen.

Franz sitzt still dabei, bis ich ihn aufmunternd anschaue. Er versteht, was ich nicht laut sagen will: Wie war es bei dir an Heiligabend?

Wie die aufgehende Sonne breitet sich ein Lächeln auf seinem Gesicht aus. Mit glänzenden Augen erzählt er von seinem Weihnachtsfest. Großvater hatte in diesem Jahr einen Weihnachtsbaum gekauft. „Einen ganz schön großen, müsst ihr wissen, größer als ich" zeigt er begeistert, indem er die Hand an seinen Kopf hielt, „und es hat bei uns wunderbar nach Kerzen und Tannennadeln geduftet!"

Großvater hatte den Baum mit alten Kugeln und bunten Teilen geschmückt. Er hatte alles im Keller in einem Karton in der hintersten Ecke eines Regals gefunden, wo es fast vergessen worden war. Gustavs Großmutter hatte diesen Weihnachtsschmuck vor vielen Jahren für das erste gemeinsame Fest mit ihrem Mann gekauft.

Zur Bescherung entzündete Großvater echte Kerzen am Baum und ihr warmes, lebendiges Licht verzauberte den Wohnraum. Dann hatte er zu Franz mit warmer Stimme gesagt: *Frohe Weihnachten, mein Junge*, hatte ihm beide Hände entgegengehalten und ihn anschließend in die Arme genommen. Er könne es zwar nicht beschwören, meint Franz, aber es habe ausgesehen, als wären Großvaters Augen etwas feucht gewesen.

„Wisst ihr, er sah mich traurig an und meinte: Ich konnte dir nichts kaufen, mein Junge. Ich war ratlos, denn du hast nie gesagt, ob du etwas brauchst oder gerne haben möchtest.

Anschließend forderte er mich auf, mit ihm die Decke, die am Boden ausgebreitet lag, und unter der offenbar etwas Großes verborgen war, aufzunehmen. Und wisst ihr, was zum Vorschein kam?", fragt er in die Runde. Wir haben natürlich keine Ahnung.

„Sag schon, was war darunter?", fragen Tintila und Gustav beinahe zeitgleich.

„Unter der Decke lagen jede Menge Kartons mit Teilen von Großvaters Eisenbahn-Anlage."

„Ach ne! Echt?", stößt Gustav mit einem entsetzten Augenaufschlag aus, „und was willst du damit machen?"

„Ja, du musst gar nicht derart blöd reagieren. Ich finde das, was sich Großvater überlegt hat, richtig gut. Er hatte lange darüber nachgedacht, womit er mir eine Freude machen könnte. Irgendwas kaufen wollte und konnte er nicht! Dann war ihm seine alte Eisenbahn in den Sinn gekommen und er hatte sie hervorgeholt. Da er diese immer in Ordnung gehalten hatte, war das Öl auch nicht harzig geworden - sie läuft *tipptopp*."

Einer Quelle gleich sprudelt Franz fast über und beschreibt, wie er mit Großvater Schienen und Weichen auslegte, und zeigt mit ausgebreiteten Armen, wie groß die Anlage zum Schluss war. Seit Heiligabend lagen sie immer wieder auf dem Boden und ließen die Züge fahren. Es machte jedes Mal unglaublich viel Freude. Ganz toll war es für Franz gewesen, dass sie dabei viel geredet hatten, von den Eltern, von Großmutter und von Großvaters Leben. So intensiv und offen hatten sie noch nie zuvor miteinander gesprochen.

„Und weißt du was, ich verstehe und weiß jetzt, was früher alles passiert ist. Ich glaube, ich kenne Großvater nun viel besser. Er hat ganz viel von seiner Kindheit und Jugend und den schönen und schlimmen Jahren erzählt und ich weiß jetzt, dass ich den besten Großvater der Welt habe, und das habe ich ihm auch gesagt. Und, wollt ihr wissen, was er und ich beschlossen haben?"

„Ja, bitte!"

„Los, sag schon! Spann uns nicht auf die Folter."

„Also, Großvater und ich wollen demnächst eine extra große Holzplatte kaufen. Diese wird an Seilen in der Küche unter der Decke aufgehängt, und zwar so, dass wir sie bis auf den Küchentisch und die Anrichte herunterlassen und wenn wir sie nicht mehr brauchen, wieder hochziehen können."

„Wozu soll das gut sein?", runzelt Gustav die Stirn.

„Auf dieser Platte wollen wir eine große Eisenbahn-Landschaft aufbauen. Sogar einen Berg aus *Pappmaché* mit einem Tunnel will Großvater mit mir machen, durch den die Züge fahren können. In einem Heft habe ich Bilder von Bahnhöfen, Häusern und Figuren gesehen - sie sind aus Plastik und kosten recht viel Geld. Solche müssen und wollen wir nach Möglichkeit nicht kaufen. Großvater weiß, wie man Gebäude prima aus Pappe oder Holz bauen kann, und das machen wir. Nur ein paar kleine Figuren, also Menschen und Autos und so weiter, wollen wir kaufen, wenn wir Geld dafür übrighaben - man kann sie nicht gut selber machen. Doch Sträucher, Bäume, Gras und Belag für Straßen und solche Dinge, werden wir aus Material machen, das es in der Natur ganz umsonst gibt. Großvater kennt sich damit super aus. Ist das nicht toll?"

Noch nie sah ich Franz' Augen vor Glück derart leuchten. Wie schön ihn an diesem Weihnachtsfest auf ganz besondere Weise beschenkt zu wissen.

„Und wisst ihr, was Großvater auch noch machen will?" Wir verneinen. „Er will mit mir für die Eisenbahnanlage eine Brücke bauen und hat mir von einer ein Bild gezeigt, die aus Streichhölzern zusammengeleimt wurde. Wir haben große Lust, sie nachzubauen und vielleicht auch ein paar Häuser auf die Art. Ich sag euch, es ist unglaublich, was man aus den kleinen Dingern alles basteln kann."

Zum Schluss berichtet er davon, dass Großvater sogar plant, die Modelleisenbahn Stück für Stück zu digitalisieren. „Aber dafür müssen wir erst ordentlich sparen. Wir hoffen, dass wir das irgendwann schaffen. Und ich will mithelfen."

„Wie willst du denn mithelfen?", fragt Gustav skeptisch.

„Ach, ich will im Ort mal nachfragen, ob ich für ältere Leute einkaufen gehen, oder den Gehweg kehren oder im Garten helfen kann. Ich finde schon was, wo ich für ein Trinkgeld etwas tun kann."

Die Drei vergessen mich in den nächsten Minuten und ich lehne mich zurück und genieße, mit welcher Begeisterung sie darüber diskutieren, ob und wie sie Franz helfen können, etwas Geld zu verdienen und was man aus Streichhölzern auch noch machen könnte.

Plötzlich unterbricht Franz die Freunde und wendet sich an mich: „Wir reden und reden und du hast noch gar nichts gesagt. Bitte, jetzt musst du etwas von dir erzählen. Was hast du eigentlich Heiligabend erlebt?"

Das tue ich gerne und berichte von den Erinnerungen an Ereignisse von früher. „Und wisst ihr, in diesem Jahr habe ich ganz besonders stark an meinen Vater denken müssen. Er hatte mich sehr lieb, doch er starb, als ich noch sehr jung war. Und an das Dörfchen habe ich gedacht, welches wir zwei, du, Tintila, und ich, gebastelt haben.

Und an einen ganz besonderen Winter-Spaziergang - in dem Jahr, bevor ich in die Schule kam - habe ich mich erinnert. Jedes Jahr zu Weihnachten gingen nämlich meine Eltern mit meinem Bruder und mir zu einer Weihnachtskrippe in einem Kloster in der Nähe unseres Dorfes.

In jenem Winter fielen immer wieder große, duftige Schneeflocken vom Himmel. Alles war an Weihnachten dick verschneit."

„So wie jetzt bei uns?", unterbricht mich das Mädchen.

„Ja, das kommt hin."

„Sei doch still", meint Gustav und schaut grimmig zu seiner Freundin, „lass Frau Blümeli doch erzählen."

„Nicht streiten, bitte! - Gleich wie, alles war damals tief verschneit und bei jedem Schritt knirschte der Schnee unter unseren Schuhen. Die Welt war still, und ich glaubte, ich hätte Watte in den Ohren. Ich fühlte sogar unter meiner Mütze nach, doch da war keine Watte, es war einfach nur auf wundersame Weise ganz still. Vati nahm mich bei der Hand, ich lehnte den Kopf an seinen Arm und schloss die Augen. Das machte ich gerne, wenn ich an seiner Seite ging. Ich vertraute ganz fest darauf, dass er mich sicher den Weg führen und leiten würde. Und das machte er immer. Er sagte, wenn beispielsweise ein Bordstein da war, „runter" oder „rauf", oder wenn etwas im Wege lag „langer Schritt" oder „Füße hoch", je nachdem. Nicht ein einziges Mal stolperte oder fiel ich. Ich vertraute ihm und fühlte mich bedingungslos geliebt.

„Das ist schön, was du erzählst", unterbricht mich Tintila erneut. „Was war mit der Weihnachtskrippe? Bitte, erzähl davon!"

„Also gut von Anfang an! Ich spüre noch die Kälte auf unserem Dachboden und sehe es genau vor mir. Geister, unzählige winzige Geister waren es damals. Klar erkennen konnte ich sie nicht, da das schmale Dachfenster, an dem ich stand, von Eisblumen blind war. Die hellen Schatten, die draußen vorüber segelten, wollte ich jedoch ganz genau betrachten können, weil ich doch nicht wusste, wie Geister aussehen. Heimlich musste ich es aber tun, da es enorm scheue Wesen sind. Das hatte ich aus einer Geschichte gelernt, die Vati im Sommer vorgelesen hatte.

Ganz vorsichtig wollte ich sein, um von den Geistern nicht bemerkt zu werden. Ganz nah hielt ich den Mund vor die Scheibe, hauchte dagegen und sah fasziniert, dass eine kleine Stelle in den Eisblumen auftaute und durchsichtig wurde. Wieder und wieder hauchte ich dagegen und das Tauwasser lief wie ein Bächlein hinab, die Stelle wurde frei und klar. Mit einem Auge konnte ich hindurchschauen und … sah die Geister. Lustig, gleich Kindern auf einer unsichtbaren Schaukel, flogen sie am Fenster vorüber, kunterbunt durcheinander. Ich lachte. Das waren ja gar keine Geister! Schneeflocken waren es, die vom Himmel fielen.

Die weißen, flauschigen Flocken segelten dicht an dicht durch die Abenddämmerung. Schön sah das aus, friedlich und still, und ich begann selbstvergessen zu singen: *Schneeflöckchen, Weißröckchen, wann kommst du geschneit? …*

Und dann hatte Mutter gerufen und gefragt, ob ich mit zur Weihnachtskrippe gehen wolle. Ja, natürlich wollte ich mit und jubelte: „Ich komme! Wartet auf mich!" Zur Krippe, juchhu, endlich - und ich verließ sofort meinen Aussichtsplatz und flitzte mit Hopsern und Sprüngen die Treppe hinunter.

Schnell waren feste Schuhe, warmer Mantel, Schal, Mütze und Handschuhe angezogen. Und schon stapfte ich mit Vati, Mutter und Roland durch die wunderschöne dunkle Winterlandschaft.

Im Kindergarten hatten wir lange vor dem ersten Advent aus Pappe ein Häuschen gebastelt, mit einem Fenster und einer Tür und einem Dach, in das ein schmaler Schlitz geschnitten wurde, um Münzen hindurch zu werfen. In diesem Häuschen sollte in den Familien über Weihnachten Geld für die *armen Kinder in Afrika* gesammelt werden. Nach Weihnachten würde der Pastor davon *gute Sachen* kaufen und an die Kinder in Afrika verschenken. Ich fand das prima. Als alle unsere Häuschen auf dem Tisch beisammenstanden, hatte es wie eine kleine Stadt ausgesehen."

„Das ist das Dörfchen, von dem du erzählt hast, als wir mein Dörfchen gebastelt haben, nicht wahr?", fällt mir Tintila erneut ins Wort, woraufhin Franz und Gustav ärgerlich Zeichen geben, die Freundin solle doch endlich still sein.

„Nein, das war nicht das Dörfchen, sondern lediglich eine Spardose! -

Wie in Watte gehüllt wirkte damals die vertraute und doch erstaunlich veränderte Umgebung, durch die ich an Vatis Arm stapfte. Bei jedem Schritt und Tritt knirschte der Schnee unter den Schuhen – es war ein ganz besonderer Rhythmus, den wir vier Menschen erzeugten. Ich versuchte ihn durch ein paar Hopser und Trippelschritte zu verändern, was mir jedoch nicht gelang.

Der Weg schien endlos zu sein, doch plötzlich tauchte am Ende des von der Straße abzweigenden Weges das dunkle Kloster auf. Eigentümlich wirkten die Bäume, die ihn säumten. Wie dunkle, reglose Gestalten standen sie dort. An der Borke ihrer Stämme haftete eine dicke Schneeschicht und über die auskragenden Äste war ein helles Band eisiger Kristalle gewoben.

Der in meinen Augen riesige Gebäudekomplex, bestehend aus Kirche und angrenzendem Wohnstift, hätte gut und gerne ein Schloss aus einem Märchenbuch sein können, und war es nach meiner damaligen Überzeugung auch. Seine breite Front lag im Dunkeln und nur aus drei schmalen Fenstern fiel ein heller Schein.

Ich fragte mich, was die Menschen wohl gerade in den Zimmern machten? Ob einer dort saß und in einem Buch las oder mit einem langen Federkiel etwas schrieb? Oder war jemand krank und trank genau in dem Moment, wo ich zum Fenster schaute, aus einer Schnabeltasse Kamillentee? Brrrr!

„Lilla, du träumst ja. Komm, wir wollen hineingehen", hörte ich Vati sagen und spürte, wie er mich leicht anschob. „Wo warst du mit deinen Gedanken? Ich dachte schon, du willst hier Wurzeln schlagen", fügte er lachend hinzu.

Über dem gemauerten Bogen der mächtigen Tür zur Kapelle schaukelte in den umherwirbelnden Schneeflocken eine Laterne. Ihr heller Schein wankte auf den ausgetretenen Steinstufen hin und her. Die alte, schwarze Klinke der großen Eingangstür aus dunkel gewordenem Eichenholz würde ich auch in diesem Jahr noch nicht alleine nach unten drücken können, um den schweren Türflügel aufzuziehen. Als sei ihr mit den Jahren das viele Auf und Zu zur Last geworden, stöhnte die Tür etwas, als Vati sie nach außen zog. Und wie in jedem Jahr sagte er den Satz, der mir auch heute noch bei jedwedem Quietschen in den Sinn schießt: Sie könnte ein Tröpfchen Öl vertragen.

Wie viele Hände hatten wohl schon an der Tür gezogen oder geschoben und wie viele Füße waren über die uralten Steinstufen getrampelt?

Im Gegensatz zur Kälte draußen war es im Gotteshaus warm. Wohlige Schauer des Entzückens liefen mir über den Rücken, als ich in den dämmrigen Kirchenraum trat. Ein feiner Duft von Weihrauch und gelöschten Kerzen lag in der Luft. Nur die versteckten Lichter der Weihnachtsbäume im Hintergrund der großen Krippenlandschaft und einige brennende Kerzen auf einem Gestell vor einem Marienbild beleuchteten die Kapelle.

Geheimnisvolle Schatten zeichneten die großen Heiligenfiguren auf ihren Postamenten an die Wände und das flackernde Kerzenlicht schien sie in Bewegung zu setzen, so, als ob sie von ihren Plätzen hinuntersteigen wollten. Unheimlich wirkte das und ich fasste Vatis Hand etwas fester.

Geheimnisvoll wirkten auch die dunklen Vorhänge vor dem Beichtstuhl und entzündeten meine Fantasie. Was mochte in dem finsteren Schrank sein? Damals kannte ich den Begriff *Beichtstuhl* noch nicht. Versteckte sich jemand darin? Ich mochte ihn nicht leiden und hielt gehörigen Abstand, als wir daran vorübergingen. Und schon stieg mir der berauschende Duft vieler Tannenbäume in Nase und lenkte meinen Blick zum Stall von Bethlehem.

Jedes Jahr, ein paar Tage vor Weihnachten bauten die Mönche, die im Kloster wohnten, die Krippe auf. Der Stall vor der Kulisse zahlreicher Tannenbäume war aus rohen Ästen gezimmert und beherbergte große Figuren von Maria, Josef, Ochs, Esel, einigen Hirten und Schafen. Auf grünen Hügeln mit ein paar Bäumen und Sträuchern weideten Schafe. Die Hirten trugen Kleider aus grob gewebtem Tuch und man sah ihnen an, dass sie ein sehr bescheidenes Leben führten. Andächtig schauten sie hinauf zu einem hoch über ihnen schwebenden Engel. Sie schienen gar nicht genug zu bekommen von seiner frohen Botschaft, der Geburt des Christkindes - *Hosianna* stand auf einem breiten Band, das er zwischen seinen ausgebreiteten Armen hielt. Alles wirkte real und ich versank im Anblick der Weihnachtsszene.

Mit dem größten Entzücken betrachtete ich das Jesuskind in der Krippe. In weiße Tücher gewickelt lächelte es huldvoll aus seinem einfachen Strohbettchen und ich floss von Liebe über. Ich wollte das Kind in die Arme nehmen, es wiegen, ihm Lieder singen und dafür sorgen, dass es niemals frieren und hungern musste. Der Wunsch, es unter dem eigenen Mantel zu wärmen, wurde übermächtig und ich machte einen Schritt nach vorn.

Vermutlich ahnte Vati, was in mir vorging, und hielt mich am Mantelärmel zurück. „Ich versteh dich ja, aber Maria würde bitterlich weinen, wenn ihr kleiner Jesus fort wäre", flüsterte er mir ins Ohr.

„Ja", hauchte ich und war wieder in der Wirklichkeit. Und schon blitzte ein neuer Gedanke auf. Wo war er? Wo?

Ich schaute suchend umher. Da, da stand er ja wieder! Ach, wie niedlich war die kleine Figur. Quer vor den Stufen, die zum Hauptaltar führten, war die Kommunionbank. Dort, auf der linken Ecke stand die kleine Figur eines dunkelhäutigen Jungen. Nur zur Weihnachtszeit wurde er an dieser Stelle aufgestellt, um Geld für die Mission in Afrika zu sammeln.

Der Knabe war mit einem hellblauen Kittel bekleidet und trug ein Kettchen mit Kreuz um den Hals. In den Händen hielt er einen Korb, der oben geschlossen war, bis auf einen Schlitz, in den man Münzen stecken konnte. Jedes Mal, wenn ein Geldstück hindurch fiel, nickte der Knabe zum Entzücken aller Kinder bedächtig mit dem Kopf. *Danke, danke, danke...*, schien er zu sagen.

Und *Bitte, einen Groschen* waren die an diesem kleinen Opferstock am häufigsten gesprochenen Worte

Ich war ganz auf die Bewegung fixiert, die ich mit einem Geldstück anstoßen wollte und freute mich unbändig auf dieses sanfte und ausdauernde Nicken des kleinen Kerls, als ob er lebte und sich überschwänglich für jede Gabe bedankte.

„Bitte, Vati, gib mir einen Groschen, bitte!", bettelte ich und hielt ihm die Hand entgegen. Ich bekam einen, trat zum

Opferkorb, steckte die Münze in den Schlitz und konnte nur mit Mühe einen Juchzer unterdrücken. Wie niedlich und dankbar nickte die kleine Figur. Und im nächsten Moment stand ein anderes Kind mit einem Geldstück in der Hand davor, um den Knaben in Bewegung zu setzen.

Stundenlang hätte ich ihm zuschauen, und zwischen ihm und der Krippe hin und her wandern können. Ob das Gefühl, das da in meiner Brust immer größer wurde, ob das ein klein wenig wie ein Stück vom Himmel war?

Auf dem Heimweg fror ich, war müde und kuschelte mich eng an Vatis Arm. „Ist dir kalt?", fragte er. Ich konnte nur nicken, denn ich zitterte innerlich und glaubte, nicht sprechen zu können. „Komm, wir gehen etwas schneller. Dadurch wird es dir wieder warm", meinte er und beschleunigte seinen Schritt ein wenig.

„Eins, zwei - eins, zwei - hopp, hopp, hopp, mein Mädchen", munterte er mich auf, und ich begann bei jedem Schritt zaghaft zu hopsen; erst ein wenig und dann immer etwas mehr, bis fröhliches Springen daraus wurde. Und nach kurzer Zeit kribbelte es in den Beinen, und im ganzen Körper wurde es wohlig warm.

Plötzlich fiel mir ein, was ich schon auf dem Hinweg hatte fragen wollen.

„Du, Vati, wie kommen eigentlich die Eisblumen an das Dachfenster? Sie sind wunderschön und haben ein besonders feines Muster. Immer muss ich an das Märchen von der Schneekönigin denken, wenn ich sie anschaue."

„Die Eisblumen wachsen innen an der dünnen Fensterscheibe, wenn es draußen friert. Du weißt ja, auf dem Speicher ist kein Ofen. Warme Luft wie in unserer Wohnstube oder in der Küche ist beispielsweise trocken und kalte Luft ist feucht. - Tja, wie soll ich dir das erklären? Pass auf! Wassertröpfchen, die so winzig sind, dass wir sie ohne ein Vergrößerungsglas gar nicht sehen können, sind in der kalten Luft. Kannst du dir das vorstellen?"

Ich nickte, obwohl ich mir etwas derart Winziges nicht vorstellen konnte. „Meinst du, wie die Spitze einer Stecknadel? Oder noch kleiner?"

„Ja, noch viel kleiner."

„Haben wir solch ein Vergrößerungsglas?"

„Nein, ein Vergrößerungsglas, durch das wir die winzigen Wassertropfen sehen könnten, haben wir nicht. Das gibt es nur in ganz speziellen Laboratorien. Allerdings weiß ich nicht, wo eines in unserer Umgebung ist."

„Ist auch egal, Vati. Erzähl weiter."

„Na gut. Die Luft auf unserem Speicher ist kalt und darum feucht. Aber sie ist wärmer als die Luft jetzt hier draußen. Das habe ich dir ja schon gesagt."

Ich nickte, obwohl ich nicht sicher war, es verstanden zu haben.

„Fein. Sobald die Raumluft vom Speicher an die Scheibe kommt, kühlt sie durch die eisige Luft draußen noch mehr ab und irgendwann klebt die Feuchtigkeit am Glas fest. Die vielen winzigen Tropfen werden zu unzähligen kleinen Eiskristallen, die sich dicht an dicht aneinandersetzen und *Blüten* bilden. Aus vielen *Blüten* werden wunderschöne *Blumenranken* und manchmal sogar ganze *Blütenteppiche*."

„Ach, Vati, dass sie diese schönen Muster machen können, hat ihnen auf jeden Fall die Schneekönigin beigebracht. Meinst du nicht auch?"

„Ja, mein Mädchen, das wird wohl so sein."

AUSGEGRABEN

„...au ...ü...li !!! - ... au ...ü...li !!! Von weit entfernt höre ich dumpf eine Stimme. Ich kann die Augen nicht öffnen und friere, obwohl ich das Gefühl habe ein Berg Wolldecken läge auf mir. Wieder höre ich etwas und glaube jetzt meinen Namen zu erkennen. Der Versuch, den Kopf zu drehen, misslingt. Wie in einen Schraubstock gespannt bewegt er sich keinen Millimeter. Das Atmen fällt mir schwer und obwohl ich vor Kälte zittere, bricht mir der Schweiß aus. Ich spüre Wasser auf den Lippen und versuche es abzulecken. Woher kommt es? Wo bin ich überhaupt?

Langsam kommt die Erinnerung zurück. Ich war vor die Tür gegangen. Aber was wollte ich dort? Alles war weiß ..., ja natürlich! Es ist Winter und es hatte tagelang geschneit und ..., Panik kriecht wie eine Schlange langsam in mir hoch. Ich bin nicht von Wolldecken umhüllt! Um mich herum ist Schnee, und ich bin von ihm komplett umhüllt und gefangen.

„Au!", will ich schreien, aber es kommt nur ein Stöhnen heraus. Etwas sticht in mein rechtes Bein, dann scharrt es neben meinem Kopf. Obwohl gedämpft, erkenne ich Gustavs Stimme: "Such, Boulder, such! Wo ist Frau Blümeli? Such."

Plötzlich schnauft warme Luft an mein Ohr. „Brav, Boulder, ganz doll brav, du guter Hund. Du hast sie gefunden. - Kommt her, hier ist sie!"

„Geh mal zur Seite", höre ich eine Männerstimme und spüre kurz darauf, dass der Druck auf meinem Gesicht und auf dem Körper nachlässt. Ich versuche zu blinzeln, aber ich kann die Augen nicht öffnen. Hände packen mich und ich werde hochgehoben und fühle mich wie in einer Hängematte - ich werde getragen. Schön ist das. Ich möchte lachen, aber ich bin viel zu müde und möchte am liebsten einschlafen.

„Ja, so ist es gut, halt die Tür ganz weit auf. Gut! Und jetzt vorsichtig aufs Bett. Wo sind warme Decken und gibt es irgendwo Wärmflaschen oder Ähnliches?"

Ich werde hingelegt. Mir werden die Schuhe von den Füßen gezogen und jemand beginnt meine Strickjacke aufzuknöpfen.

„Halt" will ich rufen, aber nur ein Krächzen kommt aus meinem Mund.

„Ganz ruhig, Frau Blümeli", sagt eine weibliche Stimme. „Sie sind in Ihrem Bett in Ihrer Wohnung. Die Männer sind hinausgegangen und ich ziehe Ihnen die nassen Sachen aus. Wir müssen Sie schnell wärmen. Sie haben recht lange unter dem Schnee gelegen und sind sicherlich ein wenig unterkühlt."

Vergeblich versuche ich etwas zu sagen.

„Frau Blümeli", ich erkenne nun Mamsis Stimme. „Ich reibe Sie ein wenig mit einem Frottee-Handtuch ab, damit die Durchblutung angeregt wird. Danach packe ich Sie in Decken ein. Tintilas Mama brüht bereits eine Kanne Tee auf, und den trinken Sie schön langsam, damit Sie auch von innen wieder warm werden."

Obwohl das Rubbeln, anfangs etwas schmerzhaft ist, entspanne ich mich. Von Decken eingehüllt, einer Wärmflasche an den Füßen und anderen Wärmequellen an den Beinen und auf dem Bauch beginnt es bald überall zu kribbeln. Jemand wischt mit einem feuchten Tuch über mein Gesicht und tupft es danach trocken. Creme wird auf meiner Haut sanft verrieben. Das tut gut. - Endlich gelingt es mir, die Augen einen Spalt weit zu öffnen. Tatsächlich, ich liege in meinem Bett und höre aus der Wohnstube Stimmen und das Geklapper von Geschirr.

„Was ist passiert?", flüstere ich.

„Alles ist gut gegangen. Sie wurden von einem mächtigen Schneebrett vom Dach des großen Nebenhauses verschüttet. Zum Glück sahen das die Kinder und rannten sofort hierher. Franz versuchte erfolglos mit einem dünnen Holzstab herauszufinden, wo Sie unter den Schneemassen liegen. Doch Boulder erschnüffelte Sie und begann sofort zu graben und die Kinder halfen. Kurz darauf waren mein Mann und Herr Calmbach aber auch schon zur Stelle, denn Tintila hatte ihren Papa informiert, und der sagte uns Bescheid. Die Männer haben Sie ausgebuddelt und ins Haus getragen. Mein Mann will Sie gleich untersuchen und prüfen, wie es Ihnen geht. Notfalls müssen wir Sie ins Krankenhaus bringen. Aber das wird hoffentlich nicht notwendig zu sein."

„Das hoffe ich auch", murmele ich und versuche ein kleines Lächeln.

Ich spüre die Lebensgeister zurückkehren, denn es kribbelt inzwischen unter der Haut derart, dass ich große Lust habe, mich zu kratzen. Doch das kann ich nicht, da ich fest eingepackt bin. Gott sei Dank gelingt es mir besser, die Augen zu öffnen und muss lachen; nicht laut, sondern nur ganz tief drinnen. Am Fußende meines Bettes stehen sie in bunter Reihe: Dr. Wahrlich mit einem Stethoskop um den Hals, Tintila und ihr Papa, Franz, Gustav und, mit den Pfoten auf dem Bettrand, Boulder. Mit der lang heraushängenden Zunge, sieht er wieder aus, als ob er mich anlacht. Im gleichen Augenblick kommt Frau Calmbach mit einem dampfenden Becher in den Händen herein: „Na, fein. Da ist sie ja wieder und hat schon ein wenig rosige Wangen. Hallo, Frau Blümeli! Wie schön!", und steht wenig später neben Mamsi an meinem Bett.

Dr. Wahrlich untersucht mich, nachdem die anderen das Zimmer verlassen haben. Mein *Schneetreiben*, meint er mit einem Augenzwinkern, hätte ich einigermaßen heil überstanden. Er bittet mich jedoch, in den nächsten 2-3 Tagen nicht vor die Tür zu gehen. Außerdem soll ich mich stets warm anziehen und nach Möglichkeit nur warme Getränke und Speisen zu mir zu nehmen. Er verspricht, ab und zu nach mir zu schauen. Heute jedoch soll ich brav im Bett bleiben und versuchen zu schlafen.

Mamsi verspricht, vor dem Abend erneut herzukommen, um mir ein Abendbrot zu bringen. Eine heiße Suppe und ein wenig Brot dazu wären genau das richtige, meint sie.

„Und wir bleiben solange bei dir", fügt Franz an. „Wir setzen uns drüben an den Tisch und wenn du etwas brauchst, musst du nur rufen. Dann kommen wir sofort."

„Das ist eine gute Idee", meint Mama. "Wie ist es Franz? Magst du kurz mitkommen? Du könntest ein paar eurer Lieblingsspiele von uns mitnehmen, damit ihr etwas zu tun habt, während Frau Blümeli ruht oder hoffentlich sogar ein wenig schläft."

„Au ja", ruft Tintila, „und bring das Märchen- und Sagenbuch mit, das in meinem Zimmer in der Fensterbank liegt. Daraus können wir Frau Blümeli etwas vorlesen, falls es ihr langweilig wird. Oder wir erzählen ein bisschen mit ihr. Aber sei vorsichtig! In der Fensterbank steht auch mein Dörfchen!"

Und so wird es gemacht. Ich bin jedoch von allem was geschehen ist erschöpft, schlafe bei dem fröhlichen Stimmengewirr und Gelächter im Nebenraum ein und wache erst auf, als ich von Gustavs Mutter geweckt werde. Sie füttert mich wie ein kleines Kind mit einer köstlichen

Gemüsebrühe - Löffel für Löffel. Nachdem sie abgewaschen hat, verabschieden sich alle.

Ich glaube, ich höre nicht einmal mehr wie die Haustür zufällt, da bin ich schon wieder eingeschlafen und schlummere tief und fest bis zum nächsten Tag.

WINTERSPASS

Klassische Musik schwebt durch die Wohnstube, während ich das Frühstück zubereite. Draußen ist es noch dunkel und ich genieße die friedvolle Atmosphäre des Morgens.

Das laute Kratzen von Aluminium über Stein reißt mich aus der Stimmung und lässt mich innehalten. Ich eile zur Tür und sehe Herrn Drobeler, der mit einer Schneeschippe eine breite Spur in die weiße Pracht schiebt, die in der Nacht erneut vom Himmel gefallen ist.

„Guten Morgen, Herr Drobeler", rufe ich ihm zu. „Sie sind ja schon wieder früh am Tag fleißig und räumen den Schnee zur Seite."

„Ha, auch Ihnen einen guten Morgen, Frau Blümeli. Ja, es muss um die frühe Stunde sein, einmal, weil es meine Pflicht ist und zum anderen, weil ich danach den Kopf frei habe für die Zeitung und eine zweite Tasse Kaffee. Ich schätze, heute wird es nicht mehr schneien, sondern eher zu tauen beginnen. In diesem Jahr hatten wir wahrlich genug von Frau Holles weißer Pracht. Mir reicht es langsam. Trotzdem, ich muss zugeben, mir tut dieser Frühsport gut und werde ihn vermissen."

Ich muss lachen. Herr Drobeler erinnert mich an einen großen Bären, denn er steckt in schwarzen, mit Fell gefütterten Stiefeln. Dazu trägt er eine dunkle Hose und Jacke und eine samtige Mütze mit Ohrenklappen, wie es sie für Flieger gibt und in Russland viel getragen werden.

„Also den zweiten Kaffee könnten Sie bei mir trinken. Ich sitze noch beim Frühstück und habe frischen Kaffee aufgebrüht. Kommen Sie rein, wenn Sie fertig sind. Und wenn Ihre Frau mag, habe ich auch für sie ein leckeres Tässchen."

Herr Drobeler winkt kurz: „Das ist eine prima Idee. Ich bin sicher, meine Frau kommt gerne mit. Bis gleich denn. Ich halte mich jetzt dran, damit ich bald fertig bin. Bis nachher!"

Eine viertel Stunde später sitzen wir zu Dritt in der Wohnstube und erzählen von alten Zeiten, und ich erfahre unter anderem, dass sich Frau und Herr Drobeler seit ihrer Kindheit kennen. Sie gingen in die gleiche Klasse, bis sich ihre Wege trennten, weil er ein Ingenieur-Studium in München begann. Erst als junge Erwachsene trafen sie sich in Bökenhagen im Schützenzelt wieder, verliebten sich und würden in elf Jahren goldene Hochzeit feiern - *wenn es der liebe Gott zulässt*, merkt Frau Drobeler an.

Danach kommen wir auf die winterlichen Vergnügungen zu sprechen, die wir als Kinder hatten, und meine Gäste kommen richtig ins Schwärmen. In den damals langen, kalten und schneereichen Wintern zogen die Kinder des Ortes mit Schlitten oder Schlittschuhen hinüber zum Wasserschloss. Der hohe Burgwall war der beste Platz, um zu rodeln und war entsprechend Tag für Tag bis zum Einbruch der Dunkelheit belagert. Die Kinder sausten mal im großen Knäuel auf einem der größeren Schlitten oder als lange Rodel-Schlange hintereinander oder als breite Front nebeneinander bergab. Bis die Ersten den Heimweg antraten, ging es unermüdlich und unter Ächzen, die Schlitten im

Schlepp, den Wall hinauf und in nicht endendem Jubel wieder hinunter.

War der Schlossgraben zugefroren und von den Eigentümern, Graf Alwin und Gräfin Agnes von Bökenwarft, freigegeben, gab es für Groß und Klein kein Halten mehr. Es muss ein herrliches Vergnügen gewesen sein, mit Schlittschuhen auf dem breiten Wassergraben das Schloss mit den vier Ecktürmen zu umrunden, immer und immer wieder.

Frau Drobeler berichtet sichtlich stolz, dass auch sie und ihr Mann mit ihren eigenen Kindern zum Schloss gezogen waren, sobald Frau Holle ihre Betten kräftig ausgeschüttelt hatte.

Ich trage zum vergnüglichen Beisammensein bei, indem ich von einem Silvestertag in unserer Hütte am See in Schweden erzähle.

Unsere Kinder waren beim Frühstück auffallend kribbelig, hatten auf ihren Stühlen hin und her gehampelt und wollten nicht essen.

Lukas fragte alle paar Minuten: „Wann isses dunke?", er sprach mit seinen zwei Jahren noch nicht alle Worte klar aus.

Ich erklärte zum wiederholten Male, bis dahin dauere es noch lange und es sei genug Zeit, um zu spielen. Außerdem gäbe es bald Mittagessen, eine Weile später Kaffee - wobei sie natürlich ihren geliebten Kakao bekämen - und erst danach wäre es dunkel und Zeit, zur Halbinsel zu gehen.

Daraufhin dozierte Julia, sie war damals 5 Jahre alt, mit ernster Miene: „Genau! Erst, wenn es fast ganz dunkel ist, geht Mami hinüber zur Halbinsel und zündet die großen Fackeln an, die wunderschön brennen und so lustig hin und her flackern."

„Ja, das mache ich", bestätigte ich.

„Will slittefahre, bitte", krähte der Kleine, und war längst mit diesem Wunsch befasst.

„In Ordnung, aber auch dazu musst du noch etwas warten. Zuerst mache ich den Kartoffelsalat für heute Abend fertig und bereite eure Kinderbowle vor."

Ob es Unmut war oder die Freude am Lärmen, weiß ich nicht, er begann mit einem Bauklotz auf den Tisch zu hämmern, als wäre es ein Dreschflegel.

Die Arbeit ging mir schnell von der Hand und bald waren wir - Vater, Mutter und zwei Kinder - winterfest verpackt und machten uns auf den Weg zum *Litten Kulle*, wie der Hügel hieß, auf dem gerodelt wurde.

Zwei Stunden später zogen Jonas und ich beide Schlitten hinter uns her nach Hause. Die Kinder hockten zusammengekuschelt auf dem ersten – durchgefroren, mit roten Nasen und zum Umfallen müde - während der zweite Rodel, am ersten angebunden, leer hinterhertrudelte.

Meine Füße und Hände waren eisig kalt geworden, während ich den Kindern eine ganze Weile zugeschaut hatte. Zuvor war ich einige Male mit ihnen den Berg hinuntergerutscht. Ich staunte, mit wie viel Ausdauer beide immer wieder mit den Schlitten bergauf zogen. Als ihre kleinen Freunde Astrid und Christer mit ihren Eltern, Kenneth und Lisbeth, und andere Kinder eintrafen, war der Spaß erst richtig losgegangen.

Mit Kenneth und Lisbeth, sie führten in der Nähe unserer Hütte eine Landwirtschaft, und uns verband eine herzliche Freundschaft. Sie hatten einen großen Topf mit heißem Punsch mitgebracht, der über einen Feuerkorb gehängt wurde, in dem dicke Holzscheite brannten. Es wurde ein vergnügliches und feucht-fröhliches Beisammensein -

unkompliziert und herzlich, wie wir es eigentlich nur in Schweden erlebten.

Bei einsetzender Dämmerung war ich zur Halbinsel gestapft und hatte dort große Wachslichter und ein paar Fackeln entzündet. Die Kinder waren begeistert, da die Funken wie Feuerteufelchen durch die Dunkelheit tanzten. Mitternacht standen Jonas und ich auf der Terrasse, sahen in der Ferne Raketen in den Himmel steigen und erfreuten uns an deren bunter Pracht, die vom Himmel regnete.

Glockengeläut vom Kirchlein am gegenüberliegenden Ufer wehte zu uns herüber - ab und zu nur von kurzen Lauten irritierter Tiere unterbrochen. Ein neues Jahr hatte begonnen!

ROTE GUMMISTIEFEL

Es ist Ende Februar. Wie der *Denker* von Auguste Rodin sitze ich am Schreibtisch. Die *Triumph* habe ich fast zornig zur Seite geschoben und starre - den Kopf auf eine Hand gestützt - nach draußen. Die Geschichten, die mir die Kinder Weihnachten erzählten, sind längst aufgeschrieben und ich fühle mich leer wie eine Kaffeedose ohne Bohnen. Keine Idee taucht in meinem Kopf auf, so sehr ich auch grübele. Es fühlt sich an, als stecke ein Korken in den Gedankengängen wie im Hals einer Flasche - nichts findet den Weg hinaus.

Seit gestern hat es bis vor einer Stunde ununterbrochen geregnet und im Garten tropft es monoton vom Kirschbaum und den Sträuchern. Nach schier endlosem Frost und ungewöhnlichen Schneemengen taut es nun.

Unzählige Pfützen haben sich gebildet, und sobald ein Tropfen hineinfällt, taucht er unter, hüpft ein kleines Stück hoch und plumpst erneut hinein. Ich muss lachen. Mit jedem weiteren hüpfenden Tropfen lache ich mehr und mehr, bis ich erschöpft innehalte. Und auf einmal packt mich der Übermut. Ich hole aus einem Kasten hinten im Schrank die roten Gummistiefel, ziehe sie an, stopfe die Hosenbeine in den Rand, schlüpfe in eine Regenjacke und mache mich vermummt wie ein alter Seebär bei Sturm auf hoher See auf den Weg zum Garten.

Die Farbe des kleinen, dunkelgrün gestrichenen Gartentors blättert an manchen Stellen ab und müsste neu gepinselt werden. Warum fällt mir das jetzt auf und warum mache ich mir darum Gedanken? Keine Ahnung! Ich schüttele irritiert den Kopf und versuche den Riegel zur Seite zu schieben, doch das geht schwerer als erwartet. Erst nach einigem Ruckeln gelingt es.

Schnell merke ich, dass der Boden noch immer gefroren und glatt ist und schlurfe vorsichtig, ohne die Füße zu heben, vorwärts und atme erleichtert auf, als ich den Kirschbaum erreiche. Was hat mich nur zu diesem riskanten Ausflug getrieben?, denke ich und schaue durch die Zweige hinauf in den grauen Himmel. *Platsch* ..., ein Tropfen zerplatzt auf meiner Stirn und läuft an der Nase entlang zum Kinn. „Ja, liebe Rosalinde", kichere ich, „du hast es ja so gewollt." Und dann tue ich es!

Mit Schwung trete ich in die Pfütze vor mir, stütze mich jedoch sicherheitshalber mit einer Hand am Kirschbaum ab. Heißa, es spritzt nach allen Seiten und ich trete immer wieder wie ein Fußballspieler hinein, der einen Elfmeter schießt. Ich werde mutiger, lasse den Baum los und stampfe abwechselnd mit dem rechten und linken Fuß in die Pfütze und lache laut auf, da mir das Wasser bis an die Hände stiebt. Mit jedem Tritt werde ich übermütiger und ich stampfe und es spritzt und ich stampfe und es spritzt... Ich habe einen Bären-Spaß, fühle mich glücklich wie ein Kind und mag gar nicht aufhören.

„Frau Blümeli, was machst du da?", schallt lautes Gelächter vom Gartentor. „Du musst mit beiden Füßen gleichzeitig hinein springen! Das macht noch viel mehr Spaß!"

Ich schrecke zusammen und der Spaß zerplatzt wie eine Seifenblase. Verwirrt drehe ich mich um. Wie die sprichwörtlichen Orgelpfeifen stehen sie nebeneinander am Zaun und lachen: Gustav, der Längste, daneben Franz und Tintila und neben ihr Boulder.

„Das ist eine gute Idee, aber ich will und kann nicht mit beiden Füßen hochspringen", antworte ich etwas atemlos. Die Drei ahnen nicht, welch großes Vergnügen sie mit ihrem Erscheinen beendet haben. „Das müsst ihr schon selber machen. Kommt her und zeigt mir, wie das geht."

Alle drei schütteln den Kopf und Gustav meint mit nöliger Stimme: „Och nö, wir sind dafür nicht angezogen und wenn wir dreckig und nass nach Hause kommen, gibt es garantiert Ärger."

Ich schleiche, wie ich gekommen bin, zum Gartentor zurück. „Das ist mir schon klar", murmele ich. Den abrupten Abbruch meiner *Pfützen-Springerei* habe ich überwunden und ein schlechtes Gewissen, sie angestiftet zu haben. „Vergesst es einfach, es war eine Schnapsidee."

„Warum bist du in der Pfütze herumgehopst und hast dabei so doll gelacht?"

„Na ja, was soll ich sagen? Vorhin kam mir mein ewiger Wunsch in den Sinn, in einer Pfütze zu toben, was ich als Kind schrecklich gerne gemacht hätte. Tja, und so habe ich kurz entschlossen meine Stiefel hervorgekramt und bin hinausgegangen. Es war ein Bärenspaß und ich bin mächtig froh, es getan zu haben."

„Das sah auch sehr lustig aus. Wir konnten sehen, welchen Spaß du hattest."

„Hatte ich, tatsächlich! Ich hatte eine riesige Freude und fühle mich herrlich jung und bin sehr glücklich. Doch jetzt kommt mit herein. Ich bin nass geworden und ich will mir fix trockene Sachen anziehen. Es wäre sehr dumm, eine Erkältung zu bekommen."

„Nein, wir können nicht mit reinkommen. Wir müssen nach Hause - wir kamen ja auch nur zufällig hier vorbei und sahen dich im Garten; eigentlich hat dich Boulder entdeckt und zog uns ans Gartentor."

„Das war nett von dir, Boulder", ich tätschele seinen Kopf, während er begeistert mit dem Schwanz wedelt. „Es ist zwar schade, dass ihr nach Hause müsst, freue mich aber über diesen kurzen Moment, wo wir miteinander reden konnten. Kommt gut heim und bis bald!"

„Tschüss, Frau Blümeli." und schon sausen die Freunde davon.

Rosalinde, Rosalinde, denke ich, während ich mich umziehe, was bist du nur für ein albernes altes Mädchen und lasse mich erschöpft aufs Bett fallen. Als ich mich erholt habe und aufstehen will, sehe ich die roten Gummistiefel wie dösende Schafe auf der Matte liegen. Ich hatte sie an der Tür ausgezogen und ins Schlafzimmer mitgenommen. Ach ja, lange war es her, dass ich sie mir in Schweden kaufte.

Damals waren Jonas und ich mit unseren Kindern wieder über Weihnachten und den Jahreswechsel nach Schweden gefahren. Zwei Tage vor dem Fest kamen wir mit der Nachtfähre in Göteborg an und fuhren durch rieselnden

Schnee zu unserem geliebten Blockhaus am See. Kenneth hatte frühzeitig die Elektroheizung aufgedreht, damit die Hütte gut gewärmt war, wenn wir eintrafen. Er hatte beim letzten Telefonat unter anderem erzählt, es sei seit zwei Wochen bitterkalt und der See habe schon eine so dicke Eisschicht, dass man Weihnachten wieder einmal zu Fuß über den See zum Kirchlein gehen könne.

Am Tag vor Heiligabend musste der zwingend notwendige Einkauf aller Lebensmittel und Gebrauchsdinge für die nächsten Wochen erledigt sein. Die Planung setzte gründliches Nachdenken voraus, denn die fast 23 Kilometer bis zum nächsten Supermarkt waren immer, vor allem aber im Winter, zu lang und beschwerlich, um auf die Schnelle vergessenes Brot, Butter oder Milch zu besorgen. Kühl- und Eisschrank und die Vorratskammer mussten also gut gefüllt sein, damit die festliche Zeit sorglos verlief.

Immer wieder bestaunte ich den vollen Kofferraum nach einem solchen Vorratseinkauf. Bevor wir wieder hinaus zum See fuhren, bummelten wir im alten Ortskern durch die schmalen, tief verschneiten Straßen. Die alten Holzhäuser mit den liebevoll dekorierten Fenstern und die flackernden Kerzen vor jeder Ladentür verbreiteten eine fast märchenhafte Weihnachtsstimmung. Auf den Stufen eines kleinen Geschäftes entdeckte ich die roten Gummistiefel. Als ob sie mich anlachten und sagen wollten: Nimm mich mit - du wirst viel Freude an uns haben. Ich probierte sie kurzentschlossen an und kaufte sie, da sie wunderbar bequem und groß genug waren, um bei Bedarf ein Paar dicke Socken darin zu tragen.

Unsere Hütte wirkte an diesem Tag, dem *Lillejulafton* - in Schweden wird so der Tag vor Heiligabend genannt - geheimnisvoll. Überall schien es vor Spannung zu kribbeln und zu knistern. Am See war es friedlich. Im Schnee entdeckten die Kinder vielerlei Tierspuren und waren nicht davon abzubringen, dass einige davon Rentiere auf dem Weg zum Weihnachtsmann hinterlassen hatten.

Jonas hatte mir von Anfang an gerne die Aufgabe überlassen, im Wäldchen, das zum Blockhaus gehörte, einen Weihnachtsbaum zu holen. Er war handwerklich so gar nicht interessiert und hatte im Gegensatz zu mir ganz generell wenig Freude an Aktivitäten draußen - ohne Frage war er ein typischerer Schreibtischmensch und Stubenhocker. Ich dagegen liebte es, in der Natur tätig zu sein und auf diesen traditionellen Ausflug am Vorweihnachtstag freute ich mich ganz besonders. Es war die Zeit vor dem Fest, die ich alleine in der friedvollen Landschaft sehr genoss.

Mit besonders großer Freude zog daher ich nach dem Nachmittagskaffee dicke Socken an und schlüpfte in die neuen Gummistiefel. Wohlig warm verpackt, in gefütterter Jacke und kuscheliger Mütze, stapfte ich mit Baumschere, Bügelsäge und meinen Gartenhandschuhen bewaffnet, los.

Die Suche nach einem passenden Christbaum dauerte nicht lange. Schnell war er abgesägt und ich machte mich auf den Rückweg. Das war gut, denn auch in jenem Jahr staunte ich, wie früh und vor allem, wie schnell im Winter das Licht in diesem Land von der Dunkelheit verdrängt wird.

Der schmale Pfad zum Grundstück, den ich vor dem Weggehen freigeschaufelt hatte, war schon wieder stark beschneit, lenkte mich aber dennoch sicher zurück. Bald erreichte ich das leicht verwitterte Gartentor, von dem ein Flügel schräg gegen den Zaun lehnte und vom angewehten Schnee fast liebevoll zugedeckt schien.

Das narbige Holz des Blockhauses leuchtete silbern im Mondlicht und die Sprossen des kleinen Fensters auf der

Giebelseite waren weiß bestäubt und die Scheibe schaute frostig-blind in die dunkle Welt.

Einem flauschigen Federbett gleich türmte sich der Schnee auf dem Hüttendach, als wollte er unser Heim wärmen und behüten. Unter der weit auskragenden Traufe fiel gelbes Licht aus dem runden Fenster der Eingangstür und lud ein, näher zu treten.

Ich stellte den Baum im überdachten Windfang ab und legte das Werkzeug auf das Sitzbrett vor der Hüttentür, das so praktisch war, um im Sitzen Schuhe oder Stiefel auszuziehen. Das tat ich jedoch nicht, sondern ging ums Haus zur Seeseite und betrachtete das Bild, das sich mir bot.

Aus den beiden großen Fenstern des Wohnraumes legte das Licht von zwei hölzerner Weihnachtstreppchen mit jeweils sieben elektrischen Kerzen einen hellen Schein auf den Schnee. Im offenen Kamin neben der Stubentür loderte ein Feuer und malte zitternde Schatten an die Wand. Ein paar Bilder mit Tiermotiven schwedischer Maler schmückten die Wände des Raumes und neben der alten, rot gestrichenen Schlafbank reflektierte das Schild eines zweiarmigen Messingleuchters den lebendigen Schein der darin brennenden Kerzen.

Das sanfte Licht einer Pendelleuchte fiel auf den langen Tisch mit Kiefernplatte, der man ansah, dass sie oft gescheuert worden war. Nur ein schmaler, mit Tannenzweigen bestickter Läufer und ein prächtig blühender Weihnachtskaktus im Messing-Topf zierten den Tisch.

Julia kniete auf der alten Holzbank und malte eifrig auf einem Blatt Papier und Lukas stand auf dem Stuhl gegenüber und wedelte aufgeregt mit den Händen in der Luft herum.

Mein Blick wanderte zum Flur, wo Mäntel und Mützen an Haken hingen und darunter standen, oder besser gesagt, lagen große und kleine Winterstiefel im fröhlichen Durcheinander, wie ruhende Tiere auf einer Weide.

Als ich wieder in den Wohnraum und dort zum Kamin schaute, glaubte ich das Knistern der brennenden Holzscheite zu hören und spürte plötzlich die Kälte, in der ich stand. Fröstelnd eilte ich zur Hüttentür, stampfte den Schnee von den Stiefeln und zog sie aus. Beglückt stellte ich fest, dass meine Füße trocken und warm waren und nicht nass und kalt wie früher, nahm die Stiefel daher fast liebevoll auf und trug sie und das Werkzeug in die Hütte. Wohlige Wärme empfing mich und der Jubel der Kinder sowie das Lachen meines Mannes, der in seinem Liebling-Sessel im Lichtkegel einer alten Stehlampe in eine der schwedischen Zeitungen vertieft gewesen war, die er mit Lust und Freude jeden Tag las.

W U R S O L O

In der Bäckerei treffe ich Frau Calmbach und bekomme einen gewaltigen Schreck, als sie mir erzählt, Tintila sei seit zwei Tagen krank und habe recht hohes Fieber.

„Oh je, das ist keine gute Nachricht und macht mich traurig. Wie geht es ihr", frage ich besorgt.

„Nun, sie schläft viel und wir hoffen, dass es ihr bald wieder besser geht. Der Arzt, der jeden Tag kommt, ist recht zuversichtlich, dass sie die schlimmste Phase der Infektion bald überstanden hat. Das ist zwar ein kleiner Trost, doch das Kind wie ein Vögelchen schlapp und matt im Bett liegen zu sehen, macht uns traurig."

„Quirlig umherspringen entspricht diesem Mädchen auch viel mehr und ich kann mir gut vorstellen, welche Sorge Sie haben. Sagen Sie ihr bitte liebe Grüße. Ich wünsche ihr gute Besserung. - Kann ich irgendetwas für ihr Töchterchen tun?"

Frau Calmbach will schon den Kopf schütteln, doch sie stoppt und meint: „Ach, da sagen Sie was, Frau Blümeli. Sie könnten tatsächlich etwas für sie tun und gleichzeitig meinem Mann und mir einen großen Gefallen erweisen."

„Wo drückt der Schuh, wenn ich das so sagen darf? Wie kann ich helfen?"

„Mein Mann und ich haben vor einiger Zeit für morgen ein Gespräch mit einem Notar vereinbart, um einiges zu regeln. Es war schwierig genug einen Termin zu bekommen und es würde wieder lange dauern, bis wir einen neuen bekämen, falls wir morgen nicht hingehen könnten."

„Nun, ich vermute mal, es würde Ihnen helfen, wenn ich für diese Zeit bei ihrer Tochter wäre und ein wenig auf sie achte?"

„Oh, würden Sie das tatsächlich tun? Das wäre meine Bitte. Haben Sie denn Zeit?"

„Möglicherweise. Dafür müssten Sie mir jedoch sagen, von wann bis wann ich da sein sollte."

„Also, wenn Sie nachmittags von zwei bis etwa vier Uhr bei uns sein könnten, wären wir Ihnen von Herzen dankbar und ich bin sicher, dass sich Tintila sehr freuen wird, wenn Sie kommen."

Da ich für den nächsten Tag nichts Wichtiges geplant habe, und meinen täglichen Spaziergang ruhig einmal ausfallen lassen kann, sage ich gerne zu.

Frau Calmbach strahlt. „Oh, wie schön! Mein Mann holt Sie morgen kurz vor zwei Uhr mit dem Auto."

„Bitte nicht mit dem Auto abholen, ich möchte lieber zu Fuß gehen. Ich bin jeden Tag dankbar, vor die Tür zu kommen und werde morgen zeitig bei Ihnen sein."

Ich verabschiede mich. Frau Calmbach winkt und sagt ein ums andere Mal: „Tausend Dank, Frau Blümeli", und selbst, als ich schon ein paar Schritte entfernt bin, höre ich sie noch ein Dankeschön hinter mir herrufen.

Am nächsten Tag erschrecke ich mächtig, als ich Tintila blass und unerwartet elend in ihrem Bett liegen sehe. Sie schaut mich mit fiebrigen Augen an und ihre Haare kleben verschwitzt am Kopf; dennoch krabbelt ein zaghaftes Lächeln in ihre Mundwinkel. Mit einer matten Bewegung winkt sie mir zu und ich kann kaum verstehen, was sie mit rauer Stimme sagt: „Du bist lieb! Mama hat schon gesagt, dass sie mit Papa wegmuss und du bei mir bleibst." Sie schließt von den wenigen Worten erschöpft die Augen. Im nächsten Moment fügt sie an: „Liest du mir eine Geschichte vor?"

„Gerne! Doch was hältst du davon, wenn ich dir eine Geschichte erzähle? Ich setze mich hier in diesen bequemen Sessel, und während du gemütlich im Bett liegst, erzähle ich dir etwas oder wir zwei reden ein klein wenig miteinander oder ich lese dir etwas vor, wenn du das lieber möchtest."

„Eine Geschichte von dir ist prima."

Ihre Eltern sagen kurz „Tschüss" und „bis nachher", und wenig später höre ich die Haustür ins Schloss fallen.

„Sag einmal Tintila, kennst du *Wursolo vom Stern Blustanien*?"

„Nö. Wer ist das?"

„Nun, dann wird es Zeit, dass ich dir von ihm berichte. Vor vielen, vielen Jahren hörte ich zum ersten Mal von ihm. Blustanien ist ein nicht sehr großer, weit entfernter Stern, auf dem ganz besondere kleine Wesen wohnen. Sie haben Beine, die einer Ingwer-Wurzel ähneln. Darüber wölbt sich ein kugelrunder Bauch. Auf ihrem Kopf wächst ein Wuschel weißer Haare senkrecht in die Höhe, die man mit langen dünnen Federn auf einem Schützenhut vergleichen kann. Und weil auf dem Stern immer ein sanfter Wind weht, sieht es aus, als winkten diese Haare - von rechts nach links, von vorn nach hinten und manchmal auch im Kreis.

Seit vielen hundert Jahren wird es so mündlich überliefert, denn Besucher gibt es auf Blustanien seit ewigen Zeiten nicht mehr. Daher kann ich auch nicht sagen, wie alt Wursolo ist. Eines jedoch ist gewiss: Er und alle Bewohner des Sterns sind etwa so groß wie mein Arm lang ist. Unter Wursolos himmelblauen Augen sitzt eine kleine Knubbelnase, die du mit einer winzigen Kartoffel vergleichen kannst. Sein Gesicht mit dem breiten Mund und den nach oben zeigenden Mundecken wirkt mit dem lustig wippenden Haar darüber stets freundlich und fröhlich. Schlechte Laune gibt es auf dem Stern sowieso nicht - die Blustanier sind immer zufrieden.

Hier bei uns kennst du sicherlich Menschen, die im Gegensatz dazu oft misslaunig und finster in den Tag schauen. Ist dort jedoch jemand traurig, was äußerst selten vorkommt, erkennt man das daran, dass die Haare nicht wie sonst hochstehen und wippen, sondern wie bei einer Trauerbirke ganz glatt nach unten hängen. Ich kann dir sagen, das sieht sehr, sehr traurig aus.

Wursolo trägt eine Hose aus einem sonnengelben Gewebe und ist damit immer gut auf dem rot-braunen Boden des Sterns zu erkennen. An den halblangen Hosenbeinen klimpern fröhlich bunte Glöckchen. Es sind getrocknete Samenkapseln vom *Klirrstrauch*. Sobald dessen Samen herausgefallen sind, verhärten sich die farbigen Hüllen und schrumpfen zu einer kleinen Glocke zusammen. Gesammelt werden allerdings nur die Kapseln, in denen ein paar Samen zurückgeblieben sind, denn nur sie klimpern.

Ein Hemd oder einen Pullover braucht niemand, da auf dem Stern jeden Tag ein angenehm warmer Wind weht. Weißt du, jetzt, wo ich davon erzähle, stelle ich mir einen riesengroßen Föhn vor, der ganz sanft Luft über den Stern bläst.

Noch etwas ist außergewöhnlich auf Blustanien. Kannst du dir vorstellen, dass dort niemand Schuhe braucht?"

„Nö", krächzt sie.

„Das ist ein wenig schwierig zu beschreiben. Die Wesen laufen nicht wie wir, sondern schweben auf *Lalukis* ganz dicht über dem Boden. Das sind kleine Lauf-Luft-Kissen, die abgekürzt *Lalukis* genannt werden. Weißt du, von jedem Wort immer die ersten zwei Buchstaben."

Ich höre ein zaghaftes Kichern aus dem Bett mir gegenüber: „Lustig! Hätte ich auch gerne."

„Das glaube ich dir. Mir könnte das auch gefallen. - Häuser gibt es auf dem Stern nicht. Dort wohnt man in den grünen Bergen ganz entspannt in Felsenhöhlen. Wenn du hinreisen könntest, würdest du viele große runde und ovale Löcher in den sogenannten Wohnfelsen sehen. Und da es sehr viele dieser Höhlen gibt, ähneln die Felsen oft einem Schweizer Käse. Die Öffnungen werden nie verschlossen. Auch Fenster braucht man nicht. In allen Räumen hängen nämlich *Glühsteine* an der Decke und spenden angenehmes Licht.

„Wie geht das denn?", krächzt das Kind.

„Das weiß ich leider nicht! Das Wissen über das Leben auf Blustanien wird ja nur von einem zum anderen weitererzählt. Mir ist lediglich bekannt, dass niemand auf dem Stern seine Wohnung verschließt. Es ist dort Ehrensache, niemals in eine fremde Wohnung zu gehen, wenn keiner zuhause ist. Es lügt und stiehlt auch niemand, keiner zankt und spricht schlecht über andere oder ist neidisch. Überhaupt ist es der friedlichste Stern im ganzen Weltall."

„Toll! Da muss es wunderschön sein. Was macht Wursolo noch?", will sie wissen und grinst ein wenig schief.

„Nun ja, vielleicht interessiert dich, was er isst und trinkt?"

Sie nickt.

„So viel ich erfahren konnte, gibt es dort kleine Bäche mit einer rosafarbenen Flüssigkeit; sie wird *Liquios* genannt. Diese Bäche fließen gut gekühlt und geschützt vor der Sonne unter Felsen, bis sie sich in tiefen Mulden zu rosafarbenen Teichen sammeln. Die Sternbewohner können jederzeit so viel *Liquios* trinken, wie sie gerade Durst haben. Man sagt, es soll sehr lecker schmecken."

„Toll", haucht Tintila, „ich habe Durst."

„Warte, ich helfe dir", sage ich und lasse sie vom warmen, mit Honig gesüßten Tee trinken. Erschöpft lässt sie danach den Kopf ins Kissen sinken und schließt die Augen. „Erzähl weiter."

„Gerne, mein Mädchen. Du scheinst aber müde zu sein?"

„Nein, nur ein bisschen. Bitte, erzähl noch von Blustanien."

„Gut! Ich kann davon berichten, was die Sternbewohner gerne essen. Also - auf Pflanzen, die Palmen mit ganz kurzem Stamm ähneln, wachsen die schönsten Früchte. Einige sehen aus wie kleine Kürbisse, schmecken aber wie Birnen. Außerdem gibt es längliche Früchte - eine Mischung aus Gurke und Banane - die nach süßen Kirschen schmecken. Außerdem gibt es Gewächse, an deren Zweigen eine Art Gemüse wächst. Wie Zapfen hängen pinkfarbene Blumenkohl-Röschen daran und mintfarbene Möhren.

Außerdem wächst auf Blustanien eine sehr seltene Pflanze. Ihre Früchte sollen außergewöhnlich köstlich sein, und da sie so selten sind, nimmt jeder nur einmal pro Woche ein Stück davon. Es wird in der Sonne gewärmt und duftet und schmeckt wie Bratwürstchen - ist aber kein Fleisch."

„Lecker!" kommt es matt aus den Kissen.

„Apropos lecker. Weißt du, was *Naschtel* sind?"

Sie krächzt nur „Ee", was wohl „Nein" heißen soll.

„Auch *Naschtel* sind Gewächse, wie wir sie hier auf der Erde nicht kennen. An den *Naschteln* wachsen bunte Kullern. Soviel ich weiß, haben sie die Größe einer Erbse. Diese Kullern schmecken, je nachdem welche Farbe sie haben, nach Lakritz, Schokolade, oder Himbeere, Zitrone, Erdbeere usw. Genau beschreiben kann ich es nicht, ich kenne es ja nur vom Hören-Sagen und konnte leider niemals davon probieren. - Es wäre großartig, wenn dieses erzählte Wissen irgendwo notiert würde. Märchen wurden früher auch nur erzählt, bis sie jemand aufschrieb und wir sie heute in Büchern lesen können."

"Ja, und du schreibst die Geschichten jetzt auf, oder? Dann kann sie jeder lesen oder vorgelesen bekommen." Sie hustet nach den vielen Worten und gähnt ausgiebig.

"Du bist sehr müde. Möchtest du ein wenig schlafen?"

„Ich will nicht schlafen. Wo schläft Wursolo?"

„Es wird erzählt, dass auf Blustanien Tag und Nacht jeweils zwölf Stunden lang sind. Die Sternbewohner liegen nachts auf einer Art Luftmatte, die etwa 3 cm über dem Boden schwebt. Sobald sie ausgebreitet wird, bläst sie sich von alleine auf. Zudecken muss sich niemand, da es ja immer angenehm warm ist."

„Weiß ich. Hast du schon erzählt."

„Fein! - Morgens, wenn Wursolo und die anderen Bewohner des fernen Sterns aufstehen, piksen sie an einer Stelle mit ihren spitzen Daumennägeln in die Luftmatte. Die Luft strömt heraus und die leere Hülle wird platt an die Wand gehängt. Genauso machen sie es übrigens auch mit ihren Lalukis, wenn sie abends schlafen gehen."

„Das ist lustig. Ich kann aber nicht piksen", kichert sie und hebt ihre Daumen.

„Ach so, das habe ich dir ja noch gar nicht erzählt. Also die Blustanier haben andere Hände als wir. Sie haben zwei Daumen und drei Finger."

„Wie sieht das denn aus?", gluckst es aus dem Bett.

„Das mag für uns komisch aussehen. Doch wenn Wursolo unsere Hände sehen könnte, würde vermutlich er sich wundern! - Wie auch immer, die Hände der Blustanier sind praktisch, denn sie können sich mit den Daumen, an denen die Nägel immer gleich lang und spitz sind, an die Felsenkanten krallen, an denen ein seltenes und sehr kostbares Moos wächst. Sie wischen es vorsichtig ab und bewahren es in fünfeckigen Steingefäßen auf. Es wird wie ein Pflaster benutzt, wird auf die wehe Stelle gelegt, und das Moos bleibt von ganz alleine dort kleben, bis alles wieder heile ist; dann fällt es ab und wird zu Staub."

Ich schaue auf und muss lächeln. Tintila ist mit rosigen Wangen eingeschlafen. Ich lehne mich bequem zurück und spüre Müdigkeit vom langen Erzählen. Ich wünsche mir, das Kind wäre bald wieder gesund und schließe die Augen.

Wie eine riesige Woge überrollt mich die Erinnerung an die bitterbösen Wochen im Krankenhaus, als ich mit acht Jahren an Diphtherie schwer erkrankte.

Anfang des 20. Jahrhunderts wurde diese ansteckende und lebensbedrohliche Infektionskrankheit auch *Würgeengel der Kinder* genannt. Im letzten Krieg wütete zum letzten Mal eine große Epidemie in Deutschland und tausende Menschen, vor allem Kinder, starben. Erst in den 60er-Jahren gab es einen Impfstoff dagegen. Heute ist diese Krankheit Gott sei Dank sehr selten geworden.

Als ich damals krank wurde, gab es noch keinen Impfstoff. Mein hohes Fieber und der bedrohlich zugeschwollene Hals veranlassten unseren Hausarzt, mich noch am späten Abend ins Krankenhaus bringen zu lassen. Zum ersten und bisher einzigen Mal wurde ich in einem Krankenwagen transportiert. Offenbar ging es mir so schlecht, dass sogar das Blaulicht und das Martinshorn eingeschaltet wurden. An das flackernde blaue Licht und den Lärm der Sirene kann ich mich genau entsinnen. Den dunklen Flur der Isolierstation, die in einem barackenähnlichen Gebäude neben dem Krankenhaus untergebracht war, erinnere ich ebenso wie die schmerzhaften Spritzen, die ich mehrmals in der ersten Nacht bekam. Jeder Einstich tat weh, denn so feine Nadeln, wie sie heutzutage benutzt werden, gab es nicht.

Drei Wochen lang allein in einem schmalen Zimmer eingesperrt zu sein, war furchtbar und kaum zu ertragen - ich durfte den Raum nämlich nicht verlassen. Er war mit abwaschbarer Farbe weiß gestrichen und lediglich ein Bett und ein Nachttisch standen darin - ohne ein Bild an der Wand. Die einzige Abwechslung waren Schwestern und Ärzte, die bei mir ein und aus gingen.

Meine Eltern durften mich nicht besuchen. Wir hatten nur Blickkontakt, wenn sie draußen vor dem ebenerdigen Fenster des Zimmers standen. Ich weinte viel, hatte Angst und fühlte mich von allen verlassen. Trost gaben mir nur die zwei

Geschichten in meinem geliebten Buch *Aus unserem Lande* von Johanna Spyri und eine Puppe. Vati brachte beides mit, als es mir etwas besser ging und gab es bei den Schwestern für mich ab.

Der Tag meiner Entlassung begann schrecklich. Hilflos musste ich mit ansehen, wie mir das Buch und die Puppe weggenommen wurden - beides wurde verbrannt. Zu der Zeit gab es keine Möglichkeit, solche Dinge zu desinfizieren. Verstanden habe ich es damals nicht und war untröstlich.

Wahrscheinlich hängt es mit dieser Erfahrung zusammen, dass ich in meinem weiteren Leben das Herz nie an Dinge und Sachen hängte - sie konnten mir ja jederzeit von Menschen oder vom Schicksal genommen werden. Doch schöne und beglückende Gefühle und Erinnerungen hüte ich achtsam und liebevoll.

Das versöhnliche Ende dieser traurigen Geschichte schrieb das Leben vor etwa vierzig Jahren. An der dänischen Nordseeküste entdeckte ich einen antiquarischen Laden mit Tausenden fast ausschließlich alten deutschen Büchern. Beim Stöbern in den endlosen Regalen fand ich ein Exemplar meines verbrannten Kinderbuches. Überglücklich kaufte ich es und jedes Mal, wenn ich es zur Hand nehme, bin ich sicher, es hatte dort auf mich gewartet und wollte von mir gefunden werden. Sobald ich darin lese, was ich ab und zu tue, bin ich wieder Kind und glücklich.

Das Geräusch vom Aufschließen der Haustür holt mich in die Gegenwart zurück. Wenig später stehen Tintilas Eltern neben mir. Sie hatten ihre Dinge erledigt und freuen sich, ihr Töchterchen entspannt schlafen zu sehen. Das Angebot, mit ihnen eine Tasse Kaffee zu trinken, lehne ich dankend ab. Ich bin zu müde und freue mich von Herrn Calmbach mit dem Auto nach Hause gebracht zu werden.

Eine Woche später ist Tintila wieder gesund und besucht mich. Völlig überrumpelt bin ich von der Frage, die sie mir stellt: „Was trägst du so schwer, Frau Blümeli?", fragt sie, greift nach meiner Hand und drückt diese ganz fest.

„Wie kommst du auf eine solche Frage?"

„Papa hat heute Morgen beim Frühstück zu Mama gesagt, du würdest wohl recht schwer an allem tragen. Mama hat genickt und gemeint, es sei auch schwer, an allem zu tragen und einsam zu sein. - Was ist so schwer? Soll ich dir tragen helfen?"

Mich verwirren ihre Worte. Sie schaut mich aus verdächtig feuchten Augen an. „Sag doch. Ich will nicht, dass du schwer trägst. Das macht mich ganz doll traurig und ich kann dir doch helfen. Ich bin ganz schön stark", sie reckt beide Arme in die Höhe wie *Popeye*, wenn er seinen Bizeps zeigt.

Ich muss schmunzeln, und damit sie es nicht sieht, nehme ich sie in den Arm. „Weißt du, das ist eine der vielen Redensarten, die es gibt. Wenn jemand sagt, ein Mensch *trage schwer an allem*, ist damit gemeint, dass in dessen Leben Dinge passiert sind, die er nie vergisst, weil sie sehr traurig waren."

„Was für schlimme Dinge sind das?"

„Ich bin zwar dafür, einem Kind immer alles zu erklären, doch dieses Mal will ich das nicht tun. Du bist definitiv noch zu jung. Aber wenn du älter bist und es noch immer wissen möchtest, dann erzähle ich es dir, versprochen."

„Gut, wenn du das versprichst, weiß ich, dass du es tust. Eigentlich wollte ich ja auch zum Spielplatz und schauen, ob Gustav und Franz dort sind. Aber weißt du was, ich bleibe bei dir, damit du nicht einsam bist."

„Liebe Tintila, du musst nicht bei mir bleiben, weil du Sorge hast, ich sei einsam. Ich bin zwar oft alleine, aber ich bin niemals einsam. Du weißt, ich habe viele schöne Erinnerungen und kenne dich und Gustav und Franz und noch viele andere liebenswerte Menschen. Einsam bin ich weiß Gott nicht, mach dir keine Sorgen. Lauf zum Spielplatz und triff deine Freunde. Ich will sowieso an meine geliebte Schreibmaschine, um eine Geschichte aufzuschreiben."

„Welche Geschichte willst du aufschreiben?"

„Als du krank warst, hatte ich dir von Wursolo erzählt. Kannst du dich daran erinnern? Doch als ich von seinem Lieblingsspiel erzählen wollte, warst du eingeschlafen."

„Was für ein Spiel ist das? Bitte, erzähl es mir jetzt, bitte! Ich kann ja nachher zum Spielplatz laufen."

„Ich weiß nicht so recht. Ich fände es besser, du würdest draußen sein und mit deinen Freunden spielen und nicht bei mir in der Stube hocken."

„Doch! Bitte! Ich war krank und da hast du von ihm erzählt. Und so ganz doll gesund bin ich ja noch immer nicht", sie hustet demonstrativ. „Bitte, ich möchte so gerne wissen, welches Spiel das ist."

„Na, vielleicht hast du recht. Aufschreiben kann ich die Geschichte später immer noch. Also, setz dich zu mir aufs Sofa und hör zu. Sein liebstes Spiel ist *Fingerflupsen*."

„Was ist Fingerflupsen?", kichert sie.

„Nicht fragen, zuhören junge Dame" und stupse mit einem Finger auf ihre Nasenspitze. „Fingerflupsen kennt man nur auf Blustanien, es ist ein Geschicklichkeitsspiel. Du musst dir das ungefähr so vorstellen: Wursolo bringt einen Ring in kreisende Bewegung, indem er ihn um einen Finger in Schwung bringt. Sobald der *Flupsi* - so heißt der Ring - eine bestimmte Geschwindigkeit erreicht hat, flupst er ihn von sich, damit er möglichst in eins der Löcher in der *Flupsi-Wand* fliegt."

„Frau Blümeli, jetzt musst du mir aber sagen, was eine Flupsi-Wand ist und wie ein Flupsi aussieht. Ich verstehe das nicht."

„Mag sein, es ist aber auch verflixt schwierig zu beschreiben. Die Flupsi-Wand erklären dürfte allerdings relativ einfach sein, denn es ist ein glatt geschliffener Felsen mit sechs Löchern - ein Loch in der Mitte und fünf drum herum, und jedes ist etwas größer als ein Flupsi. In diese Löcher müssen die Flupsis - es sind Ringe - geflupst werden und wer mindestens drei oder vier Löcher trifft, ist sehr geschickt. Alle sechs Löcher trifft ganz selten jemand."

„Das ist ja fast wie Torwand-Schießen. Papa hat mal erzählt, dass es so eine Wand früher im Fernsehen gab, wo Leute einen Fußball durch zwei Löcher schießen mussten."

Ich muss lachen. Ach je, was war das lange her. An die Sportsendung erinnere ich mich genau. Torwandschießen kam damals in Mode und bald stand auf fast jedem Fußballplatz und mancher Kirmes so ein Teil.

„Genau. Das ist ein wenig ähnlich. Also, jetzt versuche ich, dir einen Flupsi-Ring zu beschreiben. Kennst du eine Frisbeescheibe?"

„Ja, mit so einem Ding spielt Gustav oft mit Boulder. Mit einer komischen Handbewegung wirft Gustav die Scheibe weg, diese dreht sich ganz doll und fliegt ziemlich weit. Boulder rennt in riesengroßen Sprüngen hinterher und fängt sie meistens in der Luft mit der Schnauze."

Ich nicke. „Das kommt der Sache recht nah. Sieht die Frisbeescheibe, die Gustav wirft, wie ein Teller aus?"

„Genau!"

„Nun, der Flupsi-Ring sieht ähnlich aus, aber er ist innen offen – eben nur ein flacher Ring."

„Duhu, Frau Blümeli, so einen Frisbee-Ring habe ich aber auch schon mal gesehen. Ich war mit Papa auf der großen Wiese neben dem Spielplatz, und da warfen zwei Jungen mit so einem Teil hin und her. Es flog fast noch besser als die Scheibe von Gustav."

„Wie schön. Dann kannst du dir ja einen Flupsi ungefähr vorstellen Er ist aber deutlich kleiner und wächst an einem *Flups-Busch*."

„Wie, der wächst an einem Flups-Busch? Das gibts doch gar nicht", sie gackert albern und es klingt wie ein Hühnchen, das gerade ein Ei gelegt hat.

„Doch, auf Blustanien gibt es diese Büsche, aus deren Fruchtschalen die Ringe gemacht werden. Die Früchte ähneln Erbsenschoten, die zu einem Kreis zusammengewachsen sind. Sobald diese reif sind, platzen sie auf und jede Menge Samenkörner fallen heraus. Wursolo und seine Freunde benutzen die Hälften der leeren, kreisrunden Hüllen, um mit ihnen Fingerflupsen zu spielen."

„Ich lach mich tot, das ist ja toll. Da wächst das Spielzeug an Büschen. Das muss ich unbedingt Gustav und Franz erzählen."

„Mach das!"

„Also weißt du, ich finde Fingerflupsen ist ein tolles Spiel. Die Jungen werden staunen."

Sie hält inne. „Eigentlich könnten auch wir mit einem Frisbee-Ring flupsen. Wir müssten nur ein Ziel finden, in das wir treffen müssen."

Sie klatscht begeistert in die Hände! „Ich muss los und es sofort Franz und Gustav erzählen. Ich bin sicher, sie kriegen auch Lust, dieses Spiel zu spielen."

„Das kann ich mir gut vorstellen", lache ich und stehe mit ihr auf.

„Vielen Dank für die tolle Geschichte", sie winkt mir noch kurz zu und ist dann wie der Wind draußen. Ruhe kehrt in meiner Stube ein.

VERWEHT

„Komm sofort her!", schallt es laut über die Straße. „Du warst das! Los, komm sofort her! Wie heißt du und wo wohnst du?" Mit hochrotem Gesicht und drohend erhobenem Zeigefinger steht Herr Bruskinger vor seinem Fahrradladen und, mit gehörigem Abstand vor ihm, Tintila, schreckensstarr.

„Das wird teuer, das kann ich dir sagen. Dein Vater wird dir den Hosenboden strammziehen; oder auch nicht, und es ist ihm egal. Wahrscheinlich hat er eine Versicherung für dich, die alles bezahlt, was du kaputt machst. - Noch einmal: Wie heißt du und wo wohnst du?"

„Ich heiße Christina, Celia, Chiara Calmbach und wohne dort hinten in dem weißen Haus."

„Willst du mich auf den Arm nehmen, du unverschämte Göre? Ich will wissen wie du heißt und wo du wohnst."

„Das habe ich doch schon gesagt! Ich heiße Christina, Celia, Chiara Calmbach und wohne dort hinten in dem weißen Haus."

Ich bin so schnell mich meine Füße tragen, zum Fahrrad-Geschäft geeilt und bekomme das Geschrei von Herrn Bruskinger und die monotonen Antworten des Mädchens mit.

„Nun mal halblang, Herr Bruskinger. In diesem Ton sollten Sie besser nicht mit dem Kind reden.", unterbreche ich den Mann.

„Was geht Sie das denn an? Was haben Sie mit der Göre zu tun, und warum mischen Sie sich überhaupt ein?"

„Ich bin die Großmutter von Christina und erwarte, dass Sie mir in aller Ruhe - und ich meine auch *in aller Ruhe* – erklären, was Christina Ihrer Meinung nach getan hat."

„Sie ist vor meinem Laden hin- und her gerannt und hat zum Schluss alle Fahrräder, die hier draußen stehen, umgestoßen. Sehen Sie sich das Chaos an, das die Göre ..., Verzeihung, Ihre Enkelin hier angerichtet hat. Das ist ein gewaltiger Schaden, das kann ich Ihnen sagen!"

Atemlos schweigt Herr Bruskinger und wischt sich mit einem rotgestreiften Taschentuch übers Gesicht.

Ich muss mir das Lachen verkneifen, denn der an diesem Frühlingstag immer wieder mit heftigen Böen durch die Straßen tobende Wind hat die wenigen, halblangen Haare, die der Mann stets von hinten nach vorne kämmt und mit Festiger auf seinen ansonsten kahlen Kopf klebt, wie eine Platte senkrecht in die Höhe geblasen. Ich muss an den aufgeklappten Deckel einer Dose denken.

„Und das haben Sie gesehen? Haben Sie tatsächlich gesehen, dass Christina die Fahrräder umgestoßen hat?"

Herr Bruskinger beginnt zu stottern. „Ähm, also, ich weiß nicht ... - und überhaupt muss ich das gar nicht gesehen haben. Wer soll das denn sonst gewesen sein?"

„Halt", unterbreche ich ihn, „das heißt, Sie beschuldigen Christina lediglich, die Räder umgestoßen zu haben?"

„Sie ganz allein war ständig hier vor dem Laden und sonst niemand. Also, wer soll es denn sonst gemacht haben?"

Tintila schaut mich mit strahlenden Augen an und ich mache ihr ein verstecktes Zeichen, auf keinen Fall zu lachen, obwohl der Mann bei jedem Wort wie Rumpelstilzchen von einem Bein auf das andere tritt und mit den Händen den Takt dazu schlägt.

„Ich verstehe Ihre Aufregung, Herr Bruskinger. Doch schauen Sie einmal genau hin. Ihr Werbeständer ist wahrscheinlich von einer Windböe umgeworfen worden und gegen das erste Fahrrad gekippt, das stürzte gegen das nächste und so weiter, wie Dominosteine."

Vor der Ladentür des Friseursalons gegenüber erscheint plötzlich Susanne Urbing und ruft über die Straße: „Ich habe es genau gesehen. Das Plakat-Dings da drüben ist umgekippt und die Fahrräder sind eins nach dem anderen umgefallen. Das Mädchen kam, ich weiß nicht, zum wievielten Mal, angerannt, blieb vor Schreck stehen und schaute auf den Fahrrad-Haufen. Die hat gar nichts gemacht, Herr Bruskinger."

Er hört mit offenem Mund zu, was Frau Urbing ruft und kneift zornig die Augen zu schmalen Schlitzen zusammen.

„Ach, und das wollen Sie beim Haareschneiden beobachtet haben? Das glauben Sie doch selber nicht", ruft er zurück. „Alle Fahrräder sind beschädigt und dafür muss einer zahlen." Sein Gesicht ist inzwischen dunkelrot angelaufen und ich habe Sorge, der Mann könnte jeden Moment vor Wut platzen.

„Oh, nein, mein lieber Herr Bruskinger", unterbreche ich ihn, „wenn die Fahrräder bei dem starken Wind, der heute durch die Straßen fegt, nicht vernünftig gesichert waren, ist das ganz allein Ihr Problem."

„Das könnte Ihnen so passen. Ich werde Ihre Enkelin anzeigen und wir wollen doch mal sehen, was mein Wort gegen das von der Gö... ähm, von dem Kind und von Frau Urbing, da drüben, gilt. Ich kenne schließlich den Bürgermeister."

„Soll mich das beeindrucken? Es beeindruckt mich in keiner Weise! Tun Sie, was Sie nicht lassen können. Die Wahrheit wird sich finden. Frau Urbing hat den Vorgang gesehen und kann es beschwören."

„Auch ich kann einen Eid darauf leisten", ist plötzlich eine weitere Stimme zu hören. Frau Schwingel taucht mit Lockenwicklern in den Haaren neben Frau Urbing auf. Ihr Frisierumhang bläht sich bei der nächsten Windböe so auf, als ob er mit Frau Schwingel abheben und fortfliegen wollte. Tintila neben mir kann nur schwer ein Kichern unterdrücken.

„Ich habe es auch ganz genau gesehen. Sie können das Kind nicht mir nichts, dir nichts beschuldigen, nur weil Sie einen Sündenbock brauchen. Das ist unverzeihlich, was Sie sich herausnehmen, Herr Bruskinger. Binden Sie lieber Ihre Fahrräder vernünftig an, damit sie nicht beim ersten Windhauch umfallen."

Sichtlich empört schreitet sie majestätisch, mit Stolz erhobenem Haupt, als ob die unzähligen Lockenwickler in ihren Haaren eine Krone wären, zurück in den Salon. Ihr Abgang ist bühnenreif.

„Wenn Sie uns als Zeugen brauchen, Frau Blümeli, sagen Sie nur Bescheid. Frau Schwingel und ich werden vor Gericht beschwören, was tatsächlich passiert ist."

„Vielen Dank. Allerdings hoffe ich, Herr Bruskinger sieht ein, dass die Angelegenheit geklärt ist."

Tatsächlich scheint es so zu sein, denn der Mann schaut wie ein begossener Pudel auf die umgekippten Fahrräder.

„Und was mache ich jetzt?", fragt er leise, und es klingt ein wenig verzweifelt.

„Ich denke, dass Sie den Schaden Ihrer Versicherung melden. Christina und ich gehen jetzt. Sie wissen, wo sie wohnt und Sie wissen, wer ich bin und wie ich heiße. Doch ich bin sicher, die Angelegenheit ist auch für Sie nun eindeutig und klar."

Der Mann nickt. „Ja, ja. Tut mir leid. Ich habe da wohl ein bisschen überzogen."

„Ja, das haben Sie. Ich wünsche Ihnen alles Gute. Auf Wiedersehen, Herr Bruskinger!"

Ich nehme Tintila bei der Hand und bummele mit ihr in Richtung meiner Wohnung.

„Wow, das war ja mal was. Ich dachte er fällt vor Wut genauso um, wie seine blöden Fahrräder."

„Das ist nicht nett, was du sagst. Der Mann hat sich sehr aufgeregt und es ist wahr, dass das, was er behauptete, falsch und nicht fair war. Doch er hat es eingesehen und sich entschuldigt."

„Es war toll, dass die Haarschneiderin und die Frau mit den Lockenwicklern alles gesehen haben, nicht wahr?"

„Du hattest Glück, sie als Zeuginnen zu haben. Abgesehen davon glaube ich, die Angelegenheit hätte sich auch so geklärt. In diesem Fall ging es Gott Lob ohne größeren Ärger gut aus."

„Du hast aber ganz schön geflunkert, Frau Blümeli. Du bist doch gar nicht meine Großmutter - aber so was ähnliches bist du schon, oder?"

Ich bleibe stehen und halte das Mädchen an meiner Seite fest: „Ach, weißt du, es war nicht so ganz in Ordnung, mich als deine Großmutter auszugeben", antworte ich verlegen, „aber, ich wusste auf die Schnelle nicht, auf welche Art ich dir beistehen konnte, und um von Herrn Bruskinger ernst genommen zu werden. Ich, eine alte Bewohnerin dieser Straße, die zufällig vorbeikommt, hätte wahrscheinlich nicht gereicht."

„Das war doch auch gar nicht so schlimm, finde ich. Das war eine Notlüge, würde Mama sagen, und in der Not darf man auch mal flunkern. Und ich hatte ganz doll Angst, als mich Herr Bruskinger so angeschnauzt hat, obwohl ich gar nichts gemacht hatte."

„Mag sein, mag sein. Jetzt sag mir aber bitte mal, warum du ständig auf der Straße rauf und runter gerannt bist."

„Ich übe rennen. Gustav lacht immer, weil ich nicht so schnell laufen kann wie er und das gefällt mir nicht. Und da habe ich gedacht, wenn ich jeden Tag ein paar Mal die Straße rauf und runter sause, bekomme ich starke Muskeln und kann Gustav besiegen, und dafür muss ich trainieren!"

„Das ist ein guter Plan. Aber warum übst du nicht auf dem Sportplatz?"

„Das darf ich nicht."

"Warum darfst du das nicht?"

"Das hat Herr Mauser gesagt."

„Und warum verbietet er es?"

„Er sagt, weil ich nicht im Verein bin und weil ich kein Geld bezahle, darf ich da nicht rennen."

„Tja, dagegen kann man wohl nichts machen."

„Duhu, Frau Blümeli, du bist jetzt zu Hause. Ist es ok, wenn ich nicht bei dir bleibe, sondern sofort zum Spielplatz renne? Vielleicht treffe ich da Franz und Gustav mit Boulder."

„Lauf zu, grüß die beiden, nein, die drei von mir und habt viel Freude."

„Mach ich..." und schon ist sie wie ein Wirbelwind davon.

DIE SCHAUKEL

Der Rückweg vom täglichen Spaziergang führt mich heute mal wieder zum Spielplatz und ich setze mich dort auf eine von der Sonne angenehm gewärmte Bank.

Franz turnt mit großer Ausdauer an einer der großen Reckstangen und beeindruckt mich mit Klimmzügen und Aufschwung und Rolle und anderen Übungen. Ich bewundere seine Kraft und Gelenkigkeit.

Gustav sehe ich am Spielplatzrand sein Gleichgewicht auf einem zwischen zwei Birken gespannten Band trainieren. Es heißt *Slackline*, wie er mir vor Kurzem erklärte. Ich staune, mit welcher Geschicklichkeit er darauf mal in die eine, mal in die andere Richtung balanciert.

Für mich wäre das nichts mehr. Früher, ja, früher, da war ich auf dem Schwebebalken recht geschickt und hatte im Sport immer eine gute Note. Heute kostet es mich schon genug Konzentration und Anstrengung, meinen Gleichgewichtssinn zu Hause auf dem festen Boden zu stärken.

Boulder liegt völlig entspannt neben mir und träumt lebhafte Hundeträume, denn er zuckt mit den Pfoten, als jage er hinter etwas her und fiept ab und zu. Ich muss schmunzeln. Ob er im Traum gerade einen Hasen verfolgt?

Tintila saust auf der großen Schaukel hin und her. Sie genießt mit geschlossenen Augen die weiten Schwünge, die durch die langen Schaukelseile an dem hohen Stahlgestell möglich sind.

Ich kann mich noch genau daran erinnern, dass Vati mir mit einfachen Mitteln eine Schaukel baute. Er knotete dafür ein kräftiges Seil an den dicksten Ast eines Apfelbaumes, der stark genug war, um mich zu tragen. Es war ein betörendes Vergnügen auf dem kleinen Brett - es wurde nur lose auf das Seil gelegt - zu sitzen und in herrlich langen Schwüngen zu schaukeln. Träume, Wünsche und Glückseligkeit flogen oft endlos lang wie duftige Blütenblätter mit mir hin und her.

Meistens begann ich selbstvergessen zu singen, alle Kinderlieder, die ich kannte und selbst Weihnachtslieder sausten mit mir mitten im Sommer durch die Luft. Der herrliche Wind zauste die Haare, strich sanft über die Beine, lupfte lustig beim Vorschwingen mein Röckchen und senkte es beim Zurückschwingen – ein Vergnügen, von dem ich nie genug bekam.

Der elterliche Garten stellte für mich eine Insel der Träume dar. Ich besaß nie viel Spielzeug und vermisste es auch nicht. Mit kleinen Ästen, die ich als erdachte Figuren in den festen Sandboden steckte, auf dem ich zuvor die Linien einer Wohnung oder Schule oder Straße oder … gezeichnet hatte, konnte ich stundenlang die schönsten Dinge erleben und die wildesten Abenteuer bestehen.

Ui, was ist das? Ich schrecke auf. Am linken Schienbein streicht etwas feucht und warm von unten nach oben. Boulder hat auf diese Art auf sich aufmerksam machen wollen und wedelt begeistert, als ich ihn anschaue.

„Na, du Schlingel", sage ich, wische mit einem Papiertuch über mein Bein und tätschele gleichzeitig mit der anderen Hand seinen Kopf. „Hast du ausgeschlafen und kannst nicht haben, wenn ich vor mich hinträume?"

Der Hund springt auf und zieht in Richtung der Reckstange, wo die drei Freunde inzwischen im Gespräch sind. Sie bemerken uns und lachen: „Hallo, Frau Blümeli, bist du wieder munter? Du hast so glücklich ausgesehen und da wollten wir dich nicht wecken. Wir überlegen gerade, was wir machen sollen. Wir müssen nämlich nach Hause. Dich hier einfach sitzen lassen wollten wir nicht. Aber jetzt hat Boulder dich ja netterweise aufgescheucht. - Was meinst du? Gehst du mit uns oder willst du noch etwas hierbleiben?"

„Nein, ich komme mit. Falls ihr es jedoch eilig habt, dann lauft los. Heute bin ich ein bisschen eingerostet."

„Nein, wir haben genug Zeit und wir gehen gerne mit dir", meint Franz.

Auf dem Weg kann ich dem Geplauder der Kinder nicht folgen – sie reden schnell durcheinander, haben dabei viel Spaß und lachen immer wieder herzlich. Plötzlich fragt Franz: „Sag mal, was ist mit dir? Du sagst ja gar nichts. Denkst du an das, wovon du vorhin auf der Bank geträumt hast? Du lächeltest die ganze Zeit, so ein ganz klein wenig, weißt du. Ich konnte es an deinen Mundwinkeln erkennen."

Seine Achtsamkeit erstaunt mich und ich bleibe mitten auf dem Gehweg stehen. „Wie kommst du darauf? Ich dachte, du wärst mit deinem Turnen beschäftigt. Wann hattest du denn Zeit nach mir zu schauen?"

„Wenn du bei uns bist, schaue ich immer nach dir", meint er ernsthaft. „Das ist doch selbstverständlich! Nach Großvater schaue ich ja auch immer. Ich will sicher sein, dass es ihm und dir gut geht."

Ach, du guter Junge, denke ich und sage laut: „Das ist sehr lieb von dir. Das zu wissen gibt mir ein gutes Gefühl und ich fühle mich ab sofort ganz besonders beschützt, wenn ihr bei mir seid."

„Das sollst du auch sein", wirft seine Freundin ein und er nickt bestätigend mit dem Kopf.

„Woran hast du denn vorhin gedacht?", fügt er an.

„Ich sah Tintila auf der Schaukel und dachte an meine Kindheit und die Schaukel, die ich so sehr geliebt habe. Sie war allerdings nicht mit der auf dem Spielplatz vergleichbar."

„Erzähl, bitte! Du weißt ja, wie gerne wir Geschichten von dir hören, als du klein warst.", bettelt sie.

„Gut, aber nur ganz kurz, weil ihr ja nach Hause müsst."

Ich erzähle, woran ich gedacht hatte und als ich ende, meint sie: „Toll! Ich kann mir gar nicht vorstellen, dass du mal ein kleines Mädchen warst" und kichert. „Hast du vielleicht ein Foto, wo du als Kind drauf bist? Ich würde gerne wissen, wie du ausgesehen hast. Ich kenn dich ja nur so alt wie du jetzt bist."

„Da müsste ich in meiner Fotokiste kramen. Ich glaube, es gibt eines, wo ich auf dem *Holländer* sitze."

„Hahaha, das war garantiert lustig. Hat dich der Holländer huckepack genommen und ist mit dir wie ein Pferdchen über die Wiese getrabt?", lacht Gustav und schlägt sich mit den Händen auf die Oberschenkel.

„Oh nein! Dieser Holländer war kein Mensch! Das war ein vierrädriges hölzernes Kinder-Fahrzeug – ich würde sagen, es war so ähnlich wie ein Kettcar, funktionierte aber anders."

Und schon schwärme ich von *meinem Holländer*: „Es war mein erster fahrbarer Untersatz, dieses einfache hölzerne Gefährt und hat mir die Sehnsucht nach der großen weiten Welt ins

Herz gelegt. Es hatte vier schmale Speichenräder aus Metall mit einer harten Gummibereifung. Auf dem hölzernen Sitzbrett holte ich mir manches Mal blaue Flecken an meinen Po, denn eine Federung gab es nicht.

Auf den holprigen Wegen, auf denen ich fahren konnte, wurde ich immer ganz schön hart durchgerüttelt. Doch das machte mir nichts aus. Ich war selig, wenn ich den Wind auf dem Gesicht und den nackten Beinen spürte. Ach ja, das war wunderschön!"

„Wie konntest du denn damit fahren? Hatte dein Holländer Pedale zum Treten, wie beim Kettcar?", fragt Franz, der stets an allem Technischen interessiert ist.

„Nein, Pedale gab es nicht. Lenken musste ich mit den Füßen über die Vorderachse und das Gefährt vorwärts bewegen, funktionierte durch vor- und zurückziehen einer hölzernen Stange, die mit der Hinterachse verbunden war. Noch heute höre ich das Knirschen der Räder auf den sandigen Wegen, auf denen ich in meine kleine und doch so weite Welt fuhr."

„Also, so richtig vorstellen kann ich mir das Ding nicht."

„Das glaube ich dir sofort. Aber wenn ihr mich in den nächsten Tagen besucht, kann ich euch sicherlich das Foto mit mir auf dem Holländer zeigen; du wirst es sofort verstehen."

„Ok" sagen alle Drei fast gleichzeitig, „das ist klasse. Aber jetzt müssen wir uns beeilen. Sie winken kurz und traben davon. Mit den guten Gefühlen der Kindheit im Herzen bummele ich gemächlich heim.

SCHWEDENSOMMER

Bei der Suche nach dem Kinderbild mit Holländer entdecke ich auch Fotos eines Sommerurlaubs in Schweden. Wie lange lag das zurück? Regelrecht eingebrannt sind jedoch noch immer viele Details und ich sehe sie vor mir, als wären wir erst gestern dort gewesen:

Wie eine Perlenkette, die jemand in sanftem Bogen in den See gelegt hat, träumten die kleinen, von wenigen Pflanzen bewachsenen Felseninseln im hellen Sonnenschein. Das Wasser war etwas kabbelig und reflektierte die Sonne zwinkernd in Richtung des silbrig-grauen Blockhauses am Ufer. Gerne stand ich auf dem sanft zum See abfallenden Rasen und bestaunte die bezaubernde Naturschönheit unseres Ferienparadieses. Obwohl wir schon oft hier gewesen waren und so viele Wochen verbracht hatten, ob im Winter oder Sommer oder auch zwischendurch - jedes Mal hatte ich das Gefühl, meine Seele breite ganz weit ihre Flügel aus, um mit mir abzuheben - fort von allem, was manchmal so bedrückend und schwer war.

Unsere Kinder hatten die vertraute Halbinsel - von ihnen nach den Geschichten von Astrid Lindgren liebevoll *Saltkrokan* genannt, jubelnd begrüßt und waren hinunter ans Wasser gelaufen. Juchhu!, das Boot dümpelte an seiner Kette im Wasser und wiegte fast liebevoll den Mast, der der Länge nach darauf lag. - Juchhu!, das Kanu ruhte kopfüber auf seinen Holzböcken am Ufer, darunter geschützt die Paddel. - Juchhu!, an der Spitze der schmalen Halbinsel in der kleinen Badebucht reckte das alte, halb versunkene Boot noch immer seinen hölzernen Bug aus dem Wasser. – Juchhu! Alles war wie immer, war so vertraut, so schön, so friedvoll, so verwunschen. Auf dem See zog das Schwanenpaar gemächlich vorüber, die Haubentaucher waren auf

Beutetour, tauchten kopfüber ins Wasser, um eine Weile später an anderer Stelle wie dunkle Korken an die Oberfläche zu ploppen. Am Himmel flogen die Möwen kreischend Richtung Meer, als ob sie zum Kaffee geladen wären, die Libellen tanzten über den Gräsern am Rand der Rasenfläche einen beschwingten Reigen und auf den runden warmen Felsen sonnte sich eine der wunderschönen Wasserschlangen mit goldenem Krönchen auf dem Kopf. Alles war wie immer! Wasserschlangen sind übrigens absolut ungefährlich, sie sind ausgesprochen scheu und verschwinden bei der geringsten Bewegung blitzschnell und sind daher selten in Ruhe zu bewundern.

Mein Blick auf ein Foto vom Blockhaus am Seeufer lässt mich sofort an unsere Verwirrung denken, als wir zum ersten Mal dort waren und sich die Tür einfach nicht aufschließen ließ. Erst als ich den Schlüssel nach links und nicht wie zu Hause nach rechts drehte, klackte der Schließzylinder. Trotzdem konnten wir die Tür nicht öffnen. Auch als wir uns gemeinsam dagegenstemmten, gab sie keinen Millimeter nach. Auch jetzt muss ich lachen, als ich an unser hilfloses und fast verzweifeltes Bemühen denke.

Wir wussten damals noch nicht, dass in Skandinavien die meisten Schlösser andersherum funktionieren und sich Fenster und Türen nach außen öffnen ließen. Die guten Gründe dafür leuchteten ein: Jede Form von Wind und Wetter - sei es noch so extrem - presst sie fest in den Rahmen und weder Regen noch Schnee dringen nach innen. Schnell wurde uns ein weiterer Nutzen bewusst: Da die Fensterflügel nach außen geöffnet werden, muss nichts vom inneren Fensterbrett weggeräumt werden, wenn man sie öffnen will, und selbst Gardinen können an Ort und Stelle bleiben und müssen nicht erst zur Seite geschoben werden.

Sobald wir in das Blockhaus traten, verzauberte uns der unvergleichliche Duft eines Holzhauses, in dem häufig ein Kaminfeuer brennt. Während wir Eltern fast andächtig die Augen schlossen und glücklich lächelnd tief ein- und mit einem genussvollen *„Aaah"* wieder ausatmeten, sprangen die Kinder herum, als führten sie einen Kriegstanz auf. Sie klatschten in die Hände und riefen: „Wir sind wieder da, wir sind wieder da." - „Ach, was ist das schön." - „Kann ich schnell zu Astrid rüber laufen und sagen, dass wir da sind?" - „Darf ich schnell zu Christer und Nisse flitzen?" - „Sie warten doch schon!"

Unser *„Ja, ja, ja"* hörten die beiden schon nicht mehr, denn sie sausten längst über den Weg zum Gartentor. Von dem Moment an sahen wir die Kinder nur noch morgens zum Frühstück wieder, ab und zu zum Abendbrot - jedoch ganz sicher zum Schlafengehen. Mit einer Gruppe Kinder von den umliegenden Höfen kosteten sie die goldige Freiheit dieser anscheinend noch heilen Kinderwelt auf der Halbinsel nach allen Regeln der Kunst aus.

Unter der *Kopflosen* deckte ich morgens den Frühstückstisch. Die Kopflose war eine alte knorrige Birke, deren Krone vor vielen Jahren herausgesägt worden war, um Sturmschäden zu vermeiden, die vor allem an hochgewachsenen, einzeln stehenden Bäumen durch typische Windwirbel an diesem großen Gewässer sehr leicht entstehen konnten. Der Baum hatte sich nach dem Eingriff kaum noch in die Höhe, jedoch ganz normal in die Breite entwickelt, und bot mit seinen weit ausladenden belaubten Zweigen einen herrlich luftigen, natürlichen Sonnenschutz - wie ein übergroßer Schirm.

„Die Luft ist wie Seide und sanft und warm", schwärmte ich stets, wenn ich zu Hause gefragt wurde, ob es im Sommer in Schweden nicht viel zu kalt sei. Für solche Vorurteile war ich dankbar, denn sonst wäre dieses wunderschöne Land schon damals von Touristen überlaufen worden und hätte seinen Reiz verloren.

Bevor meine Lieben morgens hungrig an den Tisch stürmten, nutzte ich die Zeit und lief mit dem Badetuch unter dem Arm hinunter zum See, zog den Schlafanzug aus und sprang nach kurzer Abkühlung mit einem Hechtsprung in das erfrischende Wasser. Einen Badeanzug brauchte ich nicht. Die Fische hatten keinen, die Wasservögel und die Wasserschlangen auch nicht, warum sollte ich einen anziehen?

„Der liebe Gott hat mich so gemacht wie ich bin" antwortete ich auf entsprechende Fragen, die mir eigenartigerweise nur in Deutschland gestellt wurden. „An unserer Badebucht, die von niemandem eingesehen werden kann, genieße ich nackt das herrliche Wasser und lasse mich anschließend auf den sonnenwarmen Felsen von der Sonne trocknen".

Gut 200 Meter weit schwamm ich - oft mehrmals am Tag - mit ruhigen Zügen bis zu einem aus dem Wasser regenden Felsen und ruhte dort mit Blick auf das Grundstück eine Weile aus. Sobald ich an der Hütte eine Bewegung wahrnahm, glitt ich ins Wasser, schwamm zurück und legte mich ein paar Minuten bäuchlings auf die warmen Uferfelsen, bevor ich ins Badetuch gewickelt zurück zum Haus ging.

Die Ausflüge mit *Akka* liebte ich sehr. Akka war eine kleine Segeljolle, die an ihrer Kette im Wasser schaukelnd jeden Tag auf mich wartete. Sie besaß einen geringen Tiefgang und einen Klappkiel, der auf diesem See mit den vielen Felsen, die teilweise bis dicht unter die Wasseroberfläche reichten, sehr sinnvoll war. Wir hatten das gebrauchte Boot im ersten

Urlaub gekauft und verstauten es für den Winterschlaf stets im Schuppen neben der Kopflosen.

Ich genoss es, wenn das Segel im sanften Wind killte, kleine Wellen unter dem Bootsrumpf gluckerten, weiße Wattewolken am blauen Himmel schwammen und ansonsten rundum nur Stille war.

Als meine Kinder geboren waren, hatte ich versucht, mir vorzustellen, wie es sich für ein Baby anfühlt, wenn es in einer Wiege gewiegt wird. Ich wusste nur eines, ich hatte nie in einer Wiege gelegen. Als ich mich im ersten Jahr bei einer Ausfahrt mit Akka auf dem See zum Lesen der Länge nach auf den Boden des Bootes gelegt hatte - ich nahm immer ein Buch mit, um ungestört zu lesen - bekam ich durch das liebevolle Gewiegt-Werden zum ersten Mal eine Ahnung davon.

Segeln, welch eine wunderbare Art, sich auf Wasser fortzubewegen. Gerne ließ ich mich bei auflandigem Wind in weitem Bogen entlang der Inselkette treiben. Bei einer sanften Brise genoss ich es sehr, durchs Wasser zu gleiten. Dabei hatte ich Zeit, das eine oder andere Insekt zu betrachten, das auf dem Boot eine Verschnaufpause machte oder den Enten, Gänsen, Schwänen, Haubentauchern, Möwen und Kormoranen bei ihrem *Tagwerk* zuzusehen.

Doch auch bei kräftigem Wind war ich mit Akka begeistert unterwegs - berauschend empfand ich die Kraft, die die Leinen und das Ruder auf mich übertrugen und die ich selber hatte, um das Boot bei der Geschwindigkeit sicher über den See zu steuern. Und war das alles ausreichend ausgekostet, ging ich ganz aus dem Wind, ließ das Segel killen und mich in meinem Schiffchen wiegen und empfand fröhlich machendes Glück.

Als mir die Schachtel mit den losen Fotos vom Schoss fällt und sich der Inhalt über den Boden verteilt, finde ich in die Wirklichkeit zurück.

KLEINES PARADIES

Gustav, neben mir auf der Bank, baumelt mit den Beinen, während Boulder in unserem Schatten liegt und mal wieder schläft. Der Junge berichtet lebhaft von seiner Schule und mit großer Begeisterung von der Hundeschule, in der er noch immer mit Boulder trainiert. Irgendwann kommt er auch auf die Umbaupläne für die Praxis seines Vaters zu sprechen. Unter anderem soll ein Teil der Möbel und Geräte durch neue und modernere ersetzt werden.

„Weißt du, Vati will sogar den Edelstahltisch, auf dem er kleine ambulante Operationen macht, zum Sperrmüll stellen. Ich finde, der ist noch *tippitoppi* in Ordnung und viel zu schade, um ihn wegzuwerfen. Vati könnte ihn genauso gut behalten oder jemand könnte ihn für etwas anderes benutzen."

„Tja, da hast du wohl recht. Es ist schlimm, was wir Menschen alles wegwerfen und neu kaufen und wieder wegwerfen und wieder neu kaufen. Wohin soll das nur führen, wenn die Rohstoffe der Erde aufgebraucht sind? Mir gibt das alles sehr zu denken."

„Ich habe auch keine Ahnung, was wird und fände es klasse, wenn mir was einfallen würde, wofür man diesen Tisch sonst noch benutzen könnte."

Wir schweigen. Ob man wohl über unseren Köpfen kleine Rauchwolken sehen konnte, weil wir so angestrengt grübeln?

Wie in der Sprechblase eines Comics habe ich plötzlich eine Idee und stupse den Jungen mit dem Ellenbogen an: „Sag mal, weißt du, ob man in die Tischplatte ein paar Löcher bohren kann?"

„Warum willst du den Tisch denn kaputtmachen?", fragt er mich empört.

„Ich will ihn nicht kaputtmachen. Ich will nur wissen, ob man in die Tischplatte ein paar Löcher bohren kann. Wenn es möglich ist, hätte ich eventuell eine mehr als gute Verwendung für den Tisch."

„Wow, das wäre natürlich toll. Erzähl mal", lacht er versöhnt und knufft mich nun seinerseits ein wenig in die Seite.

„Seit ewigen Zeiten träume ich von einem kleinen Kräutergarten. Weißt du, mit ein paar Radieschen, Zwiebellauch und Gewürzen. Es würde mich sehr glücklich machen für das wenige, was ich mir zubereite, immer mal etwas Frisches ernten zu können."

„Mensch, Frau Blümeli, wie soll das denn gehen? Du hast doch keinen Garten."

„Ja und genau das ist mein Problem. Aber vielleicht habe ich gerade eine Lösung. Pass auf! Wenn ich den Tisch bekommen könnte und mir Herr Drobeler erlaubt, diesen draußen unter das Fenster der Traumstube zu stellen, könnte auf dem Tisch ein Kasten mit Erde stehen, in dem einige Kräuter und etwas Gemüse wächst. Von morgens bis nachmittags ist dort Sonnenschein. Meiner Meinung nach ist das ein idealer Platz dafür. Es wäre großartig, wenn mein lang gehegter Wunsch, hier einen eigenen kleinen Garten zu haben, in Erfüllung ginge."

„Und wozu brauchst du die Löcher im Tisch?"

„Ganz einfach. Damit der Tisch trocken bleibt und nicht eines Tages mit Matsch bedeckt ist. Das würde passieren, wenn Regen oder Gießwasser auf der Platte nicht ablaufen können. Mein Kräutergarten soll aber sauber und trocken stehen. "

„Von welchem Kräutergarten redet ihr?", fragt Franz, der, von uns unbemerkt, plötzlich neben der Bank steht. Ich erkläre es. Er lacht vergnügt auf: „Da wüsste ich sogar, wer dir den Kasten baut. Ich bin sicher, Großvater wird begeistert sein, wenn ich ihm erzähle, was du vorhast. Er hat früher viel mit Holz gearbeitet und überhaupt macht er auch jetzt noch fast alles selber. Ich frag ihn nachher."

„Halt stopp!", unterbreche ich ihn. „Nicht so eilig. Das wäre zwar großartig, aber zuerst muss ich ein ganz anderes Problem lösen - zunächst müsste ich mit Herrn Drobeler reden. Ihn muss ich um Erlaubnis fragen, bevor ich weitere Pläne machen kann. Schließlich gehört ihm der Garten und ich habe darin nichts zu suchen."

„Ha, du flunkerst. Wir haben dich doch schon da drin gesehen. Weißt du, als du unter dem Kirschbaum mit deinen roten Gummistiefeln in den Pfützen herumgehopst bist."

„Wer ist herumgehopst und wo?", lacht Tintila, die sich gerade zu uns gesellt.

„Ich! Ich bin damals aus purem Übermut ungefragt in den Garten gegangen und hatte deswegen recht lange ein schlechtes Gewissen."

„Es war trotzdem toll. Und wenn du dich damals getraut hast, in den Pfützen herum zu hopsen, kannst du jetzt auch zu Herrn Drobeler gehen und ihn fragen."

„Das stimmt! Ihr habt recht! Ich werde ihn fragen, denn mehr als *Nein* sagen kann er nicht. Und diese *Fifty-fifty-Chance* will ich nutzen."

„Was ist eine Fifty-fifty-Chance?" Franz runzelt die Stirn und sieht mich an, als ob ich Chinesisch gesprochen hätte.

„Wenn ich dich frage, ob du mir gleich beim Aufstehen von dieser Bank behilflich sein magst, kann es sein, dass du *Ja* sagst, oder *Nein* ..."

„Ich würde nie *Nein* sagen, wenn du mich das fragst. Das weißt du auch!", unterbricht er mich empört.

„Das weiß ich doch. Es ist ja nur ein Beispiel. Die Chance, auf eine Frage eine positive oder negative Antwort zu bekommen, ist immer *halbe-halbe*, *so oder so* oder *Fünzig-fünzig* oder auf Englisch *Fifty-fifty*."

„Alles klar! Ich habe es kapiert", meint Franz und reicht mir grinsend seinen Arm, damit ich mich darauf stützen kann: „Hier hast du meine *Fifty-fifty-Antwort* auf deine Frage." Ich erhebe mich und wandere in Begleitung der Kinder heimwärts.

Mit Herzklopfen klingele ich am nächsten Morgen bei Herrn Drobeler. Nachdem er mich hereingebeten hat, trage ich meinen Wunsch vor. Er zieht die Stirn in Falten und reibt mit dem rechten Zeigefinger unter der Nase hin und her. Beinahe hätte laut gelacht, denn er erinnert mich ganz arg an den kleinen *Wickie* aus *Wickie und die starken Männer*, wenn der nachdenkt.

Und genauso wie *Wickie*, wenn der eine Idee hat, lacht mich Herr Drobeler plötzlich an und schnippt sogar auf die gleiche Art mit den Fingern: „Das ist eine feine Idee, und ich werde Ihnen beim Aufbau gerne behilflich sein."

Wenn das mit dem Tisch klappen sollte, will er in zwei Tagen die Fläche unter dem Fenster mit Steinplatten belegen, damit der schwere Edelstahl-Tisch nicht im Boden versinkt und der Bereich leicht sauber zu halten ist, wenn beim Gärtnern Erde usw. herunterfällt. Und falls er bei anderen Arbeiten helfen könne, dürfte ich jederzeit bei ihm klingeln.

Glückstrahlend bedanke ich mich und gehe wie auf Wolken zurück zum Anbau. Es kribbelt in mir, als hätte ich ein Glas Sekt getrunken. Ich muss mich beherrschen, nicht vor Freude zu hopsen. Ein etwas albernes Kichern kann ich jedoch nicht unterdrücken: Hurra, hurra, die Idee vom Kräutergarten würde Wirklichkeit werden!

Ein paar Tage später wird der schwere Edelstahltisch gebracht und *wackelfrei*, wie Herr Drobeler augenzwinkernd sagt, auf die Steinplatten gestellt, die er wie versprochen unter dem Fenster verlegt hatte. Ich fühle mich wie *Alice im Wunderland* - ich muss nichts tun und bekomme so viel geschenkt!

Nachdem Franz seinem Großvater von meinem Plan erzählt hatte, bot der sofort seine Hilfe an und kam, um den Tisch auszumessen. Später saß er in der Wohnstube und zeichnete auf einem Bogen Papier einen Holzkasten, der als *Hochbeet* auf dem Tisch seinen Platz finden sollte. Er wusste sogar ganz genau, wie viel von welchem Material gebraucht wurde, damit die Pflanzen wachsen und gedeihen können.

„Meine Empfehlung wäre, den Kasten zunächst mit einer Schicht Kieselsteinen und darüber einer Lage Gehölzschnitt als Drainage zu befüllen. Darüber kommt ein Vlies, damit Regen und Gießwasser die Erde nicht unten herausspült. Darauf packen wir Laub und gesiebten Kompost und zum Schluss wird alles mit reichlich Pflanzenerde bedeckt."

Ich staunte, was für einen solchen Kräuterkasten alles bedacht werden musste. „Das wusste ich nicht und hätte ohne Ihr Wissen sicherlich viel falsch gemacht".

„Ach, Frau Blümeli. Mir macht es eine Riesenfreude und ich fühle mich beschwingt Ihnen helfen zu können", lachte er strahlend und sah überhaupt um zehn Jahre jünger aus als bei unserer ersten Begegnung. Zum Schluss notierte er die Maße der einzelnen Holzteile und was er sonst noch an Material brauchte.

Am nächsten Tag fuhren Herr Calmbach mit Großvater und mir zum Holzhändler. Ich kaufte das Material und die beiden Männer schnitten die Bretter und Leisten an der großen Kreissäge gleich passend zu.

Es fiel mir schwer, bei den Arbeiten für den Kräutergarten nur zuschauen zu dürfen - eine sehr ungewohnte Situation, weil ich doch früher fast alles alleine tun musste und konnte.

Jedes Hilfsangebot meinerseits wurde mit fröhlichem Augenzwinkern abgelehnt. Lediglich ein langes Elektrokabel *durfte* ich in der Schlafstube in die Steckdose stecken und aus dem Fenster legen, damit Bohrmaschine und Motor-Säge, und was weiß ich, mit Strom versorgt werden konnten.

Wie ein Kind am Weihnachtstag den Gabentisch, bestaune ich nun, drei Tage später, das wie von Zauberhand entstandene Hochbeet. Es reicht knapp unter das Fenster, sodass ich die Pflanzen bei Regenwetter sogar von drinnen ernten könnte. Doch ganz sicher wird es mir die größte Freude bereiten, draußen zu stehen und zu gärtnern.

„Na, Frau Blümeli, gefällt Ihnen Ihr Garten?", fragt Großvater.

„Offenbar gefällt Ihnen, was Sie sehen, oder? Sie strahlen ja übers ganze Gesicht", lacht Gustavs Vati und reicht mir die Hand, damit ich auf das breite Podest treten kann, das die Männer vor den Tisch gebaut hatten.

Auf meinen fragenden Blick meint Großvater: „Wir dachten, Sie kämen so bequemer an Ihren Garten und hätten immer trockene Füße, selbst wenn es geregnet hat." Ich bin sprachlos.

Und plötzlich stehen auch Tintila, ihre Eltern, Franz, Gustav und Mamsi und Herr Drobeler neben mir: „Wir wollen mit Ihnen Einweihung feiern."

Oh je! Daran hatte ich gar nicht gedacht und folglich auch nichts vorbereitet. Doch dieser Tag voller Wunder und Zauber ist noch nicht vorüber. Mamsi bringt eine Schüssel Kartoffelsalat mit, Frau Calmbach einen großen Topf mit Bockwürstchen im heißen Wasser, die Kinder holen aus meiner Wohnung Teller und Besteck und wenig später sitzen wir in fröhlicher Runde unterm Kirschbaum auf Gartenstühlen beisammen, die die Männer mit Herrn Drobeler von dessen Terrasse geholt haben.

Ich bin von allem um mich herum überwältigt und bekomme kaum etwas von dem mit, was gesprochen und über was gelacht wird und was sonst noch passiert. Mamsi drückt mir zwischendurch ein paar Tütchen mit unterschiedlichen Samen in die Hand.

Auf meine Bitte hin, säen wir sofort etwas davon aus und stecken das jeweils passende Schildchen in die Erde; Franz hatte zu Hause eine kleine Auswahl vorbereitet und an Holzstäben befestigt. Mit der Kraft der Sonne und immer genug Wasser würden die Pflänzchen bald die ersten grünen Spitzen aus der Erde strecken und wachsen und gedeihen.

Als meine Gäste signalisieren, heimgehen zu wollen, erhebe ich mich, schaue zunächst ein wenig hilflos in die Runde und sage dann mit leicht zittriger Stimme: „Es ist mir kaum möglich auszudrücken wie glücklich und dankbar ich bin". Tränen wollen mir in die Augen steigen und ich räuspere mich, um fortfahren zu können: „Wie von Zauberhand habe ich einen Kräutergarten ohne etwas dazu getan zu haben. Tausend Dank jedem von euch für dieses *kleine Paradies.*"

VATIS PFERDE

Das schöne Wetter hat mich bis an den Ortsrand von Bökenhagen gelockt, und ich suche inzwischen verzweifelt nach einer Sitzgelegenheit. Ich habe mich ein wenig überschätzt und meine Beine wollen nicht mehr - ich brauche eine Pause. Ein umgestürzter Baum am Wegesrand ist die Lösung und ich setze mich mit Ächzen und Stöhnen nieder.

Oh, welch eine Wohltat! Nur mit Mühe verkneife ich mir den Wunsch, die Schuhe auszuziehen. Ich würde meine Füße nicht wieder hineinzwängen können und müsste auf Strümpfen heimgehen; eine fürchterliche Vorstellung. Darum strecke ich nur ein wenig die Beine aus und lehne mich aufatmend an einen Ast, der sich hinter mir als Rückenlehne anbietet.

Der Blick über die weite Weidefläche vor mir entspannt mich. Unvermittelt habe ich die Vision von Pferden, die darauf grasen. Es sind nicht irgendwelche Pferde, nein, es sind unsere vom Lindenhof, die damals ein glückliches Leben hatten.

Bei der Erinnerung an unser Pony *Pawel* muss ich schmunzeln. Wir nannten ihn auch liebevoll *Staubsauger Pawel.* Er sah einem solchen Gerät ganz schön ähnlich, wenn er von morgens bis abends auf seinen kurzen Beinen und dem kugelrunden Bauch darüber auf der Weide unterwegs war und mit gesenktem Kopf das Gras ins Maul zu saugen schien. Die fünf anderen Pferde, die bei uns lebten, hielt Vati über viele Jahre mit großer Liebe zu seiner persönlichen

Freude. Er hat sie nie geritten, sondern nur liebevoll betreut und beobachtet. „Sie sollen sich nicht meinem Willen beugen müssen, diese wunderbaren stolzen Tiere" war seine oft geäußerte Meinung.

Eine riesige Blutbuche legte im Sommer wohltuenden Schatten auf den Unterstand der Pferde und reckte ihre kräftige Krone dem Himmel entgegen. Bei großer Hitze standen die Pferde allerdings viel lieber unter den fünf Kastanienbäumen unten am *Ellerbach* neben der ehemaligen Wassermühle. Die Tiere blieben ununterbrochen draußen, bis der Winter mit Schnee und Eis einsetzte und sie selbst den Wunsch hatten, den schützenden Stall aufzusuchen. Die Mehrarbeit beim Striegeln des Fells, vor allem, wenn sie ihren wärmenden Winterpelz hatten, nahm Vati gerne in Kauf. Er meinte, das Leben draußen sei gesund für sie, sie wären abgehärtet, dadurch weniger krank und brauchten so gut wie nie den Tierarzt.

Wurde es den Pferden - zu welcher Jahreszeit auch immer - draußen zu ungemütlich, wanderten sie den schmalen Weg Richtung Hof bis zu einem kleinen eisernen Gatter. Bei der Erinnerung daran höre ich Vati sagen: „Sie müssen mir doch zeigen können, dass sie in den Stall möchten und das geht nur, wenn ich sie vor dem Gatter stehen sehe. Schließlich können sie nicht reden und wie soll ich sie sonst verstehen?"

Eines Tages fragte ihn ein Bauer aus dem Dorf, warum er den Pferden so viel Freiheit lasse – das würde doch nur Geld kosten, Arbeit machen und nichts einbringen. Vati hatte ganz ruhig und fast mitleidig geantwortet: „Weil ich diese schönen Tiere so sehr liebe."

Ganz besonders liebte er jedoch *Don Camillo*. Ich muss lachen, als ich an das ungläubige Gesicht von Sophie denke, die damals in unserer Diele ein Bild dieses Pferdes sah und meinte: „Das ist ja wunderschönes Tier. Wer hat das Foto gemacht?"

„Das hat Vati gemalt!"

„Wie gemalt? Das ist doch ein Foto, oder?

„Nein, das ist gemalt. Schau mal genau hin. Vati malt so detailgenau, dass die meisten Leute beim ersten Blick wie du den Eindruck haben, es sei eine Fotografie. Das da auf dem Bild ist übrigens Don Camillo."

„Wer ist das?", platzte sie lachend heraus, „wie heißt das Pferd?"

„Vati hat ihn Don Camillo getauft, weil er so schöne große Zähne hatte und ihn an den französischen Schauspieler *Fernandel* erinnerte."

Eigentlich hieß der Wallach *Gulliver*, aber Vati mochte den Namen ganz und gar nicht. Es hatte nicht viel gefehlt und er hätte das Pferd deswegen auch nicht gekauft. Mit diesem Namen verband er gefesselt und unfrei sein – so wie er das als Junge in dem Buch *Gullivers Reisen* gelesen hatte. Gulliver, die Hauptfigur des Buches, landete auf seiner abenteuerlichen Reise unter anderem auch im Land der Zwerge und wurde von denen mit Seilen und Pflöcken am Boden gefesselt. Die Zeichnung dieser Szene in dem Buch stand Vati stets vor Augen, wenn er den Namen Gulliver hörte oder las.

Nun ja, Vati hatte sich damals in das wunderschöne Tier verguckt und kaufte es trotz des Namens. Als er ihn auf dem Hof aus dem Anhänger geführt hatte, stand das Pferd zunächst breitbeinig, als hätte er Glatteis unter den Hufen, neben meinem Vater und gähnte mit weit aufgerissenem Maul. Mutter sah die riesige *Klappe* voll großer Zähne, hatte haltlos zu lachen begonnen und nach Luft japsend gemeint, er habe sich ja einen echten Don Camillo gekauft.

Vati liebte die Schwarz-Weiß-Filme und mochte von allen Protagonisten ganz besonders die Figur des Don Camillo. Er habe seiner Meinung nach das Herz auf dem rechten Fleck - sei zwar ein ganz klein wenig schlitzohrig, aber von Grund auf ehrlich.

Ja, und damals entschied Vati, das Pferd ab sofort Don Camillo zu nennen. In einer feucht-fröhlichen Zeremonie mit guten Freunden, bei viel Gelächter und einigen Gläsern Bier wurde das Pferd umgetauft. Zu unser aller Überraschung schien der Wallach den neuen Namen zu mögen, denn er hörte darauf, als ob er nie anders genannt worden wäre. Vielleicht lag es aber auch an dem ordentlichen Quantum *Dröppelbier*, von dem am Ende des übermütigen Festes noch ein Rest in seiner Tränke schwamm ...

Normalerweise stillten Vaters Pferde ihren Durst jedoch nicht mit Bier, sondern auf der Koppel mit Wasser aus dem *Ellerbach*. Der nahm vom *Quellteich* auf dem *Schlaufenkopf* als Rinnsal seinen Anfang und mäanderte durch Wiesen und Felder seiner Mündung in den großen Fluss entgegen.

Ich kann mich nicht erinnern, dass zu meiner Kinderzeit jemals von Überdüngung die Rede war, weder durch zu viel Gülle noch durch jede Menge Kunstdünger. Es gab auch keine Verunreinigung durch Insekten- und Pflanzengifte, so wie es heute leider in erschreckendem Maße der Fall ist. Dennoch kam zwei Mal im Jahr Vatis Freund - Chemiker von Beruf - und nahm oberhalb der Weide eine Wasserprobe, die stets ohne Beanstandung war.

Dieser Freund, Roland und ich nannten ihn *Onkel Heinz*, war ein fröhlicher Mann und brachte uns mit wunderbaren Grimassen unter seinem extrem krausen Haarkranz immer wieder zum Lachen. Wenn er allerdings hinter seiner runden Brille, die grundsätzlich halb auf der Nase saß, die Augen verdrehte und fürchterlich schielte, hatten wir Angst, diese würden für immer an der Nasenwurzel stehen bleiben. Als Roland und ich anfangs versuchten, es dem Onkel nachzumachen, schimpfte Mutter: „Eure Augen bleiben so stehen und das für immer!" Gott sei Dank brachte Onkel Heinz seine Augen stets zurück an ihren richtigen Platz.

Als ich in der Schule in Chemie absolut keinen Durchblick hatte, nahm er mich mit in sein Labor. Die vielen Flaschen roter, gelber, blauer und andersfarbiger Flüssigkeiten, die unterschiedlichen Gläser, Brenner, Röhren und anderen Gerätschaften ließen mich vor Ehrfurcht erstarren. Onkel Heinz nahm mir jedoch ganz schnell jegliche Angst und ließ mich manchen Versuch, den ich im Unterricht nicht kapiert hatte, Schritt für Schritt eigenständig nachvollziehen. Und, oh Wunder, auf einmal verstand ich alles und war von da an mit viel mehr Interesse in der Chemiestunde dabei und meine Noten wurden deutlich besser.

DAS MALERHAUS

Wie ein Juwel leuchtete am *Ellerbach* Vatis Malerhaus mit dem schwarz-weißen Fachwerk und roten Dach. Ursprünglich war es die kleine Wassermühle gewesen, in der unsere Vorfahren ihr Korn zwischen großen Mahlsteinen mahlten, die von einem Wasserrad in Gang gebracht wurden; zu der Zeit war der *Ellerbach* breiter und floss erheblich schneller. Die Wassermühle diente später als Heuschuppen und danach einige Jahre als Lagerraum, in dem kleinere Geräte abgestellt wurden, die nicht mehr gebraucht wurden.

Aber das war schon zu meiner Kinderzeit lange, lange her und das Wasserrad gab es auch nicht mehr, nur die Mahlsteine standen als stumme Zeitzeugen noch draußen.

Wann Vati das Gebäude für sein Hobby, die Malerei, entdeckte und sorgfältig restaurieren ließ, kann ich nicht sagen. Die Außenwände bestanden bis auf Fensterhöhe aus soliden Feldsteinen und nur das Fachwerk darüber, dessen Zwischenräume aus Holzgeflecht mit Lehmbewurf ausgefüllt waren, musste ausgebessert werden. Das Dach, ursprünglich mit Holzschindeln gedeckt, bekam matt-rote Tonziegel, weil Vati die Brandgefahr zu groß gewesen war.

Im weiten offenen Raum richtete er sein Atelier ein - lediglich ein kleiner Bereich wurde für ein WC und eine Waschgelegenheit abgeteilt. Von da an sprach niemand mehr von *der Wassermühle*, sondern nur noch vom *Malerhaus*. Auf der Nordseite zur Koppel hin entstand auf seinen Wunsch ein extra großes Fenster. Einmal, weil Nord-Licht für die Malerei besonders gut ist, aber auch, weil er so die Pferde ungestört beobachten konnte.

Es war ein langer, heißer und nicht enden wollender Sommer. Das leise Murmeln des Baches schlich wie eine Katze auf Mäusefang durch die offene Tür ins Malerhaus. Ein stiller Beobachter hätte Folgendes berichten können:

Das kleine Mädchen kniete draußen an der Gebäudewand; es war *Lilla*. Wenn der Vati im Atelier war, durfte ihn niemand stören. Malen ist schwere Arbeit und jede Unterbrechung bringt mich völlig raus, erklärte er, sobald das Gespräch darauf kam.

Mit ihren gut zwei Jahren verstand sie nicht so recht, was dieser Satz bedeutete. Sie wollte Vati ja auch nur fragen, ob er mit ihr am Bach *Lümchen* (Blümchen) pflückt, da sie alleine nicht in die Nähe des Wassers durfte. Ausgerechnet auf der

Wiese hinunter zum Bach blühten zu dieser Zeit die schönsten Blumen - *nir-gend-wo sonst* - davon war sie fest überzeugt.

Dass ihr Tun nicht so ganz in Ordnung war, spürte sie schon und sie bemühte sich, sehr leise zu sein. Vorsichtig kroch sie auf allen Vieren über die sonnenwarmen Holzdielen zum Eingang, bis sie um den Türpfosten herum den geliebten Vati sehen konnte. Beglückt legte sie sich platt auf den Boden und den Kopf auf die nach vorn gestreckten Ärmchen – ähnlich einem Hundewelpen beim Sonnenbad.

Vati trug seine gestreifte Kleckselhose - sie hieß so wegen der vielen Farbkleckse darauf. Sie hatte einmal zu seinem Hochzeitsanzug gehört, der aus dem Cut seines Vaters für ihn geändert worden war. Er hatte die *ollen Latschen* an den Füßen (offene Pantoffeln voller Farbspritzer) und saß auf einem hohen, knarrenden Stuhl vor der großen Staffelei. Mit leicht geneigtem Kopf schaute er konzentriert auf die Leinwand vor sich.

Das mit einem dicken, schwarzen Tuch verdunkelte kleine Süd-Fenster hielt die gleißende Sonne ab. „Nordlicht brauche ich, nur das Licht von Norden kann ich brauchen. Alles andere verdirbt die Farben", erklärte er, sobald er gefragt wurde, warum das Fenster mit dem schönen Ausblick hinüber zum *Schlaufenkopf* verdunkelt sei.

Seine ehemals schwarze Malerjoppe mit den dunkelroten Samt-Revers ähnelte einer nie gereinigten Farbpalette. Seit vielen Jahren trug er hier diese Jacke und hütete sie wie seinen Augapfel.

Ein tiefer Seufzer entschlüpfte Lilla, als sie ihn sah. Erschreckt schlug sie eine Hand vor den Mund. Oh weh, sie musste doch leise sein! Aber wie das so war mit dem *Leisesein*, Vati hörte den Seufzer und nahm die schnelle Bewegung an der Tür wahr. „Lillakind, das ist aber lieb, dass du mich besuchst. Komm zu mir, ich will dir was zeigen", winkte er lachend. Wie ein Blitz sprang sie auf und stand wenige Augenblicke später mit klopfendem Herzen neben ihm. Mit kräftigem Schwung hob er sie auf sein rechtes Bein.

„Schau, ich male ein Bild" und zeigte mit dem Pinselstiel zu einer Figur auf der Leinwand.

„Da is' Lilla und Teddy Paul", rief sie begeistert. Das Bild würde, wenn es fertig war, eine Alltags-Situation im Wohnhaus zeigen. Eine kleine Kinderfigur saß auf dem mit Sonnenkringeln übersäten Dielen-Boden der Küche und schaute mit dem Teddy im Arm über eine Schulter zum Betrachter. Eine alte Nähmaschine, offensichtlich seit langer Zeit nicht mehr benutzt, stand an der Wand neben einem nur halb sichtbaren Tisch. Neben einer Zarge des Türrahmens war die Front einer Spielzeug-Eisenbahn zu sehen.

Der Vater hatte bereits eine ganze Weile darüber nachgedacht, ob das Licht im Bild stimmig war oder die Perspektive, oder ... Solche Blockaden kannte er von vielen seiner Arbeiten, die er in den zurückliegenden Jahren auf Leinwand verewigt hatte. Darum war ihm die Unterbrechung durch sein Töchterchen durchaus willkommen.

Was gab es noch im Atelier zu entdecken? Sie drehte sich nach rechts und links. Wunderliche Dinge sah sie und geduldig erklärte er, was sie wissen wollte. „Es gibt viele verschiedene Farben. Diese heißen Aquarellfarben und damit male ich" und zeigte auf ein duftiges Blumenmotiv an der Wand, „solche Bilder."

Das interessierte Lilla nicht und sie rutschte von seinem Bein. Ein von unzähligen Farben verfärbtes kleines Brett, auf dem ein paar frische, kleine Knubbel thronten und mit einem Loch an einer Seite hatte ihre Neugier geweckt. Fragend sie sah ihren Vater an.

„Was is' das?"

„Das ist eine Palette mit Ölfarben", erklärte er, nahm die Palette in die linke Hand und steckte den Daumen von unten durch das Loch. „Siehst du, so kann ich sie ganz fest in der Hand halten, die Farben mischen, mit dem Pinsel aufnehmen und an dem Bild weiter malen."

Sie nickte, als ob sie es verstünde, nahm eine schwarze Mal-Kohle vom Schränkchen an der Wand und wendete sich zu ihm: „Was is' das? – Bääh! Lilla is' s'mutzig" und warf mit sichtlichem Entsetzen die Zeichenkohle von sich, die sofort in Stücke zersprang. Mit aufgerissenen Augen starrte sie abwechselnd auf ihre schwarz gewordene Hand und die zersplitterten Kohlestücke und begann zu weinen.

„Och, Lillakind, das ist doch nicht so schlimm. Komm, wir waschen deine Hände", tröstete er, nahm sie bei der Hand und ging mit ihr zum Waschbecken.

Den Spaß an den Dingen im Malerhaus hatte sie verloren. Jetzt wollte sie wieder hinaus und mit Vati Blumen pflücken. „Komm!" Sie ergriff seine Hand und zog ihn hinaus in den Sonnenschein.

„Komm, *Lümchen plücken*, komm", und zeigte zum Wiesenhang am Bach. Die zum Wasser abfallende Wiese war von unzähligen Blumen übersät, die durch einen Lattenzaun vor den immer hungrigen Pferdemäulern geschützt wurden.

An diesen besonderen Ort erinnere ich mich gerne - manchmal jedoch voller Wehmut, denn diese wunderbaren Stunden von damals kommen nicht wieder.

Ungezählte Male saß ich dort mit Vati in der sonnenwarmen Wiese. Während Hummeln, Bienen und andere zarte

Flugkünstler von Blüte zu Blüte schwirrten, erklärte er mir, so gut er es vermochte, die Welt und beantwortete geduldig alle Fragen.

Sobald bei ihm der Punkt erreicht war, dass ich ihm *Löcher in den Bauch* fragte, nahm er mich wortlos in den Arm und begann zu summen. Beglückt schwieg ich sofort still, legte mein Ohr an seine Brust und lauschte fasziniert dem dunklen melodischen Brummen tief in seinem Brustkorb. Diese sanfte Melodie kenne ich noch immer ganz genau. Wurde es Vati zu viel und hörte auf zu brummen, bettelte ich so lange, bis er von Neuem begann.

Ich schicke einen Gruß zum Himmel: Ach Vati, deine Liebe und Verlässlichkeit hat mich durch mein Leben getragen hat.

ZARTE FLIEGER

Ich bummele im Stadtpark am *Langen Teich* entlang und sehe schon von weitem Tintilas Haare wie einen Strahlenkranz im Sonnenschein leuchten.

Beim Schuster hatte ich meine *guten Schuhe* abgeholt, die dringend neu besohlt werden mussten. Diese guten Schuhe liebe ich ganz besonders, denn sie sind himmlisch bequem. Leider kann ich mir kein weiteres Paar solch guter Schuhe leisten, sie sind einfach zu teuer und folglich trage ich heute die alten Treter mit Einlagen, damit mir nicht schon nach wenigen Schritten die Füße wehtun.

Tintila kauert am Ufer des Teiches und scheint die Welt um sich herum vergessen zu haben. Selbst als ich ihren Namen rufe, reagiert sie nicht. Was mag mit ihr sein? Ob sie Kummer hat? Ich nähere mich und sage leise ihren Namen, als ich nur noch wenige Schritte von ihr entfernt bin, um sie nicht zu erschrecken. Wie in einer Zeitlupen-Aufnahme dreht sie den Kopf zu mir, legt einen Finger auf die Lippen und weist mit einer angedeuteten Bewegung auf die andere Hand. Darauf hat sich eine wunderschöne Libelle niedergelassen und scheint das Mädchen mit den großen Facettenaugen zu mustern. Ganz still steht sie dort auf dünnen Beinen mit vier weit ausgebreiteten zarten, durchscheinenden Flügeln. Für mich sind diese bezaubernden Lebewesen ein Wunder der Natur. Welch unendliche Vielfalt an Pflanzen und Tieren hat der liebe Gott entstehen lassen und wie viele davon hat der Mensch in seiner Gier nach Geld und Reichtum schon unwiederbringlich vernichtet!

„Oh, wie schön", flüstere ich fast ehrfurchtsvoll.

„Ja, nicht wahr? Ich kann gar nicht aufhören sie anzuschauen. Sie ist wunderschön!"

„Für mich ist es immer wieder ein Wunder, diese zarten Geschöpfe selbst bei starkem Wind fliegen zu sehen."

Tintila nickt verhalten!

Ich will gerade sagen: Wie magst du uns mit deinen großen Augen sehen, du bist ein wunderschönes Wesen, da hebt sie ab, fliegt auf und nieder, rastet auf Gräsern, fliegt wieder auf, tupft kurz die Wasseroberfläche, macht auf einem Halm kurz Pause und beginnt ihren Tanz von vorn. Fasziniert beobachte ich ihre beschwingten Schwünge in beglückend scheinender Freiheit. Unvermittelt saust sie in elegantem Bogen hinüber zu den Gräsern am anderen Ufer.

Im gleichen Augenblick brummt eine dicke Hummel mit dumpfem *Bsssss* an meinem Kopf vorüber. Ich zucke ein wenig zusammen.

„Die tut dir nichts. Brauchst keine Angst zu haben. Die tut dir gewiss nichts", lacht Tintila, „nicht nach ihr schlagen!"

„Keine Sorge", beruhige ich sie, „das weiß ich sehr wohl. Sie tut mir nichts und ich tue der Hummel ganz sicher auch nichts."

„Na ja, da bin ich nicht sicher, wie Mama manchmal sagt. Sie würde jetzt verhältnismäßig viel Stress haben. Sie fürchtet sich ganz doll vor allem, was gelb-braun gestreift ist und fliegt."

„Oh, das ist schlimm. Ich fürchte mich nicht vor diesen gemütlichen, pummeligen Flugkünstlern. Ich mag sie viel zu sehr und weiß, dass sie friedfertig sind."

„Warum haben eigentlich so viele Leute Angst davor? Ich verstehe das nicht, Frau Blümeli."

„Dafür gibt vielerlei Gründe. Ich vermute, es liegt häufig daran, dass sie nicht wissen, woran sie Wespen und Bienen und Hummeln unterscheiden können. Leider haben Wespen die unangenehme Art, sich auf alles zu stürzen, was Nahrung für sie bedeutet und kommen dadurch den Menschen oft zu nah. Die Wespen werden verjagt und ruckzuck sind sie aggressiv und greifen an. Sie anpusten ist ebenso wenig eine gute Idee, wie wild um sich schlagen. Es gibt nur eines: Ruhe bewahren und notfalls bedächtig aufstehen und weggehen."

„Ja, und ich finde es prima, dass man Hummeln ganz leicht erkennen kann. Ihr sanftes Brummen rettet ihnen gewiss ganz oft das Leben, nicht wahr?"

Ich nicke und will weitergehen, da fragt das Kind: „Wohin wolltest du eigentlich?"

„Ich wollte zum Schuster, um meine Schuhe abzuholen."

„Au fein, bis zum Spielplatz komme ich mit. Vielleicht sind Franz und Gustav da."

Sie steht auf, schiebt ihre Hand in meine und so wandern wir plaudernd wie Freundinnen zum Spielplatz.

MUTPROBE

Schon von Weitem sehe ich die große Schar Kinder vor dem Grundstück stehen, auf dem ein neues Haus gebaut wird. Es ist bereits rot verklinkert und das Dach mit anthrazitfarbenen Dachpfannen gedeckt. Nur der Innenausbau und Fenster und Türen fehlen noch.

An der Baustelle scheint etwas los zu sein. Ich zähle absolut nicht zu den widerlichen Gaffern, die mit großer Dreistigkeit bei Unfällen ihre Neugierde stillen und Rettungsarbeiten behindern, doch aus einem unerfindlichen Grund eile ich - so schnell ich kann - dort hin. Außer einem großen Sandhaufen, einigen Zementsäcken und allerlei Geräten, die wohl noch gebraucht werden, kann ich nichts Ungewöhnliches entdecken und frage mich, was die Kinder angelockt haben mag.

Plötzlich höre ich Gustav hysterisch schreien: „Tu das nicht! Tu das bloß nicht! Das ist viel zu gefährlich. Komm runter, bitte!"

Und dann glaube ich, mein Herz hört vor Schreck auf zu schlagen. Es kann nicht wahr sein und ich werde gleich aus einem Albtraum aufwachen. Aber nein, das Kind steht lachend in einer Fensteröffnung in der ersten Etage und ruft übermütig: „Du hast ja bloß Angst. Ich trau mich aber von hier oben runter zu springen."

„Lass den Quatsch, das ist nicht lustig!"

„Stimmt! Das meine ich auch nicht lustig. Ich meine es ganz ernst. Ich will euch allen zeigen, dass ich kein Feigling bin und keine Jungen brauche, die mich beschützen. Ich bin stark und ich weiß, was ich kann. Also, auf drei."

„Nein!!!!!", schreit Gustav und wendet sich wütend zu den Kindern, die hämisch lachen.

Im gleichen Augenblick höre ich sie zählen:

„Eins – zwei – drei", Tintila reißt die Arme in die Höhe und springt von der Fensteröffnung weg, landet oben auf einem Sandhaufen und rutscht wie auf einer Rodelbahn gemächlich nach unten. Dort angekommen steht sie sofort auf und meint mit stolz geschwellter Brust: „Seht ihr, ich habe mich getraut und ich traue mich sogar aus dem Fenster da drüber zu springen", und macht Anstalten zum offenen Eingang zu laufen.

„Halt, stopp, bleib sofort stehen! Bitte!", rufe ich so laut ich kann; allerdings klingt es ein wenig krächzend, denn das, was ich gerade gesehen habe, hat mir die Stimme verschlagen.

„Warst du das, Frau Blümeli? Wo bist du?" Sie schaut suchend umher, und wie das Meer in der biblischen Geschichte von Moses, teilt sich die Kinderschar und schon steht sie ein wenig atemlos vor mir.

„Was ist denn?", fragt sie und sieht mich mit Stolz erhobenem Kopf an. Unwillkürlich muss ich an das Plakat eines spanischen Toreros mit einer *Muleta*, dem roten Tuch für den Stier, in der Hand denken.

„Was sollte das? Mir ist beinahe das Herz stehen geblieben. Ich kann nicht verstehen, wozu eine solche Mutprobe gut sein soll. Ich will nicht ansehen müssen, wie du dir die Beine brichst oder Schlimmeres passiert." Ich kann nicht weitersprechen, mir fehlt dazu der Atem.

„Das wollte ich nicht! Ich wollte nicht, dass du dich aufregst. Komm mit. Da vorne kannst du dich hinsetzen. - Macht mal Platz", fordert sie die Kinder auf, „damit Frau Blümeli dorthin kann".

Mir ist ein wenig schwindelig und ich setze mich auf ein paar leere Euro-Paletten, die jemand aufgestapelt hatte.

„Ich konnte ja nicht ahnen, dass du hierher kommst. Hätte ich es gewusst, hätte ich das nämlich nicht getan. Ich will dir doch keine Angst machen. Bitte, liebe Frau Blümeli, es tut mir leid!"

Wie sollte ich diesem liebenswerten Mädchen lange gram sein? Ich kann es nicht und ergreife ihre Hand.

„Merk dir bitte eines: selbst wenn die ganze Welt denkt, du wärst ein Feigling, ist das noch lange kein Grund, etwas derart Unvernünftiges zu tun, um das Gegenteil zu beweisen. Du bist und warst nie ein Feigling und wer dich kennt, weiß das auch. Was *andere Leute* von dir denken, sollte dir herzlich egal sein. Leider liegt es im Wesen vieler Menschen, über andere nicht gut zu denken und zu reden. Glaub mir, sie wollen damit nur von sich ablenken. Mut muss man lediglich in einer Notsituation beweisen. Doch auch dann sollte man für seine eigene Sicherheit so gut wie irgend möglich vorgesorgt haben."

„Ich hatte doch gut vorgesorgt", unterbricht sie mich leise, „ich wusste, wenn ich oben auf den großen Sandhaufen springe und runterrutsche, würde mir nichts passieren".

„Das mag ja sein, aber das beruhigt mich nicht. Ich bitte dich ganz inständig, solche Beweise für deinen Mut zu unterlassen."

„Ja, schon. Aber es hat mir da oben ganz doll viel Spaß gemacht. Weißt du, so hoch über allen anderen!"

Was sollte ich darauf antworten? Ich konnte sie ja so gut verstehen. Ich war schließlich auch ein recht wagemutiges Kind gewesen und konnte nachempfinden, was sie vorhin fühlte.

„Weißt du, ich habe gerade eine Idee. Der Kletterpark *Rauschenwald* könnte dir gut gefallen."

„Meinst du den, wo man angeschnallt und mit einem Helm auf dem Kopf zwischen Bäumen auf Seilen geht?", unterbricht sie mich begeistert.

„Ja, genau den Kletterpark meine ich."

„Das ist ja mal wieder eine tolle Idee von dir. Warte, das muss ich sofort Gustav und Franz erzählen."

„Halt, nicht so eilig! Du kannst ihnen gleich davon erzählen. Noch ist nichts entschieden. Du musst zuerst mit deinen Eltern reden und sie fragen, ob sie mit dir hingehen. Das Gleiche gilt für Franz und seinen Großvater und für Gustav und seine Eltern. Nicht wieder schnell, schnell und alles auf einmal. Hübsch eins nach dem anderen."

Sie zieht eine Schnute, aber nur einen kurzen Augenblick und meint wenig später: „Na gut. Du hast ja recht."

„Es geht nicht darum, ob ich recht habe oder nicht. Probiere den Kletterpark erst einmal aus. Sicherheit ist dort oberstes Gebot. Man kann nicht herumklettern, wie es einem gerade in den Sinn kommt. Da müssen klare Regeln eingehalten werden."

„Das habe ich verstanden und ich werde Mama und Papa fragen, wenn ich zu Hause bin. - Komm, wenn du magst, helfe ich dir beim Aufstehen und wir bringen dich nach

Hause. Es tut mir leid, dass ich dich aufgeregt habe. Bitte, verzeih mir!"

Als ich wieder auf den Füßen stehe, nehme ich sie in den Arm. „Ich bin heil froh, dass dir nichts Schlimmes passiert ist und bin dankbar, wenn dir klar geworden ist, dass solche Mutproben unsinnig sind. Du brauchst keine mehr abzulegen. Komm, gib mir deine Hand und ruf Gustav und Franz."

„Warte kurz, ich renne lieber schnell zu ihnen. Sie werden mich nicht hören, weil sie mit den anderen Kindern palavern", sie saust davon und kehrt kurze Zeit später mit ihren Freunden zurück.

Bevor wir die Baustelle verlassen, nähern sich einige Kinder mit hängenden Köpfen. Es scheint, sie haben ein schlechtes Gewissen. Möglicherweise ist ihnen bewusst geworden, dass sie Tintila angestachelt und zu diesem Unfug herausgefordert hatten.

„Ich gehe mal davon aus, ihr habt eingesehen, wie gefährlich solche Aktionen sind. Seinen Mut kann man auf unterschiedliche Art und Weise zeigen, dafür muss niemand Knochenbrüche oder Schlimmeres riskieren", kann ich mir nicht verkneifen zu sagen. Sie grinsen verlegen und ziehen recht kleinlaut davon.

SOPHIE

Mit Freude sehe ich die Freundschaft der Kinder wachsen und stärker werden. Ich wünsche ihnen, sie möge noch lange halten; vielleicht sogar fürs ganze Leben? Die Vertrautheit mit einem anderen Menschen ist kostbar und wie schnell kann das Band zerschnitten werden. Viel zu selten geschieht ein Wunder und fügt es wieder zusammen.

Vor etwa drei Jahren, an einem Nachmittag der seltenen Tage im späten Herbst, an denen die Sonne noch einmal mit wohltuender Wärme vom Himmel scheint, strebte ich dem Ausgangstor des Friedhofs zu, um wieder nach Hause zu fahren.

Eine Frau mit eigentümlich schwankendem Gang kam mir entgegen. Schlimm, dachte ich, was mochte sie - offenbar betrunken - hier wollen?

Wir wären aneinander vorbeigelaufen und hätten uns daher auch nicht wiedergefunden, wäre ich nicht, wie vom Blitz getroffen, nach ein paar Schritten stehen geblieben. Ich hatte mich umgedreht und erst leise „Sophie?", dann lauter werdend „Sophiiie? - Sophie, bist du das?" hinter der Frau hergerufen. Diese war zögernd stehen geblieben, hatte sich langsam umgedreht und unsicher gefragt: „Jaaa? Wieso? Wer? Kennen wir uns?"

„Ich bin es, Rosalinde. Erkennst du mich nicht, Sophie? Ich bin es, Lilla."

„Wie, Lilla ...? Was ...? Eh…, du…, wie…, was…?"

Die Frau blickte mit zusammengekniffenen Augen in meine Richtung. Was ist nur mit ihr, dass sie so verängstigt ist, dachte ich und wollte schon beruhigend etwas sagen, als sie mit etwas schriller Stimme rief: „Nein! Oh, Gott, Lilla? Die Lilla vom Lindenhof? Ist das tatsächlich wahr? Wo kommst du denn her? Was machst du hier? Wie hast du mich gefunden?" Sie fuchtelte in der Luft herum, als ob sie nach einem Halt suchte, und mir wurde angst und bange, sie würde stürzen.

„Stopp, Sophie! Beruhige dich."

Ich eilte auf sie zu, breitete die Arme aus, umfasste ihre Schultern und lehnte meine Stirn an ihren Kopf. In einem Moment schluchzte ich und lachte im nächsten Augenblick, ohne zu wissen warum. Mit ausgestreckten Armen hielt ich sie von mir, um sie sofort wieder an mich zu ziehen.

„Das gibt es gar nicht. Nein, Sophie, das gibt es nicht. Ich werde irre. Kneif mich mal ganz feste, bitte."

Doch diese stand stocksteif vor mir und blieb stumm, riss dann ihre Augen weit auf, krallte sich schmerzhaft in meine Oberarme und wimmerte: „Oh Gott, mir wird schlecht. Halt mich fest. Alles dreht sich. Mir wird übel. Ich muss mich hinsetzen?"

„Och, du, komm, ich halte dich", sagte ich und hakte mich bei ihr ein.

„Da vorne ist die Trauerkapelle. Vielleicht ist die Tür offen und wir können uns einen Augenblick hineinsetzen. Schaffst du es bis dahin? Hier ist nämlich nirgendwo eine Sitzgelegenheit."

Langsam gingen wir den kurzen Kiesweg zum Kirchlein, dessen Tür angelehnt war und setzten uns in dem dämmrigen Gotteshaus in die letzte Bank.

Die friedvolle Atmosphäre in der Kapelle wirkte beruhigend auf uns. Viele brennende Kerzen auf einem schmiedeeisernen Kerzenständer, der einem vielarmigen Baum nachempfunden war, gaben dem dämmrigen Raum eine weihevolle Stimmung.

„Lilla, bist du das wirklich?" Obwohl niemand außer uns da war, den wir hätten stören können, flüsterte Sophie.

„Weißt du, ich kann dich nicht richtig sehen, weil ich meine Brille nicht habe. Ohne meine Glasbausteine ist alles ganz verschwommen. Ich musste sie vorhin zur Reparatur geben, weil ein Bügel plötzlich kaputt ging."

Das war die Erklärung für ihren schwankenden Gang, der mich hatte glauben lassen, sie sei betrunken. Es erklärte auch, warum sie mich nicht gleich erkannt hatte.

Etwas atemlos, als ob wir von einem langen Lauf rasten müssten und noch immer fassungslos von der unverhofften Begegnung, lehnten wir uns in der Bank zurück.

„Ich fasse es nicht, dass du leibhaftig neben mir sitzt. Was um Himmels willen machst du hier? Welcher gute Geist hat dafür gesorgt, dass wir uns nach so endlosen Jahren wiederfinden? Lilla, ich kapier das nicht. Das ist zu viel für mein Herz. Wie lange ist es her?"

„Wenn mich nicht alles täuscht, haben sich unsere Wege vor über vierzig Jahren getrennt. Du wolltest nach Frankreich und von da an verlor sich deine Spur. Ich hatte ja keine Adresse und wusste daher nicht, wo in Frankreich ich nach dir hätte suchen sollen. Aber das ist jetzt alles nicht wichtig. Du bist wieder da! Ich kann es nicht fassen!"

Sophie schien mit ihren Gedanken weit weg zu sein. Darum stand ich auf und ergriff ihre Hände: „Los, Sophie, lass uns woanders hingehen, einen Kaffee trinken oder was weiß ich und in Ruhe miteinander erzählen. Unser Wiedersehen muss gefeiert werden".

Ein Ruck ging durch ihren Körper und sie erhob sich: „Du hast recht, das muss tatsächlich gefeiert werden. Allerdings dürfen wir auf gar keinen Fall vergessen, die Brille bis acht Uhr abzuholen. Du hast sicherlich schon gemerkt, dass ich ohne das Nasenfahrrad völlig aufgeschmissen bin. Eine Ersatzbrille habe ich ausgerechnet heute nicht bei mir. Wer rechnet schon damit, dass etwas einfach kaputt geht? Können wir sie vielleicht später zusammen abholen?"

„Natürlich! Aber nun sag mir mal, wie um Himmels willen, du kleiner Maulwurf ohne deine Brille hierher zum Friedhof gekommen bist? Und was machst du überhaupt hier?"

„Das gleiche könnte ich dich auch fragen. Aber das kannst du gleich erzählen. Also, den Weg hierher kenne ich bestens, da muss ich nicht mehr alles deutlich sehen. Am Markt fährt doch der 34er-Bus ab, der hier vorne am Haupteingang hält. Mit dem fahre ich immer, wenn ich zu Richards Grab will."

„Richard? Wer ist Richard?"

„Richard ist, nein, Richard war mein Mann. Er ist vor sechs Jahr gestorben."

„Das tut mir leid, Sophie. War er denn so krank?"

„Wie kommst du darauf, dass er krank war?"

„Nun ja, weil mein Mann so lange krank war und gestorben ist."

„Oh, Gott. Das ist ja schrecklich. Da hast du eine schlimme Zeit hinter dir?"

Ich nickte.

„Was war mit deinem Richard? War er auch krank?"

„Nein, Richard war nicht krank, er war nur schon so alt. Er war fast vierzehn Jahre älter als ich. Etwa ein halbes Jahr vor seinem Tod wurde er ohne erkennbaren Grund und trotz all meiner Fürsorge immer schwächer. Er verfiel regelrecht. Nach umfangreichen Untersuchungen im Krankenhaus hieß es lapidar: Das ist das Alter! Seine Lebensuhr läuft ab!

Ja, und irgendwann wollte er gar nichts mehr. Sein Herz wurde immer müder und... Lilla, er verblühte regelrecht und ich konnte nichts tun."

Hand in Hand schwiegen wir eine Weile.

Dann fragte ich: „Sag mal Sophie, habt ihr Kinder?"

„Nein, das hat nicht sein sollen. Und Richard wäre auch nicht glücklich gewesen, wenn ich schwanger geworden wäre. Er fühlte sich zu alt und hatte Sorge, ein Kind zu früh zur Halbwaise zu machen."

„Och, das ist schade, dass du niemanden mehr hast. Aber manchmal spielt das Schicksal seine Karten in einer Art und Weise, die wir nicht verstehen. Wer weiß das schon!"

Sophie nickte.

„Und du? Hast du Kinder?"

„Ja, zwei. Ein Mädchen und ein Junge. Allerdings sind sie schon lange aus dem Haus. Lukas lebt in Australien und Julia wohnt auf Island. Beides ist sehr weit weg, doch wir sind in lebhaftem Kontakt und ich kann ein wenig an ihrem Leben teilhaben."

„Du musst mir später von den beiden und überhaupt noch ganz viel von dir und deinem Leben erzählen." Erstaunlich energisch fügte sie an: „Darum machen wir hier erst einmal Schluss! Lass uns irgendwo hingehen und einen Kaffee trinken. Oder von mir aus auch einen Sekt. Unser Wiedersehen muss doch gefeiert werden. Mensch, ich glaube noch immer, dass ich träume. Kneif mich mal."

„Gerne! Aber fühlst du dich denn besser?"

„Ja, ich bin wieder ok. Vorhin ist mir allerdings fast das Herz stehen geblieben, als ich endlich begriff, wer da meinen Namen ruft. Sag mal, habe ich so laut geschrien? Oder warst du das?"

„Ich war's nicht. Das hast du ganz allein gekonnt!"

„Tut mir leid, wenn ich dich angebrüllt habe. Aber mein Verstand war in dem Moment wohl überfordert zu erfassen, was da passierte. Und als du mich in die Arme nahmst, konnte ich gar nichts mehr tun, nichts sagen und mich nicht bewegen. Jetzt allerdings arbeiten die grauen Zellen da oben wieder und mein *Maschinchen* hier drinnen", dabei tippte sie mit einem Finger auf ihre Brust, „das hat sich auch wieder beruhigt. Komm, lass uns gehen."

So war das damals. Mit dem Bus fuhren wir zurück in die Innenstadt, fanden in Grothens Café einen Tisch am Fenster und schwatzten bis die Dämmerung einsetzte. Wir erzählten aus unserem Leben und von vielen Ereignisse, über die wir später einmal ganz sicher ausführlicher reden wollten.

„Weißt du, ich habe das Gefühl, als läge zwischen uns nicht diese lange Trennung. Ich rede mit dir ganz selbstverständlich und vertraut. Unsere Freundschaft, so kurz und immer wieder unterbrochen sie auch war, war schon etwas Besonderes, und das, was ich jetzt empfinde, fühlte ich in den zurückliegenden Jahren bei keinem anderen Menschen, abgesehen von Richard. Bitte, lass nicht zu, dass wir uns wieder aus den Augen verlieren."

Wir hatten keine Ahnung! Gott sei Dank!

Damals hatte ich genickt und sanft über Sophies Hand gestrichen. „Es ergeht mir ähnlich. In den zurückliegenden Jahren habe ich so manches Mal an dich gedacht – hatte aber leider keine Chance, nach dir zu suchen."

Als die Bedienung bat, abrechnen zu dürfen, weil das Café schließt, wurde uns bewusst, wie spät es geworden war. Wir hatten die Zeit vergessen, zahlten, gaben der Kellnerin ein großzügiges Trinkgeld und standen wenig später vor der Tür.

„Ach,", meinte Sophie, zog den linken Mantelärmel ein Stück hoch und sah angestrengt auf ihre Uhr. „Ich sehe doch nichts. Sag mir bitte, wie viel Uhr haben wir? Ich muss doch noch die Brille abholen."

„Meine Uhr zeigt zehn vor sieben und das Brillenhaus hat noch eine Stunde offen – es liegt ja, wenn ich mich recht entsinne, da vorne in der Breitestraße".

„Hast du Zeit, mich dorthin zu begleiten, oder ist es für dich zu spät geworden? Es wäre prima, wenn du mitkämst - bei der Dunkelheit sehe ich nämlich so viel schlechter und das verunsichert mich sehr."

„Natürlich komme ich mit. Auf mich wartet nichts und niemand. Außerdem bin ich neugierig und möchte dich mit Brille sehen."

Kichernd wie Schulmädchen waren wir eingehakt an den beleuchteten Schaufenstern entlanggewandert, nachdem Sophie ihre Brille, die ihr übrigens prächtig stand, wieder auf der Nase hatte. Sie hatte mich sofort genau gemustert und offensichtlich gefiel ihr das, was sie sah, denn sie sagte: „Lilla, du bist ja noch immer eine attraktive Frau. Gratuliere! Du hast dich großartig gehalten."

Voller Übermut unterbrachen wir immer wieder unseren Schaufensterbummel, um in den Geschäften das eine oder andere Teil, das uns gefiel, zu probieren.

Wann hatte ich zuletzt so unbeschwert die Stadt durchstreift? Zur Feier des Tages kaufte ich mir sogar eine herrlich flauschige Strickjacke - der für mich eigentlich viel zu hohe Preis hielt mich nicht vom Kauf ab. Sie ist mir bis heute eine kostbare Erinnerung an diesen außergewöhnlichen Tag.

Im teuersten Schuhgeschäft probierten wir auch noch ein paar schwindelerregend hohe Pumps und fühlten uns dabei herrlich überdreht und albern. „So etwas würde ich mir nie kaufen, denn ich liebe meine Füße zu sehr und bin zu wenig eitel, als dass ich sie mit solch spitzen, engen Stelzen quälen würde. Da kriegt man ja Höhenangst und Tüten-Füße. Wie können die Mädels mit diesen Folter-Dingern bloß laufen?

Ich kann es auf jeden Fall nicht.", meinte Sophie, nachdem sie die Schuhe wieder ins Regal gestellt hatte. Ich stimmte mit leisem Kichern zu und fühlte mich wie zur Schulzeit, als Sophie und ich beim Warten auf den Bus ab und zu in einer kleinen Eisdiele ein Eis an der Bar schleckten und im Hintergrund Freddy Quinn von Fernweh und Sehnsucht sang.

Er war nach dem langen Krieg und den entbehrungsreichen Jahren danach für viele Menschen *die Stimme,* die die Sehnsucht nach Ferne und großen Gefühlen in die oft tristen Wohnungen trug. Auch wir Teenager wollten raus aus der Enge zu Hause, raus aus den verstaubten Ansichten und einengenden Regeln und Vorschriften. Wir sehnten uns nach Freiheit und einem ganz anderen Leben, das unserer Meinung nur weit weg zu finden war. Welch eine Illusion!

Sophie und ich waren durch unser unverhofftes Wiedersehen völlig aufgedreht, schauten in die Auslagen einiger Modegeschäfte, erfreuten uns an den bezaubernden Pflanzen im Blumenladen, bestaunten beim Juwelier die Schmuckstücke und Uhren im Fenster und genossen diese ganz besondere Stimmung in der Stadt, wenn der Feierabend für die Geschäftsleute nahe ist und sich die Straßen langsam leeren.

Wie selbstverständlich gingen wir gemeinsam in Richtung der Bushaltestelle am Markt. Nach all dem Erzählen und Lachen der vergangenen Stunden war es zwischen uns still geworden.

Ich fühlte mich plötzlich ausgelaugt und wollte nach Hause in mein kleines beschauliches Bökenhagen. Alles war mir auf einmal zu viel. Zu viele Emotionen, zu viel Reden, zu viele Informationen und Erinnerungen. Doch ich besann mich und wandte mich zu Sophie neben mir.

„Sag mal, wo wohnst du eigentlich. Wir haben über alles Mögliche geschwatzt, aber ich habe keine Ahnung, wo du zu Hause bist."

„Dort drüben, in Barken." Sophie zeigte mit dem ausgestreckten Arm hinter sich. „Etwa 16 km von hier. Mit dem 75er-Bus komme ich ohne umzusteigen heim."

„Mein Gott, Sophie, da haben wir recht nah beieinander gelebt und hatten davon keine Ahnung. Ich fasse es nicht! Wann seid ihr denn nach Barken gezogen?"

„Ich kapiere es auch nicht. Richard und ich lernten uns in Frankreich kennen und heirateten. Vor elf Jahren zogen wir in das schöne Haus in Barken und hatten noch eine wunderbare gemeinsame Zeit - das Haus voller Trubel und jetzt ..."

Sophie standen Tränen in den Augen. „Ich bin so entsetzlich alleine dort und habe oft schreckliche Angst. Wovor ich mich fürchte, weiß ich nicht. Aber oft schrecke ich aus dem Schlaf hoch und bin davon überzeugt, Geräusche im Haus zu hören. Stundenlang liege ich dann wach, habe Herzklopfen und werde immer kleiner."

Ich nahm sie in die Arme. „Ach, du. Angstattacken kenne ich von früher auch. Aber darüber können wir später mal reden. Lass uns diesen schönen Tag nicht mit solchen Erinnerungen belasten. Heute möchte ich das herrliche Glücksgefühl unseres Wiedersehens mit in den Schlaf nehmen."

Dann sah ich den Bus nahen! Ich machte Sophie darauf aufmerksam und bat mit Nachdruck: „Du hast meine Telefonnummer und du rufst mich ganz sicher und unter allen Umständen an, ja? Bitte! Ich verlasse mich darauf. Es ist aber auch zu dumm, dass du deine eigene Telefonnummer nicht auswendig weißt und sie nirgendwo aufgeschrieben hast. Bitte, Sophie, bitte, wir sehen uns ganz bald wieder! Ja?"

„Ja, du aufgescheuchtes Huhn, ich rufe dich an und wir sehen uns ganz bald wieder. Wir haben ja noch sooo viel zu erzählen."

Die Türen des Busses, der direkt neben uns zum Stehen gekommen war, hatten sich mit einem Seufzer geöffnet. Sophie war eingestiegen und mit einem weiteren Seufzer schlossen sich die Türen hinter ihr, als ob sie sagen wollten: Ja, ja, trampelt alle herein, es geht gleich weiter - ja, ja!

Danach setzte sich der Bus in Bewegung.

Sophie war im Wagen nach hinten durchgegangen und stand winkend am Heckfenster.

Die roten Rücklichter wurden kleiner und kleiner, und ich stand noch immer am Gehsteigrand und winkte gedankenverloren.

Ich fühlte mich entsetzlich leer und zurückgelassen.

„Pöööt!" Ich schreckte auf und trat schnell einen Schritt zurück, um nicht von einem anrollenden Bus angefahren zu werden.

Ja, so war das damals gewesen, und ich hatte nicht geahnt, dass ich Sophie nie wiedersehen würde. Sie starb nur wenige Tage nach unserem unverhofften Wiedersehen - *Plötzlicher Herztod.*

So viele Weggefährten haben diese Welt bereits verlassen und jeder weitere Verlust vergrößert die Lücke in meinem Leben. Doch das wird meine Neugier auf das Morgen nicht zerstören.

BAUWAGEN

Drei Kinderkörper hängen über dem Gatter, das den Zugang zum Bio-Bauernhof absperrt. Mamsi hatte mich eingeladen, mit ihr im Auto und Tintila, Gustav, Franz und Großvater hierher zu fahren. Boulder musste leider zu Hause bleiben, es wäre schwierig geworden, ihn auf dem Bauernhof mit den vielen Tieren und aufregenden Gerüchen ruhig zu halten.

Ich war noch nie auf einem Bio-Bauernhof und bin entsprechend neugierig, was es dort zu sehen gibt und wie dort gearbeitet wird. Schon lange habe ich den Verzehr von Fleisch und Fisch reduziert. Und das nicht nur, weil die Produkte aus *artgerechter Tierhaltung* teurer sind als Massenware. Das Wohlergehen der Tiere liegt mir am Herzen und habe meinen Speiseplan grundlegend geändert.

Frau Wahrlich will sich über Eier, Milch und andere Waren aus der Produktion des Hofes informieren und hat versprochen, mir später davon zu berichten. Während sie im Laden verschwindet, laufen die Kinder los, um die Tiere auf dem Hof zu beschauen. Großvater und ich folgen langsam. Herr Bongehoff, der Bauer, kommt uns mit gemächlichen Schritten entgegen. Auf seinem Kopf thront ein zerknautschter brauner Cord-Hut und der Zipfel eines karierten Hemdes hängt seitlich aus seiner fleckigen Latzhose, die unten in klobigen schwarzen Gummistiefeln steckt.

„Na, da seid ihr ja. Schön! Dann kommt mal rein", meint er mit einer Stimme, die prima zu einem großen braunen Bären passen würde. Dazu lacht er laut, während sich seine runden roten Backen in Falten legen und die Augen unter buschigen Augenbrauen darüber gutmütig strahlen. Das schwere Eisengatter schiebt er ein Stück zur Seite, als ob es federleicht wäre, lässt uns eintreten und schließt es wieder mit leichter Hand.

Im Gegensatz zum elterlichen Hof mit ausschließlich Getreidewirtschaft und Vatis Pferden, sehe ich hier draußen Kühe, Schweine, Schafe, Gänse und Hühner auf großen Weideflächen frei herumlaufen. Herr Bongehoff erklärt uns, dass er sich ganz bewusst für die artgerechte Tierhaltung entschieden hat, weil ihm das Tierwohl eine Herzenssache sei. Außerdem seien die Böden ideal für Weideland. Ackerbau lohne sich in der Gegend nicht so sehr.

Die Kinder sind inzwischen zur Einzäunung einer großen Wiese gelaufen. Unzählige Hühner scharren im Boden, einige picken etwas aus einem Behälter und ein Teil kauert mit sichtlichem Wohlbehagen und geschlossenen Augen in der Sonne. Andere haben richtige Kuhlen ins Erdreich gescharrt und *baden* darin genüsslich wie in einer Badewanne.

„Da laufen ja kleine Kamele zwischen den Hühnern herum?", ruft Tintila und bestaunt zwei braune und ein weißes Tier. Der Bauer lacht: „Ich habe schon darauf gewartet, dass ihr danach fragt. Das sind Alpakas und sie passen auf die Hühner auf."

„Oh nee. Das glaub ich ja nicht", zieht Gustav zweifelnd die Stirn kraus.

„Doch, min Jung, das kannst du mir glauben. Es ist so! Sobald wir morgens die Klappen vom Hühnerhaus öffnen und die Hühner herauskommen, bringen wir auch Bibo, Timmi und Anda auf die Wiese. Immer wieder wurden zuvor Hühner von Füchsen, Raubvögeln oder streunenden Katzen gerissen. Wir brauchten dringend tatkräftige Aufpasser. Statt für Ziegen, die auch als Wächter gute Arbeit leisten, entschieden wir uns für die Alpakas."

„Die sind ja süß", säuselt Tintila und hat Sternchen in den Augen, „kann ich die mal streicheln?"

„Ja, aber du musst warten, bis sie an die Umzäunung kommen. Mach dann aber keine hektischen Bewegungen, denn wenn sie sich erschrecken und spucken sie womöglich; und das Zeug stinkt gewaltig."

„Wirklich?", zweifelt Tintila.

Als hätten die Tiere ihren Wunsch gehört, kommen sie näher.

„Ja, tatsächlich", sagt Herr Bongehoff, „sie spucken, wenn sie sich bedroht fühlen. Auch wenn sie noch so süß und flauschig aussehen, sie verteidigen *IHR Revier* und *IHRE Hühner-Herde* mit allem, was sie haben. Gleichgültig, welcher Räuber näherkommt, sie schreien laut, um zu warnen und im schlimmsten Fall greifen sie sogar an und treten und beißen."

„Das ist ja toll", meinte Gustav, „da braucht man wirklich keinen Hund."

„Ja, wir sind sehr glücklich, dass wir sie bei uns auf dem Hof haben" lacht Herr Bongehoff, „aber sie verteidigen nicht nur die Hühner, sondern sie gehen auch dazwischen, wenn die sich mal streiten und beruhigen die Streithähne."

„Echt?", staunt sie, „ist ja toll."

Jetzt wecken zwei große, blau gestrichene Bauwagen auf der riesigen Auslauffläche die Aufmerksamkeit der Kinder. Richtig schick sind sie mit den rot-weißen Streifen an den Ecken und weißen Tür- und Fensterrahmen.

Gustav schiebt seine Brille auf der Nase hoch und schaut Herrn Bongehoff an: „Was machen denn die Bauwagen im Hühnerhof? Das habe ich ja noch nie gesehen."

„Ja, da staunst du, nicht wahr? Wir benutzen die Bauwagen als Hühnerhaus. Das ist sehr praktisch. Auf den vier Rädern sind sie beweglich und können problemlos auf eine andere

Auslauffläche gezogen werden. Das machen wir etwa alle drei bis vier Wochen. Dadurch haben die Hühner immer frisches Gras und der benutzte Bereich kann sich erholen. Diese Hühnerhäuser sind geräumig, sodass die Tiere darin herumlaufen und im Stroh scharren können und haben auch jederzeit Zugang zu Futter und sauberem Wasser. Will eines Ruhe haben oder schlafen, fliegt es oben auf die Stangen. Abends gehen die Hühner von ganz allein hinein und die Einstiegsklappen bleiben danach bis zum nächsten Morgen geschlossen. So sind die Tiere sicher aufgehoben."

Tintila lacht: „Das sind ja richtige Wohnwagen für die Hühner. Mit denen könnten sie sogar nach Italien oder sonst wohin reisen!"

„Stimmt, junge Dame. So habe ich das noch nie gesehen", lacht der Bauer dröhnend und sein Bauch tanzt in der Latzhose lustig auf und nieder.

„Wie viele Hühner wohnen da drin?" Franz zeigt auf die Bauwagen.

„In jedem haben etwa vierzig Hühner bequem Platz; das ist uns wichtig, denn die Tiere sollen sich wohlfühlen. Insgesamt halten wir zurzeit ca. achtzig Stück."

„So viele?", staunt Tintila.

„Das sind eigentlich nicht viele. Wir wollen aber auch nicht mehr Tiere halten. Die Menge an Eiern, die sie legen reicht für unser Geschäft."

„Wie viele Eier legen denn eure Hühner?", fragt sie weiter.

„Nun, kleines Fräulein, jedes Huhn legt in einer Woche zwischen drei und sechs Eier."

„Das sind…", unterbricht Großvater Herrn Bongehoff, „zweihundertvierzig …, Moment, das wären ja bis zu vierhundertachtzig Eier pro Woche!"

„Ja, aber so ganz stimmt das nicht. Eine solche Menge ist nur rein rechnerisch möglich, denn immer wieder haben die Hühner von Natur aus Pause und legen keine Eier".

„Machen sie dann Ferien und liegen in der Sonne?", amüsiert sich Gustav.

„Na klar, die Hühner machen Ferien, wenn sie nix tun?" albert Tintila und zwickt den Freund in die Seite.

„Du bist ja ‚ne lustige Deern", lacht Herr Bongehoff wieder dröhnend und sein Bauch hüpft im Takt dazu. "Ferien kann man das nicht nennen. Meistens verlieren die Hühner ihre alten Federn, wenn der Sommer fast vorbei ist. Diese Zeit nennt man Mauser. Man merkt es daran, dass sie weniger Eier legen, bis sie ganz damit aufhören."

„Und wann kriegen sie neue Federn? Ohne ist es doch viel zu kalt und sie würden frieren, oder?", will Franz wissen.

„Normalerweise ist die Mauser nach etwa zwei Monaten vorbei. Aber das ist nicht bei jedem Huhn so. Es kann durchaus schon mal ein Vierteljahr dauern, bis es wieder zu legen beginnt. Und während Hühner mausern, lassen sie, so würdest du junge Dame vielleicht sagen, einfach mal die Beine baumeln und sammeln Kraft für ihr neues Federkleid."

Tintila ist sprachlos, oh Wunder!

Franz dagegen hebt wie in der Schule die Hand und fragt Herrn Bongehoff, als der ihn anschaut: „Und warum habt ihr zwei Bauwagen in dem Gehege?"

„Das ist fix erklärt. Wir hatten anfangs nicht so viele Tiere und die kamen in einem Bauwagen prima zurecht. Mit der Zeit wurden es mehr Hühner und da besorgten wir uns einen zweiten Bauwagen und statteten auch ihn mit Sitzstangen und Nestern und so weiter aus. Es erforderte viel Arbeit, aber es hat sich gelohnt und wir sind froh, dass sich unsere fleißigen Hennen dort wohlfühlen."

„Finde ich auch", nickt Tintila jetzt ernsthaft, „die sehen sehr gemütlich aus. Da drin würde ich auch gerne wohnen, wenn ich ein Huhn wäre."

Die beiden Jungen brechen in schallendes Gelächter aus und Bibo, Timmi und Anda springen erschreckt zur Seite.

„T'schuldigung" juchzt Gustav in Richtung der Alpakas und an seine Freundin gewandt, „Das würde ich gerne sehen, wenn du abends auf eine Hühnerstange kletterst, um zu schlafen", und wischt sich Lachtränen vom Gesicht; Franz neben ihm japst ebenfalls vor Lachen nach Luft.

Zunächst schaut Tintila ihre Freunde grimmig an, doch dann platzt auch sie heraus: „Ihr seid richtig blöd! Aber lustig würde es garantiert aussehen, wenn ich auf eine Sitzstange klettere und zwischen den Hühnern hocke", und für lange Zeit ist nur noch das Gelächter der Kinder zu hören.

„Ach, da seid ihr ja!", höre ich auf einmal Mamsis Stimme vom Gatter. „Ihr hattet in der Zwischenzeit wohl viel Spaß?"

Wir nicken begeistert. Ja, den hatten wir tatsächlich und gelernt haben wir auch etwas.

„Das ist schön", freut sie sich. „Ich habe im Hofladen eine Menge erfahren".

Hier gibt es täglich frische Back-, Fleisch- und Wurstwaren, aber auch Milch, Käse, Joghurt und Butter und Obst, Most und Apfelsaft - alles vor Ort hergestellt. Etwa einmal im Monat wird auf dem Hof sogar geschlachtet und alle Tiere leben artgerecht auf großen Freiflächen und in offenen Ställen. Das gilt übrigens auch für die Milchkühe, deren Milch vor Ort aufbereitet und neben Frischmilch auch zu Butter, Joghurt und Käse verarbeitet wird."

Der Abschied von Herrn Bongehoff ist ausgesprochen herzlich und wir bedanken uns bei ihm. Er lacht dröhnend und meint, er würde sich freuen, wenn *die jungen Leute*, und zeigt dabei auf die Kinder, bald einmal wiederkämen.

Mir schwirrt von all den Informationen der Kopf und ich bin froh, auf der Rückfahrt direkt vor meiner Haustür aussteigen zu können.

Trotzdem freue ich mich schon jetzt darauf, demnächst wieder einmal zum Biohof mitfahren zu können, um noch mehr über das Leben und Arbeiten auf dem Bio-Bauernhof zu erfahren.

KREBSESSEN

Ich habe keine Ahnung, warum ich heute Morgen an dieses spezielle Krebsessen in Schweden denken muss. Ich trinke gerade den letzten Schluck Kaffee, als ich die fröhliche Runde vor Augen habe.

Ein langer Sommerurlaub neigte sich damals gnadenlos dem Ende zu, als Kenneth und Lisbeth zum traditionellen Krebsessen auf ihren Hof einluden.

Ende August und Anfang September finden die traditionellen Krebsfeste statt, mit denen sich die Schweden vom Sommer verabschieden. Die Geschäfte sind voll mit Servietten, Lätzchen, Tischdecken, Papierhütchen, Lampions und Lichterketten dekoriert – alles mit Krebsmotiven. Nicht wohlmeinende Menschen würden sagen: Das ist ein bisschen zu viel des Guten, aber diese Accessoires gehören einfach dazu – Krebsessen war und ist ein Riesenspaß in diesem Land!

Kenneth war am Vorabend gekommen und hatte gefragt, wer in aller Herrgottsfrühe mit auf den See wolle, um beim Einholen der Krebs-Reusen zu helfen. Ich wollte mit und Lukas war sofort munter, als ich ihn früh morgens weckte. In Windeseile zogen wir uns an. Jonas und Julia, noch schläfrig, bekundeten ihr Desinteresse an dieser Aktion - ihrer Meinung nach zu unchristlicher Uhrzeit - und so liefen nur Lukas und ich mit Kenneth und Christer hinunter zum See. Wir fanden im Boot einen Sitzplatz direkt neben einer großen, festgezurrten Plastiktonne. Ein kräftiger Zug von Kenneth an der Starterleine des Motors und schon tuckerte der Außenborder eifrig los und wir nahmen Fahrt auf.

Die Luft war noch kühl und ich daher froh, den alten Pullover unter die Öljacke gezogen zu haben. Bei dem Fahrtwind wäre es mir schnell zu kalt geworden. Lukas, der absolut nicht wie ein Baby etwas Wärmendes hatte überziehen wollen, kroch frierend unter meine Jacke. Ich schlang die Arme um ihn, damit er etwas von meiner Körperwärme abbekam.

Ach, diese Männer… immer glauben sie hart im Nehmen und tapfer sein zu müssen… welch anstrengendes Leben. So ein Unsinn, dachte ich.

„Da", rief Lukas auf einmal aufgeregt und machte sich hastig frei, „da vorne sehe ich schon die Bojen."

Weit voraus tanzten weiße Kugeln auf dem Wasser.

„An jeder Boje hängen mehrere Reusen an langen Schnüren", erklärte Kenneth, „und damit ziehen wir sie gleich an Bord." Er drosselte zum richtigen Zeitpunkt den Außenborder, schaltete ihn etwas später in den Leerlauf und das Boot kam in einem eleganten Bogen genau an der ersten Boje zum Stillstand.

„Setzt euch bitte auf die gegenüberliegende Seite, damit das Boot nicht so krängt, wenn Christer und ich die Reusen hinaufziehen", sagte er und beugte sich mit seinem Sohn über den Bootsrand. Kurz darauf zogen sie einige Körbe herauf, leerten sie in die Tonne und stapelten sie im Bug. Nur wenige Krebse hatten sich von den Fischködern in die ersten Reusen locken lassen. Die Ausbeute aus den anderen war dann mal größer, mal kleiner. Krebse, die kürzer als neun Zentimeter waren, wurden sofort zurück ins Wasser geworfen. „Die müssen erst noch groß und stark werden – *Kinder* essen wir nämlich nicht", meinte Kenneth und kniff Lukas ein Auge.

Dessen Gesicht zeigte eine Mischung aus Faszination und Ekel beim Betrachten der sich windenden und teilweise aggressiv aufbäumenden Tiere. Er wusste von Christer, dass sie ihr Leben in kochendem Wasser beenden würden, und empfand auch Mitleid. „Das geht ganz schnell - blitzschnell", hatte sein Freund tröstend gesagt. Außerdem seien es recht fiese Kreaturen, die nicht davor zurückschreckten, ihre eigenen Artgenossen zu fressen und sich bei Zweikämpfen gegenseitig die Scheren abzukneifen. Ein rechter Trost war das für Lukas allerdings nicht.

Nach erfolgreicher Ernte schipperten wir mit der lebendigen Fracht zum Anleger am Hof. Hier wurde der Fang in große Drahtkörbe verteilt, wobei dem einen oder anderen Krebs die Flucht gelang. Flink krabbelten sie über den Steg und plumpsten ins Wasser - in die Freiheit. Die anderen hatten weniger Glück. Sie versuchten zwar an den Seiten der Körbe hochzuklettern, fielen jedoch kurz vor dem rettenden Rand wieder zurück.

„Ich kann Krebse hypnotisieren", meinte Kenneth, als er die Körbe draußen beim Haus auf einen großen Tisch gestellt hatte. Christer nickte begeistert, während Lukas und ich zweifelnd die Stirn zusammenzogen.

„Seht mal", sagte er und nahm einen Krebs aus einem Korb, stellte ihn auf den Kopf und die vorderen beiden Scheren und begann mit einem Finger sacht über den Rücken des Tieres zu streichen - vom Kopf hinauf zum Schwanz, immer wieder. Nach einer Weile hörte er auf, ließ den Krebs los und der blieb tatsächlich stocksteif auf dem Tisch kopfüber stehen.

„Wow, ist das irre", entfuhr es Lukas, „wie geht das? Kann ich das auch?"

„Ja klar", meinte Christer, „ich kann es und folglich kannst du das auch". Von da an waren die beiden Burschen damit beschäftigt, Krebse zu hypnotisieren.

Ich gab Kenneth einen Klaps auf den Rücken und meinte zu Lisbeth, die gerade aus der Tür trat: „Dein Mann ist ein wahres Kind – so einen Unfug muss er auch unbedingt meinem Sohnemann zeigen. Der wird jetzt üben, bis die Krebse in den Kochtopf kommen."

„Keine Sorge, Rosa, das dauert nicht mehr lange, denn das Wasser mit Salz, Zucker, Bier und ganz viel Dill steht schon auf dem Herd und beginnt gleich zu kochen. Dann müssen die Krabbeltiere portionsweise hinein und jeweils kochen, bis sie im wahrsten Sinne des Wortes krebsrot sind."

Dabei wollte ich nicht zusehen, denn mein Mitleid mit den Tieren war beim Einsammeln der flüchtenden Krebse immer größer geworden ist.

„Ich gehe erst einmal zu Jonas und Julia und sehe nach, ob die zwei schon aufgestanden sind. Nach dem gemeinsamen Frühstück will ich mit Akka raus. Für morgen ist schlechtes Wetter angesagt und ich glaube kaum, dass ich vor unserer Abreise nächste Woche noch einmal zum Segeln komme.

Außerdem muss ich ausgiebig frische Luft atmen, weil ich sonst die Fress-Orgie" - in Gedanken fügte ich an: Eigentlich ist es auch eine gewaltige Sauf-Orgie - „heute Abend nicht überstehe", wedelte kurz mit der Hand und ging.

Am späten Nachmittag fanden Jonas und ich uns auf dem Hof ein. Julia und Lukas hatten wir nach dem Frühstück nicht mehr zu Gesicht bekommen. Sie würden sich zeitig einfinden, da war ich ganz sicher. Olof mit seiner Frau Jätte, einer Dänin, die mit dem typisch dänischen Klang Schwedisch und ein ganz klein *bischschen* Deutsch sprach, und drei weitere Paare waren bereits eingetroffen.

Draußen stand ein langer, geschmückter und fertig gedeckter Tisch. Darüber hingen an gespannten Leinen, Lampions und Girlanden. Auf dem Tisch lagen an jedem Platz ein bunter, spitzer Party-Hut und eine Schürze - ein besonders wichtiges Accessoire, damit die Kleidung bei dem Gelage nicht zu sehr bekleckert wurde.

Eine Menge gegarter Krebse, garniert mit Zitronenstückchen und Dillblüten, türmten sich in einer riesigen Schüssel.

Wer soll die denn alle essen?, dachte ich, als ich die Pracht sah. Mein Blick wanderte über wahre Berge von Servietten, die Armada von Bier- und Schnapsgläsern und den Vorrat an Bier und Wein, Schnaps und Mineralwasser. Wer soll das alles trinken?

Sobald wir um den Tisch saßen, die Hütchen auf dem Kopf und die Schürzen umgebunden hatten, eröffnete Kenneth die Schlacht, indem er jedem etwas zu trinken einschenkte, anschließend den ersten Krebs aus der Schüssel nahm und ihn aufbrach.

Um an das Fleisch der Tiere zu kommen, mussten ihre Panzer mit den feinen Dornen, die ganz fies in die Finger piken können, geknackt werden. Das erforderte viel Geschick im

Umgang mit dem dafür vorgesehenen spitzen Messer. Bis das Fleisch heraus gepuhlt war, was übrigens so manchmal im wahrsten Sinne des Wortes ins Auge ging, würde der eine oder andere Ungeübte am Tisch fast verhungert sein, wenn es nicht auch noch leckere Aufläufe, Brot, Brötchen, Butter und Käse und weitere Köstlichkeiten gegeben hätte.

Traditionell wird nach jedem Krebs ein Schnaps getrunken und - das war vor allem Kenneth und Lisbeth ganz wichtig - ein Lied gesungen. Soweit Jonas und ich die Texte verstanden, waren sie sehr fröhlich, manche davon aber auch recht derb und deftig. Wir hielten uns wacker in der fröhlichen Runde.

Die Kinder hatten sich zwischendurch schnell an Brötchen mit Käse und an Lisbeths Auflauf sattgegessen. Von uns unbemerkt verschwanden sie wieder und waren sicherlich irgendwo auf dem Gelände wieder in ihr Spiel vertieft.

Bei jedem Gläschen *Absolut Wodka* und *Skåne Aquavit* mussten wir Erwachsenen uns tief in die Augen schauen, *Skol* sagen, das Glas in einem Zug leeren und anschließend laut und kräftig singen. Von Glas zu Glas waren die Texte des *Hoppfallerallalei-Gesangs* im Laufe des Abends immer weniger gut zu verstehen und zunehmend von mehr oder weniger haltlosem Kichern und albernem Gelächter unterbrochen.

Jonas und ich kapitulierten vor der Kondition unserer Freunde, die in allem so viel geübter und vor allem erheblich trinkfester waren. Kenneth winkte ab, als ich das mit echter Anerkennung sagte, und meinte: „Wisst ihr, das ist doch kein Wunder. Unsere Sommer sind kurz. Ganz langsam kommen sie im Mai in Gang und explodieren ab Juni förmlich. In der kurzen Zeit, bis die Nächte im September wieder kälter und länger werden, muss die Natur viel leisten, und wir Menschen müssen jedes Fest, das sich bietet, nach Kräften feiern. Und das tun wir *ollen Schweden* seit Jahrhunderten auf die eine oder andere Art."

Die anwesenden Männer kamen regelrecht ins Schwärmen, als sie von den traditionellen Feiern eines Jahres erzählten. Vor allem die Zeit um Mittsommer wurde ausführlich beschrieben. Mittsommer sei hellgrün, die Nächte am längsten und hellsten und ganz hoch oben im Norden gehe die Sonne gar nicht mehr unter.

„Wir Schweden", dozierte Olof, „haben ja den Hang, alles zu organisieren und brauchen eine feste Ordnung. Und so ist der Tag vor Mittsommer immer ein Freitag. Dann werden Blumen gepflückt und zu Kränzen für den Maibaum gebunden, der gemeinsam an einem zentralen Platz im Ort aufgerichtet wird. Am Mittsommertag wird dann um ihn herum getanzt und gespielt, was sowohl den Kindern als auch den meisten Erwachsenen - zumindest uns hier - viel Freude macht."

Dass dabei gut gegessen und getrunken wird - er kniff ein Auge zu und grinste - sei selbstverständlich. Das typische Mittsommeressen bestehe vorrangig aus Matjes, eingelegten Rote Bete, gehackten roten Zwiebeln, Dickmilch mit Rahm und gekochten Dillkartoffeln. Dazu käme Gegrilltes, Rippchen, Lachs und zum Nachtisch jede Menge Erdbeeren mit reichlich Sahne auf den Tisch.

Zu Trinken gäbe es kaltes Bier, Branntwein und kräftigen Schnaps, bei dem nach jedem Auffüllen der Gläser natürlich ein Lied gesungen wird - wie beim Krebsessen. Für den, der mochte, sei auch Wein vorhanden.

„Ihr wisst ja inzwischen, wie sehr wir ollen Schweden die Schnapslieder lieben, je frecher, umso besser", meinte Lisbeth schmunzelnd: „Mittsommer ist irgendwie besonders nostalgisch. Wie solche Feste auszusehen haben und wie sie ablaufen sollen, scheint bei unserem Volk schon im genetischen Programm der Erbmasse hinterlegt zu sein. Jedes Kind weiß das alles schon von Geburt an."

„Ja, aber ich weiß es *insswisssen* auch *ssshon*", meinte Jätte. „Die *sssönste* Art Mittsommer *ssu* feiern, *iss sso* wie hier am Wasser."

„Ja" schwärmte Lisbeth mit verträumtem Blick. „Es ist himmlisch sich auf der von Birken umstandenen Tanzfläche am See, auf den sich langsam der Nebel herabsenkt, im Arm eines geliebten Menschen zur Musik zu bewegen. Und wenn es dämmrig wird, ist es herrlich romantisch, die Klänge von den Tanzkapellen anderer Festplätze entlang des Ufers zu hören; es entsteht eine unvergleichliche Stimmung."

Olof erzählte später von dem Aberglauben, dass junge Mädchen auf dem Nachhauseweg sieben Sorten Blumen pflücken und unter ihr Kopfkissen legen müssen, um im Traum das Bild ihres Zukünftigen sehen zu können. Und das täten sogar heute noch viele Mädchen und zögen bei Nacht durch die Wiesen.

Lisbeth begann zu kichern und klopfte ihrem Mann auf die Schulter. „Weißt du noch, als ihr Jungs uns immer geärgert habt, weil wir Mädchen daran glaubten, dass die Mittsommernacht eine magische Nacht im Zeichen der Liebe sei. So oft habt ihr uns erschreckt, wenn wir auf dem Nachhauseweg gewissenhaft sieben Sorten Blumen suchten und pflückten, um sie unter unser Kopfkissen zu legen. Wir waren fest davon überzeugt, dass es kein Aberglauben ist und dass wir im Traum tatsächlich das Bild unseres Zukünftigen sehen würden."

„Und, hast du mich gesehen in deinen Träumen", grinste er.

„Nein, habe ich nicht. Aber als ich damals beim Bootsfest drüben am anderen Ufer zum ersten Mal gemerkt habe, dass du kein Junge mehr, sondern ein stattlicher Mann geworden bist, habe ich mich sofort in dich verliebt."

„Das hast du gut gemacht, geliebte Frau, und du hast auch keinen Grund damit aufzuhören", lachte er und zog sie in seine Arme.

Ein wenig verlegen, und mit etwas tiefer roten Wangen als vorher, machte sie sich frei: „Und damit ihr es wisst. Es gibt noch immer viele Paare, die ihre Beziehungen an Mittsommer auf die Probe stellen. Sie hoffen, dass unter dem Einfluss des Alkohols die Wahrheit ans Licht kommt. Bei den einen führt das zur Ehe, oder zur Bestärkung der Beziehung und bei anderen zum Ende des gemeinsamen Lebens und zur Scheidung."

Als Jonas und ich spät in der Nacht aufstanden, um nach Hause zu gehen, sah der Tisch wie nach einem Gelage bei den Wikingern aus.

„Los, macht, dass ihr ins Bettchen kommt", hatte Lisbeth gelacht, als ich aufräumen wollte, „das hat Zeit bis morgen. Wir wollen jetzt auch schlafen und danach ist das hier ganz schnell wieder in Ordnung. Hab' ich noch jedes Jahr so gemacht."

„Ja, aber…".

„Nichts da, *ja, aber*! Trollt euch und schlaft gut. Morgen sehen wir uns wieder. Gute Nacht!"

„Gute Nacht…!"

NICHTS IST VERGESSEN

„Frau Blümeliii? Bist du im *kleinen Paradies?* Haaallo", höre ich die Kinder vom Gartentor rufen. Kaum habe ich mit *Ja* geantwortet, stürmen sie um die Ecke.

„Mensch, wir haben gebimmelt und gebimmelt und Franz hat gemeint, als du nicht öffnetest, dass du wahrscheinlich in deinem Garten bist", stößt Tintila atemlos und ein wenig harsch hervor und lässt sich auf den Rand des Podestes fallen.

„Wo brennt es denn und was regt euch derart auf?" frage ich und schaue die beiden Jungen an, die danebenstehen und ein wenig ratlos zwischen mir und dem Mädchen hin und her blicken.

„Keine Ahnung, was sie hat. Sie wollte unbedingt zu dir und dich was fragen", gibt Franz Auskunft und zuckt mit den Schultern.

„Nun, mein Fräulein, dann erzähl mal, was dir so auf den Nägeln brennt und offenbar keinen Aufschub duldet." Ich ziehe die Gartenhandschuhe aus. „Helft mir mal eben vom Podest. Ich möchte mich auch setzen, und ihr zwei", ich deute auf Franz und Gustav, „setzt euch bitte dazu. Oder habt ihr es eilig?"

Kaum sitzen sie, steht Tintila auf und stellt sich vor mich. „Du hast mir doch mal das mit den Linien und Familien und so gezeigt, weißt du noch?"

„Ja...", nicke ich.

„Und du hast mit den Eltern von Mama und Papa angefangen."

Ich nicke erneut: „Ja…"

„Dann hast du mich drauf gemalt und gesagt, da könnte auch noch mehr hin."

„Stimmt!"

Sie zieht eine Schnute, gleichzeitig die Stirn kraus und meint mit zornigem Unterton: „Und von dir kenne ich keinen Anfang und nix, wer danach noch kommt. Das ist doof. Immer erzählst du nur von deinem Vati. Hattest du denn gar keine Mama? Das geht doch gar nicht."

Wie vom Donner gerührt sitze ich auf dem Podest und starre fassungslos das Mädchen vor mir an. Es stimmt, ich erzähle kaum von Mutter.

Sie war keine *schlechte Mutter*, auch wenn ich das in der Kindheit und Jugend oft anders empfand. Im Grunde ihres Herzens war sie gutmütig, manchmal bis zur Selbstaufgabe und das bewies sie nicht nur einmal in ihrem Leben. Die Gründe, warum sie in Bezug auf mich so oft ganz anders war, wurden mir erst klar, als ich erwachsen war.

Ein Jahr bevor ich auf die Welt kam, hatte sie ein Mädchen geboren, das aber schon nach zwei Tagen starb. Dieses Trauma überwand sie nie und sah mich von Anfang an nur als Ersatz. Ich entsprach jedoch in keiner Weise ihren idealisierten Vorstellungen von diesem toten Kind - ich war und blieb für sie *das falsche Kind* und erlebte viel Ungerechtigkeit. Es gab Schläge und stundenlang eingesperrt werden für etwas, was ich ihrer Meinung nach getan oder unterlassen hatte, und sie unterstellte mir viele negative Eigenschaften.

Mit neunzehn Jahren machte ich mich von allem frei und zog fort. Mich hielt nichts mehr im Elternhaus, denn Vati war ja schon lange tot. Der Schattenseite ihres ungerechten Handelns an mir stand das achtsame Versorgen von uns Kindern gegenüber. Meinen Bruder liebte sie abgöttisch, er durfte alles, er tat ihrer Meinung nach niemals etwas Unrechtes, und so weiter; er war ihr Prinz. Glücklich wurde

Roland dadurch jedoch nicht, sondern zerbrach fast an dieser erdrückenden Mutterliebe.

Ihre eigene Kindheit war nicht leicht gewesen. Leider erzählte sie uns viel zu selten und zu wenig von dieser Zeit. Fast alles erfuhren mein Bruder und ich nur, wenn sie mit ihren Geschwistern beisammensaß. Wir hockten dann meist unbemerkt - von der Tischdecke verborgen - unter dem Tisch und lauschten.

Mutter war erst sechs Jahre alt, als ihre Mutter, also meine Großmutter, am zweiten Weihnachtstag starb, und blieb als einziges Kind allein bei ihrem Vater; die übrigen fünf Geschwister wurden zu Verwandten gegeben, wo sie mehr oder weniger liebevoll aufwuchsen.

Nach der Schule lernte sie den ungeliebten Beruf der Schneiderin, da es für sie im Dorf keine andere Ausbildungsmöglichkeit gab. Es verwundert daher kaum, dass sie später alle Arten von Handarbeit, ob Stricken, Häkeln, Sticken oder Nähen, aus tiefstem Herzen ablehnte. Nein, das war in der Tat nicht ihre Welt gewesen und ihre eigene Welt fand sie nie, da ihr niemand Mut machte oder zeigte, sie zu entdecken.

„Was ist denn", höre ich Tintila in einem Ton fragen, der zwischen zornig und ängstlich hin und her schwingt.

„Entschuldige bitte, du hast recht. Ich habe gerade an meine Mutter gedacht. - Komm, setz dich wieder" und zeige auf den Platz neben mir.

„Natürlich hatte ich eine Mutter. Sie hatte die Gabe, das Haus mit kleinen Dingen hübsch zu schmücken und es gemütlich zu machen. Ich liebte es sehr, morgens nach dem Aufwachen noch eine Weile im Bett zu liegen und ein wenig zu träumen. Dieses Gefühl wurde gesteigert, wenn ich Mutter in der Küche singen hörte. Früh am Morgen stand sie stets auf, heize den Ofen ein, bereitete das Frühstück vor und sang manchmal dabei mit ihrer warmen Altstimme Volkslieder oder Operetten-Melodien. Der fröhliche Gesang tanzte leicht und beschwingt bis ins Kinderzimmer und signalisierte, dass der Tag wahrscheinlich harmonisch und schön werden würde.

Besonders gerne denke ich an unsere Ausflüge mit dem Kutschwagen. Mutter packte dann den großen Korb, den mein Großvater vor langer Zeit aus Weide geflochten hatte, mit herrlichen Leckereien und Getränken. Eine große Decke wurde in die Kutsche gelegt, während Vati die zierliche braune Stute *Lina* an den kleinen Jagdwagen anschirrte, mit dem es im leichten Trab hinaus aus dem Dorf bis zum *Quellteich* ging.

Der *Quellteich* lag inmitten einer Wildblumen-Wiese. Eine große Erle hatte ihre Zweige weit über das Wasser wachsen lassen; unter denen lagerten wir im Sommer gerne, geschützt vor der oft sehr heißen Sonne. Auf der Wiese wuchsen die schönsten Blumen, von denen Mutter jedes Mal einen Kranz für mich flocht und mir aufs Haar legte, wenn wir dort Picknick machten. Hübsch fand ich mein Spiegelbild im Wasser und schaute immer wieder gerne darauf. Einmal jedoch hatte ich mich zu weit vorgebeugt, verlor das Gleichgewicht und landete mit einem lauten Platsch im Wasser.

Zu dem Zeitpunkt konnte ich noch nicht schwimmen und es war ein großes Glück, dass Mutter sofort reagierte und mich *nasse Katze*, wie mich Vati danach oft neckend nannte, mit einem schnellen Griff am Kleidchen packte und an Land hob. Hustend, Wasser spuckend und weinend hatte ich in Vatis Jacke gekuschelt, in ihren Armen gelegen."

Ich schweige. War Mutter eine gute Mutter gewesen? Ja, denn sie umsorgte uns mit allem, was wir brauchten. Jedoch blieb zwischen ihr und mir bis zu ihrem Tod immer eine Distanz und ich fand erst als erwachsene Frau meinen inneren Frieden mit ihr.

Als sie starb, trauerte ich lange um meine mit ihr gestorbene Hoffnung, eines Tages doch noch von ihr liebevolle Nähe, mütterliche Zärtlichkeit, Vertrauen, Offenheit, Geduld, Interesse für mein Denken und Fühlen und die Wahrnehmung meines wahren Wesens zu bekommen - und nie mehr mit dem Phantom meiner toten Schwester verglichen zu werden.

„Hast du ein Bild von deiner Mutter und deinem Vater und zeigst du es uns mal?", unterbricht eine Stimme meine Gedanken und jemand tippt mir auf die Schulter.

„Was meinst du?", frage ich und schaue ein wenig verwirrt um mich.

„Hast du ein Foto von deinen Eltern und zeigst du es uns mal?", wiederholt Franz seine Frage.

„Verzeih, ich bin ein wenig durcheinander und habe nicht richtig hingehört."

„Macht ja nichts. Sollen wir lieber gehen? Oder können wir dir helfen - hier oder in der Wohnung?" Gustav ist aufgestanden und reicht mir die Hand, um mir aufzuhelfen.

„Das ist lieb. Nein, danke. Es wäre jedoch prima, wenn ihr meine Gartensachen in die Tasche packen und mich zur Tür begleiten könntet. Ich fühle mich etwas schwach und will mich für ein paar Minuten hinlegen."

Vor der Tür berührt Tintila zaghaft meine Hand: „Duhu, Frau Blümeli? Habe ich was gemacht, das dich auf einmal so traurig macht?", fragt sie und ihre Augen sind dunkel wie der Himmel vor einem Gewitter.

„Nein, mein Mädchen, du hast nichts dergleichen getan oder gesagt. Du hattest ja recht. Ich habe tatsächlich nie viel von meiner Mutter erzählt und auf einmal erinnere ich mich an so vieles und das hat mich durcheinandergebracht. Es ist alles gut. Und wenn ihr demnächst kommt, habe ich gewiss ein paar Aufnahmen, die wir gemeinsam anschauen können."

Ich höre die Drei lachend davoneilen und schließe die Tür.

LANG IST ES HER

Der mehrfach gefasste Plan, mit den Kindern alte Fotos anzuschauen, hatte sich nicht so leicht umsetzen lassen - immer wieder war etwas dazwischengekommen. Doch jetzt sind sie da und bestehen darauf, gemeinsam mit mir im Sofa zu sitzen, um die Bilder anzusehen, die ich bereits hervorgekramt habe.

Zuerst betrachten sie mit Begeisterung die Aufnahme, auf der ich als kleines Mädchen zu sehen bin, und auf dem Holländer den Gartenweg entlangfahre. Ich trage ein Strickkleidchen und schaue stolz und lachend in die Kamera. Meine Haare sind gescheitelt und stramm zu zwei Zöpfen geflochten, die zu *Affenschaukeln* gebunden sind.

Tintila juchzt und kann sich gar nicht beruhigen: „Du warst ja wirklich mal ein kleines Mädchen. Ich konnte mir das gar nicht vorstellen. Ihr vielleicht?", fragt sie Gustav und Franz, „konntet ihr euch das vorstellen?"

„Nö, und ich kann auch jetzt kaum glauben, dass du das bist", meint Gustav und schaut mir skeptisch ins Gesicht, „auf jeden Fall kann ich das nicht erkennen".

Franz stupst mich an: „Aber niedlich warst du damals. Ich mag das Bild von dir!" Tintila und Gustav nicken: „Stimmt!"

Während die Kinder diskutieren, ob ihnen der Holländer als Spielgerät gefallen hätte, bin ich in die Betrachtung des Fotos vertieft und glaube sogar, das Knirschen der Räder auf dem sandigen Weg zu hören, auf dem ich die ersten Ausflüge in meine damals noch kleine und doch als so weit empfundene Welt gemacht hatte.

Räder, wo immer sie sich drehten, hatten mich von klein auf begeistert und ich erinnere mich auch an die Rollschuhe, die Roland zu einem Weihnachtsfest geschenkt bekam. Sie hatten Eisenräder, die unsagbar laut auf Asphalt oder Steinwegen rollten. Mit einem Lederband und einer Metallklammer, die mit einem Vierkantschlüssel über eine Gewindestange enger oder weiter gestellt werden konnte, befestigte man sie an möglichst robusten Straßenschuhen. Durch die Klammern litten die Ränder der Schuhsohlen gewaltig und es gab immer wieder Ermahnungen, vorsichtig und schonend mit den Schuhen umzugehen. Da die Klammern nicht immer sicher hielten, benutzten viele Kinder zusätzlich dicke Einmachgummis, um eine stabile Verbindung zu haben.

Mein Bruder verlor recht schnell das Interesse an den Rollschuhen und so lagen sie bald ungenutzt in der Ecke. Doch ich wollte Rollschuhlaufen lernen. Da gab es nur ein Problem. Wo sollte ich das tun können? Die Erwachsenen hatten keine Zeit mit mir zu üben und außerdem gab es kaum plattierte Wege und Flächen. Schnell kam mir jedoch eine Idee, wie und wo ich es versuchen konnte.

Im Stall gab es einen schmalen Gang zur Sattelkammer und der war aus glattem Estrich. Dort schnallte ich die Rollschuhe an und machte meine ersten unsicheren Bewegungen auf den rollenden Untersätzen. Rechts und links hielt ich mit ausgestreckten Armen Kontakt zur Wand und konnte trainieren, bis ich sicher und mutig genug war, um frei zu rollen. Später übte ich auch das Rückwärtsfahren und auf der Stelle wenden.

Als ich mich mit den Rollschuhen nach draußen auf einen der wenigen plattierten Gehwege im Ort wagte, war ich keine Anfängerin mehr. Ich fühlte mich großartig, wenn ich mit einigem Tempo Runde um Runde drehte oder weite, elegante Kurven fuhr oder einfache Pirouetten und ein paar komplizierte Schrittfolgen schaffte.

„Frau Blümeli, träumst du", höre ich Franz fragen und tauche aus den Bildern der Kindheit auf.

„Nein, nein, ich habe nur an die Rollschuhe gedacht, während ihr diskutiert".

„Welche Rollschuhe?"

„Wartet, ich zeige euch eine Aufnahme". Darauf ist zwar mein Bruder auf ihnen zu sehen, aber die Kinder lachen herzlich über die alten eisernen Spielgeräte. Sie sind aber auch mit den Inline-Skates oder modernen Rollschuhen von heute, komplett mit Schuhen und Stoppern und was weiß ich, in gar keiner Weise vergleichbar.

Ich glaubte, die Neugier der Kinder sei befriedigt und will die Bilder wieder in den Kasten legen, als Franz auf ein paar Schwarz-Weiß-Fotos weist: „Wer ist das auf den Fotos dort und was machen die Leute?"

Es sind Aufnahmen aus der Zeit meiner Großeltern und zeigen, wie auf den Feldern gearbeitet wurde. Ich erkläre den

Kindern so gut ich es vermag, was sie sehen. Die abgebildeten Szenen scheinen eine Ewigkeit zurückzuliegen und doch ist mir so manches Detail in Erinnerung.

Auf einem Bild sind meine Großeltern mit Mägden und Knechten bei der Getreideernte zu sehen. Damals wurde noch alles von Hand mit der Sense geschnitten. Vati hatte als Kind häufig mithelfen müssen und oft mit Begeisterung von den ersten Maschinen erzählt, die sein Vater irgendwann angeschafft hatte, um die schwere Arbeit etwas zu erleichtern.

Ich muss an einen Mähbinder und zwei Trecker denken, die zu meiner Kinderzeit in der Scheune in der hintersten Ecke standen. Sie wurden nicht mehr gebraucht, wurden aber auch nicht entsorgt, sondern verrosteten allmählich mit anderen alten Geräten. Da alle Dinge für mich lebendig schienen, hatte ich gedacht, sie bekämen ähnlich wie ein Pferd, das nicht mehr arbeiten kann, ihr Gnadenbrot bei uns. Ich muss über den kindlichen Vergleich von damals lachen, denn die Maschinen wurden im Gegensatz zu den Tieren schließlich nicht gepflegt und schon gar nicht gefüttert. Nur den Tieren war es auf dem Lindenhof immer gut ergangen, gleichgültig, wie alt sie waren - Maschinen wurden ausrangiert.

Das Getreide wurde zu Garben gebündelt und zu sogenannten Stiegen auf dem Feld aneinander gelehnt. Wenn die Arbeit fertig war, konnte man glauben, es stünden dort unzählige Zelte aus Ährenbündeln. Über Vatis Gesicht zog jedes Mal ein glückliches Lächeln, wenn er davon erzählte, dass er sich mit anderen Kindern gerne in den Stiegen versteckt hatte. Wurden sie erwischt, gab es mächtigen Ärger.

Waren die Garben trocken, wurden sie von Hand auf den Leiterwagen eines Pferdefuhrwerks geladen und auf dem Hof mit Dreschflegeln, später mit motorbetriebenen

Maschinen gedroschen. Auf einem der Fotos ist so eine Szene festgehalten: Männer stehen rund um das in der Mitte der Tenne liegende Getreide und dreschen mit Flegeln die Körner aus den Ähren.

Großvater schaffte später einen Mähdrescher an, der von einem Trecker angetrieben und gezogen wurde. Und wer es sich leisten konnte, kaufte sogar einen der ersten Selbstfahrer-Mähdrescher. Durch die motorisierten Geräte verschwanden immer mehr Pferde als Arbeitstiere aus der Landwirtschaft. Trotz der Maschinen konnte auf Menschenkraft lange nicht verzichtet werden.

Bei der Kartoffelernte beispielsweise wurden die Knollen noch bis in die 1950er-Jahre von Hand ausgegraben und aufgesammelt. Da mussten alle ran, auch Frauen. Sogar die Schulkinder auf dem Land bekamen im Herbst extra zwei Wochen schulfrei - *Kartoffelferien* genannt -, um auf den Äckern zu helfen. Statt fröhlich durch den Tag zu tollen, mussten sie die Kartoffeln aus der Erde holen oder die bereits ausgegrabenen Knollen in Körbe sammeln. Mittags brachte die Bäuerin Brot oder Gebäck und in großen Kannen etwas zu trinken.

Auf einer Aufnahme ist Vati als etwa 10-Jähriger mit einem Korb voll Kartoffeln zu sehen. Als Sohn des Bauern erhielt er keinen Lohn. Nur seine Klassenkameraden und andere Kinder und die Frauen, die geholfen hatten, bekamen ein Handgeld. Vati hatte es immer als himmelschreiende Ungerechtigkeit empfunden, dass er leer ausging und war jedes Jahr auf Neue mächtig sauer darüber gewesen. Doch all sein Zorn nutzte und änderte nichts – so war es damals halt eben.

„Mensch, Frau Blümeli, das war aber richtige Knochenarbeit, die die Leute machen mussten", Gustav lässt sich an die

Rückenlehne des Sofas fallen und bläst die Luft aus, als ob er selber mitgeholfen hätte und nach getaner Arbeit erschöpft wäre. Tintila und Franz tun es ihm gleich. Es vergehen ein paar Sekunden, bis Franz aufseufzt: „Ich bin allein vom Zuhören und Anschauen völlig kaputt, so, als ob ich auf dem Acker mitgeholfen hätte."

„Ich auch!", merkt seine Freundin sofort an, „ich bin ganz schön froh, dass ich damals nicht Kind war, sondern heute. Wir haben so viel Zeit, um Spaß zu haben und zu spielen!"

„Halt stopp, ihr Lieben", unterbreche ich sie. „Also nur freudlos war das Kinderleben damals auch nicht. Es war für uns selbstverständlich, den Eltern zu helfen, wo und wann immer es notwendig war. Wir lernten von klein auf Arbeit zu sehen und nicht blind daran vorüber zu laufen. Dennoch gab es Zeit für Spiele und fröhliches Beisammensein.

Wir machten ebenso gerne Quatsch und spielten den Erwachsenen einen Schabernack und waren übermütig und glücklich, wie es Kinder heute auch sind. So oft es ging, tobten wir draußen und entdeckten das Leben, wo immer sich die Gelegenheit bot und erprobten unsere körperliche Geschicklichkeit. Sportplätze, Sporthallen, Schwimmbäder, Spielplätze und was weiß ich, was es heute alles für Kinder und Jugendliche gibt, hatten wir allerdings nicht. Doch die Natur bot uns alles, was wir brauchten. Statt in der Kletterhalle an der Wand hinauf zu hangeln oder im Kletterpark streng gesichert künstliche Strecken zu durchwandern, bestiegen wir jeden Baum, der erreichbar war. Niemand achtete groß auf uns und wenn wir mit blutigen Knien oder anderen Blessuren heimkamen, gab es ordentlich Schelte; ab und an aber auch etwas hinter die Ohren. Anschließend wurden die Wunden versorgt und am nächsten Tag ging es wieder nach draußen."

„Wow, Frau Blümeli, du kommst ja richtig ins Schwärmen. So langsam bekomme ich das Gefühl, dass es zu eurer Zeit mehr Abenteuer gab, als heute. Am Handy oder PC zu daddeln ist eigentlich langweilig. Jeder hockt alleine oder zu zweit vor dem Kasten und ist stundenlang in einer Welt, die es gar nicht gibt."

Ich mag nicht laut sagen, wie sehr mir Gustav aus der Seele spricht.

Die Kinder stehen auf und gehen Richtung Tür. Franz bleibt plötzlich stehen und dreht sich um. „Wer sind die Leute in dem großen Bilderrahmen?", und zeigt auf meine kleine Ahnengalerie.

Tintila und Gustav machen sofort kehrt und schauen ebenfalls interessiert auf die Fotos.

„Ach, beinahe hätte ich vergessen, euch diese lieben Menschen zu zeigen, die ja auch schon nicht mehr leben. Wisst ihr, sie sind mir so nah, wenn ich an sie denke und dadurch zählen sie für mich noch nicht so sehr zur Vergangenheit".

Ich lasse den Dreien Zeit, jedes einzelne Bild zu betrachten: Zuerst das von Vati, es folgen Fotos von Mutter, meinem viel zu früh verstorbener Bruder Roland, meiner Schwiegermutter und Jonas, meinem Mann.

Als alle Fragen der Kinder beantwortet sind, klatsche ich in die Hände und muntere sie auf, hinaus an die frische Luft zu gehen und nach Abenteuern Ausschau zu halten.

„Eine Klasse-Idee", lacht Gustav.

Franz sagt liebevoll: „Dankeschön!"

Tintila nickt bestätigend und winkt ihren Freunden auffordernd zu: „Dann mal los. Wir sausen einfach zum

Spielplatz und schauen, ob ein paar taffe Freunde da sind, mit denen wir etwas unternehmen können!"

Sekunden später fällt die Eingangstür lautstark ins Schloss. Es kehrt Ruhe ein, ich lege mich aufs Sofa und schließe die Augen.

WEIT ENTFERNT

Meine erwachsenen Kinder leben ihr Leben, so wie ich es ihnen vom Zeitpunkt ihrer Geburt an wünschte. Sowohl Lukas als auch Julia wurden mir ans Herz gelegt, als sie gerade geboren waren, und ich versprach beiden das Gleiche: „Nun bist du im wahrsten Sinne des Wortes von mir abgenabelt und ich will dir helfen, deinen Lebensweg zu erkennen und nach deinen Bedürfnissen zu gestalten."

Genau das haben sie geschafft! Ich bin glücklich und dankbar darüber. Doch die geografische Ferne - Lukas lebt schließlich in Australien und Julia hoch oben im Norden Europas - liegt wie ein Schatten über jedem Tag. So oft wie möglich telefonieren wir oder schreiben uns Briefe - bisher nur per Post. Julia drängt mich immer wieder, mir doch einen PC oder ein Handy anzuschaffen, damit wir schneller und leichter in Verbindung sein können; doch bisher dachte ich nie ernsthaft darüber nach. Das hat sich inzwischen geändert, und dafür gibt es einen guten Grund.

Vor einem halben Jahr brachte ein Anruf vom anderen Ende der Welt mein bis dahin recht gleichförmiges Leben durcheinander. Lukas eröffnete mir, ihm sei eine zauberhafte Frau mit Namen Emily begegnet, sie hätten Hals über Kopf geheiratet und erwarten inzwischen ihr erstes Kind. Er sagte auch noch: „...und Du, liebe werdende Großmutter und geliebte Mami, wirst von uns sehnlichst hier erwartet. Am liebsten für immer! Pack ein, was dir lieb und wichtig ist und schick Deine Sachen über den *großen Teich* zu uns. Setz Dich in einen Flieger und reise über den Himmel hierher".

Lange Zeit saß ich nach dem Gespräch mit dem Hörer in der Hand auf dem Sofa und war sicher, dass ich träumte und gleich aufwachen würde. Nur langsam sickerte die reale Botschaft in mein Hirn und weckte eine neue, unbekannte Lebensfreude in mir.

Das ist es, dachte ich. Ich fange noch einmal ganz neu an.

Ich rief Julia an und überbrachte ihr die frohe Botschaft, dass sie in wenigen Monaten Tante würde. Ihren freudigen Jubelschrei hätte ich für Lukas und Emily aufnehmen müssen, um ihn ihnen vorspielen zu können.

Sie bestärkte mich, auf jeden Fall die Reise nach Australien anzutreten und zerstreute jeden Zweifel, den ich äußerte. Es würde sich zeigen, wie und wo ich meine weitere Lebenszeit verbringen wollte. „Weißt du" meinte sie außerdem „wir zwei würden uns auch dann nicht aus den Augen verlieren, wenn du dauerhaft auf dem fernen Kontinent leben wolltest, so wie wir es all die Jahre bisher nicht taten. Denk endlich mal nur an dich und erfülle dir den lang gehegten Traum von einer Reise dorthin. Du wirst nach so vielen Jahren Lukas wiedersehen und seine Emily kennenlernen und sehen, wie und wo er sein Zuhause hat. Geh alles sachte an und überstürze nichts - aber das muss ich dir ja nicht sagen, denn so hast du noch nie gehandelt. Also, nur Mut, Mami, pack es an! Sag mir deine Entscheidung. Ich werde dir alle organisatorischen Vorbereitungen wie Flugbuchung usw. abnehmen."

Eine Woche lang durchdachte ich das Für und Wider. Dann war ich entschieden und landete nur wenige Wochen später in Sydney an der Süd-Ost-Küste Australiens - atemlos von der Geschwindigkeit, mit der ich den Ortswechsel vollzogen hatte und fassungslos darüber, dass ich tatsächlich diesen verrückten Schritt getan hatte.

Ja, es war absolut verrückt, mich in ein neues Leben zu verrücken. Aber neu? Nein, ein neues Leben war es nicht - es war weiterhin mein Leben, mit allen Ereignissen des Daseins im Gepäck. Es hatte sich lediglich mal wieder eine weitere Tür geöffnet – eine Tür zu einem fernen Land mit einer fremden Sprache und fast nur unbekannten Menschen.

Das Leben hatte ich, seit ich zurückdenken kann, mit einem Adventskalender verglichen, in dem sich in mehr oder weniger regelmäßigen Abständen ein Türchen öffnet. Niemand weiß, was zum Vorschein kommt - doch alles will gelebt werden, so wie es gerade gefordert wird. Viele Türchen hatte ich aufgehen sehen und das, was dahinter zum Vorschein kam, angenommen - nicht immer klaglos.

Julias Worte hatten mir bewusst gemacht, dass ich eigenartigerweise kaum für mich selbst gekämpft und gesorgt hatte, sondern stets für alle, die mir nahe waren. Ich forschte bisher viel zu selten, wo meine eigenen Bedürfnisse lagen.

Jetzt allerdings war ich in einer Realität, die bisher nichts weiter gewesen war als ein *Utopia* am anderen Ende der Welt. Australien, Neuseeland, Tasmanien… diese Länder waren unwirklich und so fern gewesen, und ich hatte an sie eher wie an Inseln in Sagen und Märchen gedacht als an real existente Länder dieser Erde.

Vor Kurzem sah ich einen Bericht über Australien und konnte bei einer Satelliten-Aufnahme auf die große Fläche des Kontinents blicken. Fast alles war rötlich-braun, nur rundum an den Rädern - ausgenommen einige Bereiche hoch oben im Norden - gab es Grün. Die meisten Einwohner leben in den Randgebieten, weil dort Pflanzen wachsen und Tiere gedeihen, die die Menschen zum Überleben brauchen. Alles andere sind Wüsten und Felsen mit einer Vegetation, die im Zentrum Australiens existieren kann. Kaum vorstellbar ist die Größe des Landes: Etwa zwanzig Mal größer als Deutschland und mit nur einem Drittel an Einwohnern.

Das beeindruckende Opernhaus von Sydney war mir von Bildern bekannt, ebenso die *Harbour-Bridge* gegenüber, von der an jedem Silvestertag das Feuerwerk im Fernsehen gezeigt wird.

Beeindruckend sind auch die Tiere: viele unterschiedliche Känguru-Arten und andere Beuteltiere, Dingos, Ameisenigel, Flughunde, Kasuare, Pelikane, Krokodile und unzählige Lebewesen mehr. Sie sind für mich wie Wesen aus einem Zauberland, denn noch nie sah ich eines davon live.

Überhaupt ist die Geschichte Australiens für mich kaum fassbar: Vor vielen tausend Jahren lebten nur die Aborigines dort, denn sie wussten die kargen Schätze der Natur für ihr Dasein zu nutzen. Das Wissen darüber gaben sie über alle Generationen weiter. Ihre Welt begann vor nicht ganz 300 Jahren - gegen Ende des 18. Jahrhunderts - zu zerfallen, als England den Kontinent einnahm und Strafgefangene dorthin aussiedelte. Ihnen folgten ein paar Jahrzehnte später die ersten freien Siedler, und der Goldrausch Mitte des 19. Jahrhunderts spülte weitere Fremde ins Land.

Die ursprüngliche Lebensweise der Aborigines, ihre Traditionen und vor allem ihre spirituelle Traumzeit wurden immer mehr zurückgedrängt; sie verliert inzwischen für viele der indigenen Menschen an Bedeutung.

Für mein Abenteuer hatte ich lediglich einige persönliche Dinge und wichtige Unterlagen in zwei Koffer gepackt und diese zum Flughafen bringen lassen. Meine kleine Wohnung in Bökenhagen mit den Möbeln, Bildern und vielen anderen Dingen ließ ich zurück. Möglicherweise war das Leben da am anderen Ende der Welt doch nicht mein Ding, und falls es mir wichtig wäre, wollte ich zurückkehren können. Sollte ich jedoch den Wunsch haben, dauerhaft auf dem fernen Kontinent zu bleiben, konnte ich mir alles nachsenden lassen.

Doch noch gab es keine Gewähr, ob die räumliche Nähe zu Lukas und zur noch unbekannten Emily harmonisch möglich sein würde? Konnte es gelingen, mich zurückzunehmen und die Art der beiden zu leben, zu akzeptieren? War es vielleicht doch ein Fehler nach Australien zu gehen? Widersprüchliche Gedanken tauchten auf dem endlos scheinenden Flug von Frankfurt über Singapur nach Sydney auf.

Bei der Ankunft begrüßte mich Emily so freudig und voller Wärme, dass alle Bedenken zerstoben und ich sofort verstand, warum Lukas dieses liebe und offenherzige Mädchen zur Frau genommen hatte. Trotz der fortgeschrittenen Schwangerschaft packte Emily ihre Arbeit im Haus und auf der Farm tatkräftig an. Lukas schimpfte zwar oft voll Sorge mit ihr, war aber andererseits stolz auf seine zupackende Kameradin.

Bevor wir hinaus aufs Land fuhren, bekam ich eine kleine Stadtführung. Als sei ich gebeamt worden empfand ich die Tatsache, dass ich unter anderem durch die Flaniermeile *The Rock* und über den *Circular Quay* zum *Operahouse Sydney* wanderte. Leider fehlte für viele Sehenswürdigkeiten in dieser beeindruckenden Stadt die Zeit.

Emily und Lukas wohnen im Hauptgebäude ihrer Ranch und hatten die Räume schlicht, aber mit viel Detail-Liebe eingerichtet. Geborgenheit und Gemütlichkeit begrüßten mich, als ich das Haus betrat.

Als sie mir abends das Zimmer zeigten, in dem ich vorerst wohnen sollte, legte ich freundlich, aber nachdrücklich Protest ein. Ich bat um Verständnis dafür, dass ich lieber im kleinen Haus des ehemaligen Pferde-Meisters, dem *Rider's house* neben den Ställen wohnen würde.

Als ich es beim Rundgang über das Gelände der Ranch gesehen hatte, musste ich an meine Schwiegermutter und das, was sie mir kurz vor unserer Hochzeit sagte, denken: „Du musst keine Sorge haben, dass ich euch im Alter zur Last falle. Ich habe vorgesorgt. Denn Alt und Jung passen nicht unter ein Dach. Und schon gar nicht die Mutter des Mannes sollte im gleichen Haushalt sein."

Ich hatte mich in vielem am Vorbild meiner Schwiegermutter, mit der ich mich so gut verstanden hatte, orientiert. Sie war mir mehr Mutter gewesen als meine leibliche, und ich hatte sie von Herzen geliebt.

Die hellen Räume im *Rider's house* hatten mich sofort begeistert. Man erreichte sie über fünf breite Holzstufen. Eine weiß gestrichene Veranda nahm die ganze Front ein, gekrönt von einer bequemen hölzernen Schaukel-Bank, die an Ketten von der Decke hing. In amerikanischen Filmen hatte ich solche einfach gebauten Schaukeln gesehen und sie immer großartig gefunden. Diese hier war jedoch ganz besonders komfortabel. Lukas hatte sie mithilfe eines Schreiners gebaut und mit ein paar ergonomischen Details ausgestattet.

Sowohl Sitzfläche als auch Rückenlehne waren körpergerecht gerundet und so konnte man bei großer Hitze die Schaukel sogar ohne Kissen benutzen und bekam trotzdem keine Rückenschmerzen. Für die Füße gab es rechts und links je eine ausklappbare Stütze, die so geschickt positioniert waren, um ungehindert aufstehen oder die Schaukel anstoßen zu können.

Der erste Tag nach meiner Ankunft gehörte ganz und gar dem jungen Paar. Wir hatten uns unglaublich viel zu erzählen und ich bekam einen Einblick in ihren Alltag. Emilys Eltern hatten ihnen die Ranch als Hochzeitsgeschenk überschrieben. Es war eine unerwartete Entscheidung. Doch Lukas hatte in kurzer Zeit ihr Vertrauen gewonnen und sein guter Ruf in der Region, den er sich in vielen Jahren durch Fleiß, Verlässlichkeit und sein freundliches Wesen erworben hatte, hatte sie in ihrem Entschluss bestärkt.

Viele Vormittage verbrachte ich draußen in der Sonne und spürte eine ganz besondere Wärme auf der Haut. Mal wanderte mein Blick über die glitzernde Wasserfläche des großen Sees auf der einen Seite des Grundstücks, mal ging er hinüber zu den Bergen in der Ferne. Nur vereinzelt trieben dicke, weiße Wolken träge am blauen Himmel. Irgendwo weit entfernt, hörte ich eine Motorsäge - nicht störend, eher wie eine akustische Erinnerung an die laute urbane Welt der großen Städte. Ansonsten war es still, ab und zu unterbrochen von einem vorüber brummenden Insekt, mal raschelte etwas im Gras oder die Blätter der riesigen Eukalyptus-Bäume wisperten im leichten Wind und von irgendwoher kamen Vogelstimmen, die mir noch fremd waren und ich daher nicht zuordnen konnte.

An manchem Abend saß ich mit Lukas und Emily auf der Veranda. Gerne tat ich es auch alleine und schaute über die offene Landschaft bis zur Gebirgskette, die den Horizont vor mir bildete. Gräser an den Rändern der Pferdekoppel nickten freundlich und so manches Tier überquerte die schier grenzenlos scheinende Fläche. Vor allem faszinierte mich immer wieder aufs Neue die Fortbewegungsart der Kängurus, wenn sie zum Weiden in der Dämmerung in der Graslandschaft auftauchten.

Wie eine besänftigende Melodie empfand ich nebenan im Stall die friedlichen Geräusche der Pferde, falls sie es nicht vorzogen, auf der rückwärtigen Koppel die Nacht zu verbringen. Die Tiere entschieden selbst, wann sie wo sein wollten, und das erinnerte mich sehr an Vati, der ja auf gleiche Art seine Pferde gehalten hatte. Lukas hatte von klein auf aufmerksam zugehört, wenn ich von seinem Großvater erzählte. Offenbar hatte vieles davon den Jungen geprägt.

Im ersten Morgengrauen wurde ich wach, zog die roten Gummistiefel an, steckte ein paar Äpfel und etwas abgelagertes Brot in die Jackentaschen und schlenderte zur Koppel. Dort stand ich ruhig am Zaun und wartete, bis die Pferde neugierig wurden und zu mir kamen. Leise sprach ich zu ihnen und irgendwann steckten sie vertrauensvoll die Köpfe über den Zaun und scheuten nicht, wenn ich die Leckereien aus der Jacke zog.

In den folgenden Wochen knabberten sie sogar an meiner Jacke, um Äpfel und Brot zu erbetteln. Niemals hatte ich den Wunsch gehabt zu reiten, sondern wollte wie Vati diese schönen Tiere nur beobachten.

Bei meinen Ausflügen war ich so gut wie nie allein. Borkas war fast immer auf Schritt und Tritt an meiner Seite. Er war der eigentliche Chef auf dem Anwesen, war vier Jahre alt, hatte kurzes graues Fell und wunderschöne dunkle Augen, die von langen Wimpern umrahmt wurden. Auf seinen vier langen Beinen raste er mit unglaublicher Geschwindigkeit auf jeden Fremden zu, der sich ungefragt auf den Grund und Boden der Ranch wagte. Borkas war ein Mischlingshund und hatte mich auf Anhieb in sein großes Hundeherz geschlossen.

Als ich am Ankunftstag vor dem Abendbrot erschöpft von der Reise, der liebevollen Begrüßung und den vielen neuen Eindrücken alleine auf meiner Veranda saß, hatte sich der

Hund von mir unbemerkt vor die Stufen gelegt. Ich schreckte aus meinen Gedanken auf, als er laut seufzte. Verwirrt schaute ich mich um und nahm die Bewegung wahr, als er sich langsam aufrichtete.

Erleichtert lachte ich auf, was der Hund als Aufforderung ansah. Er schoss mit einem Satz die Stufen zu mir hinauf, umrundete in einem wilden Freudentanz die Schaukel-Bank und blieb abrupt mit hechelnder Zunge und lachenden Augen vor mir stehen.

Nachdem sich die erste, recht stürmische Begrüßung gelegt hatte, setzte ich mich zu ihm auf die Veranda-Dielen und genoss es, als sich der Hund fest an mich schmiegte. Er legte den Kopf auf die Pfoten, atmete ganz tief ein und schloss die Augen, um entspannt einen Hundetraum zu träumen. Ich lehnte den Kopf an die Hauswand und schaute in den schnell dunkel werdenden Abendhimmel: *Gelassen stieg die Nacht ans Land*... - wie wahr! Zeile für Zeile kam mir das Gedicht *Um Mitternacht* von Eduard Mörike in den Sinn und sprach es leise vor mich hin.

Anfangs verwirrte es mich, dass in Australien Tag und Nacht fast gleich lang sind. Es wird bereits gegen 18/19 Uhr dunkel und die Sonne geht etwa elf Stunden später wieder auf. Die Zeiten variieren leicht, je nachdem, in welcher Entfernung man sich zum Äquator und dem südlichen Wendekreis befindet.

Borkas kam nahezu jeden Abend zu mir, stand an den Stufen zur Veranda und wartete geduldig auf ein Zeichen, dass er kommen durfte. Zuerst prüfte er auf der Veranda sorgfältig alle Duftspuren. Waren die Gerüche für ihn ok, nahm er meine Streicheleinheiten genussvoll entgegen, legte sich anschließend mit einem lauten Plumps neben die Schaukel und fiel von einem Augenblick zum anderen in den Schlaf.

Einmal musste wohl ein Tier, vielleicht eine Schlange, ein Wombat, ein Dingo o. Ä., auf der Veranda unterwegs gewesen sein.

Auf jeden Fall geriet Borkas in wilde Aufregung, als er den Geruch aufnahm. Er rannte wie eine wilde Hummel, die Nase dicht über dem Veranda-Boden hin und her, stürzte mit erregtem Fiepen die Stufen hinunter, jagte an der Hauswand entlang Richtung See und kam erst eine halbe Stunde später völlig erschöpft zurück. Er schlabberte an der alten Holztränke bei den Ställen eine Unmenge Wasser, fiel anschließend neben der Schaukel in sich zusammen, seufzte - ob frustriert oder siegreich, war nicht erkennbar - und schlief ein.

Auf meinem morgendlichen Weg zur Pferdekoppel war der Hund meistens bei mir, legte sich ins Gras und wartete geduldig, bis ich mich von den Tieren verabschiedete und trottete neben mir zurück zur Wohnung.

Oft musste er lange warten, denn wenn ich bis zum Aufstieg der Sonne verweilte, vergingen leicht dreißig/vierzig Minuten. Das störte ihn allerdings nicht.

Doch wenn ich dort stand und sich mein Blick in der Ferne verlor, wurde er unruhig. Offenbar spürte er meine Trauer und das gefiel ihm nicht. Er gab sich alle Mühe, um auf sich aufmerksam zu machen. Und er schaffte es immer, dass ich wieder lächelte und ihm liebevoll den Rücken klopfte: „Du hast ja recht. Das bringt nichts mehr in Ordnung, was vorbei ist, ist vorbei. Zurückschauen tut nicht gut. Wenn ich im Leben weiterhin vorankommen will, sollte ich wie bisher durch die Windschutzscheibe nach vorne schauen und nicht durch den Rückspiegel nach hinten. Komm mit, wir gehen heim."

Die roten Stiefel hatten einen geschützten Platz neben der untersten Stufe zur Veranda und ich stellte sie nie schmutzig dort ab. An der Tränke schöpfte ich erst mit einer großen sauberen Kelle Wasser in ein altes Becken und spülte die Stiefel darin sorgfältig ab, bevor ich sie an der Treppe auszog.

Borkas war das alles völlig egal, er wollte mit rein - rein bis an die Küchentür. Er wollte den Schrank sehen, in dem ich für ihn offenbar die besten Hundekuchen seiner Welt aufbewahrte. Brav setzte er sich vor der Tür auf die Hinterbeine, klappte die Schnauze zu, um nicht zu sabbern, musste sie aber ganz schnell wieder öffnen, weil die Zunge zum Hecheln raus musste, da er so aufgeregt war.

Und was machte ich? Ich ließ ihn zappeln. Er sprang auf, setzte sich sofort wieder, sprang erneut auf, bellte kurz, um mich anzuspornen und … - endlich machte ich den Schrank auf und nahm den Karton mit den Hundekuchen heraus. Borkas drehte sich vor Begeisterung wie ein Derwisch um sich selbst und lachte erwartungsvoll übers ganze Hundegesicht. Sobald ich: *Borkas, down!*, sagte, saß der Hund sofort auf seinem Hinterteil und ließ sich von mir den Kopf geduldig tätscheln. Mit großer Disziplin und trotz aller Begierde, nahm er vorsichtig die ersehnten Leckerbissen entgegen, sprang dann jedoch wie angestochen auf und stürmte nach draußen. Er verschwand mit seiner Beute hinter der Stalltür und kam nach kurzer Zeit zurück, immer wieder die Schnauze leckend.

Und dann war Thomas angekommen und verzauberte die Welt seiner Eltern und meine. Ich wurde tatsächlich von einem Augenblick zum anderen Großmutter, eine richtige Omi! Das war nicht zu fassen und es fühlte sich anfangs ganz unwirklich an.

Bei Thomas' Entbindung hatte ich helfen müssen, da für den Transport in die Klinik keine Zeit geblieben war und das kam so:

In der großen Diele hatten Lukas, Emily, ihre Freundin Dirke, alle Erntehelfer und ich das traditionelle *Thanksgiving* gefeiert. Beglückt hatte ich festgestellt, dass dieses Fest ein wirkliches Ernte-Dank-Fest war, wie es in Deutschland kaum noch gefeiert wird.

Jeder Stuhl um den großen Tisch war an der Rückenlehne mit einem geflochtenen Strohkranz und bunten Bändern dekoriert. Getreide-Docken standen rechts und links neben dem Kamin und auf dem Boden davor Körbe mit Früchten und Gemüse.

Es ging fröhlich zu und es wurde viel und herzlich gelacht. Das Essen war bescheiden, aber reichlich und Wein, Bier und Saft gab es für jeden so viel er mochte. Betrunken, nein, betrunken war trotzdem niemand, als kurz nach Mitternacht bei Emily vehement die Wehen einsetzten.

Dirke, von Beruf Krankenschwester, erkannte schnell, dass der Transportweg zum Krankenhaus zu lang sein würde und veranlasste sofort alles Notwendige. Den aufgeregten Lukas schickte sie zum Telefon, um den Arzt zu rufen, der sich doch bitte beeilen möge und Dirke und ich brachten Emily ins Schlafzimmer. Dort ging die Geburt ihren natürlichen und unglaublich schnellen Gang.

Nur kurze Zeit, nachdem der Doktor eingetroffen war, verkündete dieser freudestrahlend den noch immer anwesenden Gästen, ein gesunder Junge von gut acht Pfund sei geschmeidig wie ein Kätzchen auf die Welt geglitten und Mutter und Kind seien wohlauf.

Der lautstarke Jubel war anrührend herzlich. Niemand hatte nach Hause gehen wollen, alle waren geblieben, um mit

Lukas auf den neuen Erdenbürger zu warten. Jeder nahm nach der frohen Botschaft jeden in den Arm und man beglückwünschte sich, als sei man persönlich betroffen. Erst als der Himmel am Horizont hell wurde, leerte sich das Haus.

Im Schlafzimmer war schon lange Ruhe eingekehrt. Emily lag bestens versorgt in ihrem frisch bezogenen Bett in tiefem Schlaf, während Thomas gebadet und wohlig warm in einer Wiege neben ihr schlummerte. Ich dagegen wurde nicht müde, sondern saß still und unsagbar glücklich mit Lukas unten in der großen Diele.

Während er eigenen Gedanken nachhing, erinnerte ich mich an seine Geburt. So friedlich wie Thomas war er nicht auf die Welt gekommen. Die Nabelschnur war vorgefallen und es ging damals um jede Sekunde. Gott sei Dank war alles gut ausgegangen. Nun war er selber Vater; ein Kreis des Lebens hatte sich geschlossen.

Etwa drei Monate später spürte ich, dass ich von Australien wieder fortgehen wollte. Ja, ich wollte zurück nach Deutschland, zurück nach Bökenhagen, zurück in meine Sprache und zu den vertrauten Menschen dort.

Eine unvergleichlich schöne und andere Welt hatte ich kennengelernt, hatte mit Lukas und Emily eine intensive, liebevolle Zeit verbracht und die Geburt meines Enkels Thomas, erleben dürfen; die nächste Generation.

Es war genug. Ich würde immer wieder gerne, so lange es mir möglich war, für längere Zeit zu Besuch kommen, doch für immer bleiben, nein, das wollte ich nicht. Trotzdem wurde mir der Abschied von allem schwer, was mir dort so sehr ans Herz gewachsen war.

Der Entschluss, wieder zu gehen, war jedoch richtig und wichtig für mich. Ich beschloss, mir in Deutschland ein

Mobiltelefon zuzulegen, um künftig immer zeitnah über das Leben meiner Lieben, ob in Australien oder auf Island, informiert zu sein. Lukas und Emily hatten mich davon überzeugt, dass ich die einfachsten Funktionen erlernen würde, die mir wichtig waren: Via Internet telefonieren oder Nachrichten und Fotos über einen Messenger erhalten und versenden. Ich war daher fest entschlossen, bald diesen digitalen Weg zu nutzen - mir zur Freude!

Nach vielen Stunden Flug und doch irgendwie wie von Zauberhand war ich zurück in der kleinen Wohnung im Anbau und stand lange am Fenster - ich war wieder daheim.

Überwältigend war ich empfangen worden. Stürmisch hatte mich Julia am Flughafen begrüßt und wir lagen uns eine ganze Weile stumm in den Armen. Es war so lange her, dass wir uns gesehen hatten. Sie war am Vortag extra hierher geflogen, um mich abzuholen, und wir schwatzten nicht nur während der Taxi-Fahrt ohne Pause.

Als ich davon sprach, mir ein Mobiltelefon zuzulegen, war sie sofort begeistert. Sie würde mich beim Kauf beraten, mir beim Einrichten helfen und mir in Ruhe zeigen, wie ich mit dem Handy das tun konnte, das mir wichtig war. Es war ein wunderbares Gefühl, Julia bei mir zu haben und derart liebevoll von ihr umsorgt zu werden.

Als das Taxi vor der *Wolkenstiege 171* zum Halten kam, schossen mir Tränen in die Augen. Über der Haustür hing eine prächtige Girlande und Frau und Herr Drobeler, Tintila mit ihren Eltern, Franz und Großvater, Dr. Wahrlich mit Mamsi und Gustav, neben ihm Boulder, standen lachend Spalier, schwenkten bunte Tücher und riefen:

WILLKOMMEN DAHEIM

ÜBER DIE AUTORIN

H. M. Villwock wurde im Ruhrgebiet geboren und wuchs dort auf. Den Dunstkreis der vertrauten Umgebung und der Zechen verließ sie früh und nennt seither verschiedene Orte Heimat.

Ihren Ruhestand bezeichnet sie als Un-Ruhestand, da es so vieles zu tun und zu entdecken gibt. Ehrenamtliches Engagement ist ihr ebenso wichtig wie der lebendige Kontakt zu Freunden und Verwandten.

Die Lust, Geschichten zu schreiben, entdeckte sie spät. Das Vergnügen, durch die Länder Europas und ans andere Ende der Welt zu reisen, konnte sie sich erst nach dem Ausstieg aus dem Berufslebens gönnen.

Sie liebt das Wandern, ob in den Bergen, in Wäldern oder durch Felder, ob in der Ferne oder in der näheren Umgebung. Für jeden gelebten Tag ist sie dankbar und neugierig auf das, was der nächste Tag bringt.